Ce livre a été écrit par un auteur indépendant. Soyez gentil : laissez un mot sur Babelio.com après votre lecture ! Merci pour lui !

LES GOLONDRINAS
ou les trois sœurs d'Almería

Denis Núñez

LES GOLONDRINAS

ou les trois sœurs d'Almería

À mes parents Dionisia et José-Antonio.

© L'Harmattan, 2013
5-7, rue de l'Ecole-Polytechnique, 75005 Paris

http://www.librairieharmattan.com
diffusion.harmattan@wanadoo.fr
harmattan1@wanadoo.fr

ISBN : 978-2-343-00956-8
EAN : 9782343009568

Préface
LAS GOLONDRINAS, L'HISTOIRE.

Il était une fois trois sœurs, Béatriz, Damiana et Rosa Haro Garcia. Leurs parents, José Haro Léon et Antonia Garcia Molina, habitaient à Vera, calle Inclusa, dans la province d'Almeria au sud-est de l'Espagne. Elles avaient deux frères : Frasquito, l'aîné, garde civil à Seron dans la sierra de los Filabres et Melchior, le cadet pêcheur à Cartagena.

Le père, José, exerçait la profession de métallurgiste et transformait le minerai de fer qu'extrayait un de ses voisins, Pedro de Haro Simon. Ce dernier, marié à Dionisia Cervantès Carrizo, avait six enfants, Juan Manuel, Francisco, Francisca, Maria, Antonia et Anita.

Pedro de Haro Simon hérita en 1886 des biens de son père Juan Manuel de Haro Albarracin, l'un des pionniers de l'épopée de la mine du Sud Est espagnol depuis la découverte du filon de galène argentifère de Jaroso en 1834. Certains des terrains étaient situés dans les montagnes dominant Vera, « Los Cabezos Pelados[1] ».

Hélas, Pedro de Haro Simon et José Haro Léon se lancent dans l'activité minière au moment où elle connait son déclin.

L'année 1890 voit naitre les premiers conflits sociaux, avec la grève des ouvriers sur le site minier de Bedar, et celle des dockers sur le port de Garrucha. L'arrivée d'industriels français et belges, la construction d'un téléphérique et d'un chemin de fer reliant les sites miniers au port de Garrucha marque le début de l'industrialisation de l'activité et la fin de l'époque des entrepreneurs individuels, souvent des propriétaires de terres agricoles qui se lancent dans la prospection minière. C'était le cas de Pedro de Haro Simon.

En 1890, malgré la crise, Pedro achète une maison 19 calle Hileros, et en 1892 devient actionnaire d'une société de mineurs « Providencia y amigos ». Mais la malchance le

---
[1] Les têtes chauves

poursuit. D'échec en échec, il est contraint de devenir salarié, maître fondeur, d'une grande compagnie minière à La Union près de Cartagena. Il mourra en 1895 à l'âge de 35 ans.
Pour sa famille c'est le début d'une période noire. L'année de la mort de son père, Juan Manuel son fils aîné tire un mauvais numéro et part pour trois ans à la guerre hispano américaine de Cuba. Il en reviendra rescapé, miraculé, avec un autre jeune homme de Vera, Paco Romero.
À son retour, il prend la suite de son père comme maître fondeur à La Union. Son frère Francisco y travaillera avec lui.
En 1908 il épouse l'une des sœurs Haro Garcia, Damiana.
La région connait alors un déclin économique majeur. Ses habitants la quittent en masse. Juan Manuel fait le choix de la « emigracion golondrina[2] » et part en Algérie avec son frère Francisco en 1909.

En 1902, Béatriz, la sœur aînée de Damiana, épouse Bartolomé Núñez Segura un maçon. Les Núñez Segura habitaient aussi calle Hileros. Jusqu'à l'année 1910, le couple parvient à bien vivre, bénéficiant de la vague de prospérité des industriels de la mine. Ils ont trois enfants, Sébastian, José-Antonio et Lucia. Puis, se retrouvant sans travail, Bartolomé choisit de partir seul pour l'Argentine en 1911. Un choix qui implique une séparation longue et hypothèque l'avenir du couple.
Juan Manuel et Damiana sont les parents de ma mère Denise, Bartolomé et Béatriz ceux de mon père José Antonio. Mes deux grands-mères étaient sœurs !

Leurs maris à l'étranger, les deux femmes ont vécu seules avec leurs enfants. Lingère, nourrice, femme de ménage, elles travaillent essentiellement pour la famille Caparros, des

---

[2] On appelait ainsi (las golondrinas : les hirondelles) les migrants de la province d'Almeria, quittant leur village pour travailler comme saisonnier en Algérie et y retournant une fois les saisons agricoles terminées.

commerçants catalans établis à Vera et possédant un « cortijo[3] » dans la montagne.

Béatriz meurt à Vera en janvier 1914, à l'âge de trente-huit ans. Bartolomé revient alors d'Argentine. Le 8 mai de la même année, il épouse sa belle-sœur Rosa, la troisième fille Haro Garcia, de seize ans sa cadette, et repart au début de l'année suivante en lui laissant la charge des trois enfants de son premier mariage. L'infortunée Rosa attendra huit ans le retour de ce mari fugueur. Elle travaille chez le juge de paix de Vera pour subvenir aux besoins de ses trois neveux dont elle est aussi la belle-mère.

En 1911, Damiana, elle, avait décidé de partir en Algérie rejoindre son mari Juan Manuel, accidenté. Les deux sœurs ne se retrouveront en Algérie pour s'y installer définitivement qu'en 1923.

Enfant, j'ignorais cette histoire. Elle me fut révélée au fil des voyages en Espagne et du temps. Était-elle un secret dont on se gardait de parler ou une histoire banale qui ne méritait pas que l'on s'y attarde ?

En 1964, quarante-deux ans après son départ du village de Vera où il naquit, mon père José Antonio y retournait pour renouer avec ses cousins espagnols. Dès lors, son unique obsession fut ce mois de congés payés qu'il y passait chaque année et qui constituait sa raison de vivre mais aussi, peut-être, un moyen de supporter sa modeste condition de maçon. L'amour qu'il portait à ce pays m'effrayait. Il parlait quelquefois d'y acheter une maison, de s'y installer, et les cousins évoquaient notre retour au pays en riant.

---

[3] Ferme isolée, architecture typique du système des latifundia.

Un mois par an, l'Espagne me rendait mon véritable père mais je ne le comprenais pas. Je vivais ces vacances espagnoles comme une contrainte, et je m'en veux maintenant d'avoir manqué plusieurs rendez-vous avec son histoire.

Lors de l'été de 1967, ma mère nous apprit que la maison de son père, Juan Manuel, celle de la calle Hileros, ainsi que les terrains des Cabezos Pelados, où se trouvait la mine, étaient toujours la propriété de la famille. Une voisine de Vera, la Juana, voulait occuper la maison, abandonnée depuis 1911, et tombée en ruines. Préférant rester à la plage avec mes cousins, je n'assistais pas à la transaction entre elle et ma mère qui en était l'héritière, ni à la visite du terrain de la mine. La cession fut faite à titre gratuit, les deux propriétés étant grevées d'impôts. L'image de mes grands-parents quittant leur pays en fermant simplement la porte de leur maison est inspiré de cet événement.

Cette même année, ma mère retrouva l'une de ses tantes à Albacete, Maria, la sœur de mon grand-père Juan Manuel. Cette vieille dame de près de quatre-vingts ans lui rapporta de nombreux événements : le retour de son frère Juan Manuel de la guerre de Cuba, seul survivant avec un autre appelé du village, les facéties de Melchior son beau-frère dont elle refusait de croire qu'il était maintenant âgé de soixante-huit ans, le considérant toujours comme le petit garçon qui venait l'embêter.

La thèse d'Andres Sanchez Picon, « la mineria del levante almeriense[4] », les œuvres du poète de Cuevas de Almanzora, José Maria Martinez Alvarez de Sotomayor, dont le père possédait la mine « Virgen del Carmen », notamment la pièce de théâtre « Pan de sierra[5] », décrivent le contexte de cette histoire familiale.

---

[4] Les mines de l'est d'Almeria, 1983 Ramon y Cajal Editeurs.
[5] Le pain de la montagne, éditeurs, Mairie de Cuevas de Almanzora 1988.

Il y a quelques années, la fille d'Antonia, la plus jeune sœur de notre grand-père Juan Manuel, nous fit parvenir la copie d'actes notariés relatifs à la cession des biens de Juan Manuel De Haro Albarracin à ses enfants en 1886, et à l'achat de la maison Caparros de la calle Hileros par mon arrière-grand-père, Pedro de Haro Simon en 1890.

Elle me transmit également un récit tiré des souvenirs de sa mère Antonia sur le décès de ce même Pedro De Haro Simon en mars 1895.

En rapprochant ces différentes sources, j'ai bâti une chronologie des dates familiales qui s'insérait parfaitement dans celle des événements économiques et sociaux aux mêmes périodes dans la province d'Almeria. Des liens sont apparus, qu'il fallait à peine forcer pour les rendre cohérents.

Plusieurs entretiens avec ma mère ont permis de combler les vides dans cette chronologie et d'ajouter des faits que je ne connaissais pas, comme les récits de la guerre de Cuba par son père, le commerce de charbon de ma grand-mère Damiana à Oran, l'accident de Juan Manuel à la ferme Vivès, les retrouvailles des deux sœurs survivantes en 1923 à Oran, la maison Font, la Tia Lista, le TOH[6], le brigadier Juste et le tio Andres.

J'ai tiré parti d'une conversation avec ma tante Lucia, la sœur de mon père, après le décès de ce dernier en 1994. Elle m'avait alors raconté les relations tendues entre eux et la Tante Rosa, la deuxième femme de leur père Bartolomé Núñez Segura, avec laquelle ils ont vécus plusieurs années alors que celui-ci travaillait en Argentine.

Les certificats de travail de ce grand-père « argentin » m'ont permis, grâce aux archives de l'entreprise allemande Wayss y Freitag, de retrouver les lieux dans lesquels il avait travaillé,

---

[6] Train Oran Hammam Bou Adjar.

notamment « el centro de gravitacion del gran devoto[7] » à Buenos Aires.

Las golondrinas s'est construit sur tous ces souvenirs, ces regrets, ces retrouvailles.

Grâce aux conseils d'Anne Ducrocq[8], que je remercie sincèrement pour son écoute patiente, je suis parvenu au résultat que vous allez lire maintenant.

Paris, janvier 2013.

---

[7] Centre de traitement des eaux par gravitation de Gran Devoto.
[8] Auteure et journaliste.

UN

- Alors, tu veux faire fortune ! s'écria Mateo Buscavidas[9].

Une nuit d'hiver et de boisson, sur le môle du port d'Alicante, ce patron pêcheur originaire du village de Vera leva son verre en direction du jeune serveur interloqué.

Buscavidas, un habitué de l'établissement, appréciait cette taverne baptisée « la Tarambana[10] », car on ne s'y souvenait jamais des frasques des clients, à peine plus de leur passage d'ailleurs.

Dans leur village les Buscavidas passaient pour d'inoffensifs illuminés. Inoffensifs ils l'étaient, illuminés, on ne saurait le dire. A la vérité, la famille se démarquait complètement des autres habitants de cette cité pervertie par la fièvre minière qui empoisonnait le Sud Est de l'Espagne depuis près d'un demi-siècle. Ils continuaient, certains diraient sagement, à exercer leur métier de pêcheurs en améliorant l'ordinaire. Les menus services qu'ils rendaient en transportant des clandestins ou des matières illicites avec discrétion, complétaient les revenus tirés de la pêche. Mateo jouissait de la même réputation, et on se risquait à lui parler de choses que l'on évitait en général d'ébruiter : ce marin avait l'indifférence d'une porte de prison assortie de l'écoute chirurgicale et la bonté de cœur d'un confesseur aguerri.

Le flot des clients tari, le jeune Santiago-Ramon Pedrosa revint vers Mateo. Malgré les nombreux pichets de vin rouge âpre de Jumilla, ce dernier, en invitant le serveur à sa table, reprit la conversation là où il l'avait laissée :

- Tu veux faire fortune ? Viens ouvrir un estaminet dans mon village.
- Tu es sérieux ?

---

[9] Buscavidas : qui force le destin, la fortune.
[10] L'écervelée.

Mateo parlait par énigmes, citant au détour de chaque phrase les nombreux proverbes et refrains appris des Buscavidas.
A lui seul, ce nom de famille était un viatique pour l'aventure. Un patronyme de gitans, transmis de père en fils, au mépris des règles de l'état civil espagnol qui impose d'appeler les enfants à la fois du nom de leur père et de leur mère.
Buscavidas était un nom d'homme. La mère de Mateo, une gitane aussi noire que la nuit, l'avait élevé pour en faire un marin comme son père. Il serait pêcheur et locataire de l'immense mer Méditerranée tant qu'elle accepterait de renouveler le bail. Elle y mettait un terme sans préavis et le plus souvent engloutissait ses commensaux. C'est-ce qu'elle avait fait avec son grand père, son père et ferait peut-être un jour avec Mateo. Il acceptait d'emprunter ce chemin simple et lumineux tracé par ses ancêtres, les remerciant même de lui avoir épargné l'angoisse de la propriété de la terre et l'appétit de conquête qu'elle engendre. Il se contentait de la mer, de son bateau, de son regard lointain, de l'habileté de ses mains à lancer les filets et à diriger son bateau par tous les temps.
Sur la terre ferme Mateo ne se sentait plus chez lui. Les Buscavidas vivaient en dehors du village. Une maison, adossée à la montagne, prolongeait la caverne qui leur servait de chambre. Les murs de torchis façonné à la main, lissé par les femmes de la famille, recouverts d'épaisses couches de chaux vive renouvelées chaque année, conservaient la blancheur qui renvoyait le soleil.

La nuit n'en finissait pas. Mateo parlait sans discontinuer. Il racontait au jeune serveur comment l'industrie minière avait transformé son village, comment le cœur des habitants s'était rassis jusqu'à devenir acide comme les minerais qu'ils extrayaient de la montagne.
Il se rappelait encore cette femme pleurant, seule, la mort de son mari dans l'éboulement d'une galerie tandis que ses voisins, méprisant son chagrin, évaluaient le patrimoine du défunt avec un grand luxe de détails.

Son débit ralentit pour compatir au malheur de la pauvre veuve puis reprit de plus belle. Santiago-Ramon enregistrait, docile.
Des fortunes étaient nées, d'autres, tout juste écloses, s'effondraient, laissant aux descendants le douloureux héritage de la faillite et le goût amer de la culpabilité. Une génération meurtrie assumait les dégâts qu'une économie aveugle avait provoqués pour exploiter les richesses du sous-sol. Ces terres étaient soudain devenues fertiles. Des générations de paysans s'étaient échinés à y faire pousser de maigres récoltes souvent brûlées par la sécheresse. Leurs descendants se transformèrent en taupes éblouies par le mirage de la richesse qui venait à eux.
Mateo compara ces fortunes fugaces aux figuiers qui poussent libres, audacieux et fiers au bord des routes, sans tuteur, sans taille, sans eau. Après une première saison de fruits, leurs branches finissent par s'écrouler à terre, piétinées par les ânes, et leur production mangée par les chèvres, le reste pourrissant au sol.
Santiago-Ramon écoutait ces souvenirs avec des yeux d'enfant privé de rêve. Les questions mourraient au bord de ses lèvres incapables d'interrompre le flot des paroles de Buscavidas. Ce dernier, habité par son récit, parlait toujours alors que la nuit s'avançait vers le jour.
Le jeune serveur entendait, pour la première fois, les noms que Mateo égrenait. Le filon de galène argentifère du Jaroso, les familles Sirvent, Albarracin, Orozco, l'ingénieur de Falces Yesares. La mine. Il touchait du doigt les superstitions de ceux, qui pour réussir, baptisaient leur mine de noms de saints ou du nom de la Vierge : « La purissima », « el Carmen » ; ou de qualificatifs supposés démontrer la dimension humaniste de leur soif de fortune : « Tres amigos », « Providencia y Amigos ».
- Tout cela, conclut Mateo, pour te dire qu'il y a encore de l'argent à ramasser là-bas. La fortune sort de terre depuis la découverte de ces gisements fabuleux.

- Que trouvent-ils ? De l'or ?
- Pas seulement, du fer, du plomb, du cuivre, toutes sortes de minerais....
- Cela rapporte autant ?
- Plus que tu ne peux l'imaginer !

Les vapeurs de l'alcool dissipées, cette conversation avait fait son chemin. Depuis, Santiago-Ramon, pourtant casanier incorrigible, errait la nuit face à la mer, cherchant des réponses dans le ressac qui faisait danser la lueur de la lune à la surface de l'eau. Il rêvait de partir sans pouvoir se décider.

Tenté par les Amériques mais déchiré à l'idée de se couper de la terre natale, il avait renoncé et continuait à vivre dans l'attente d'un signe. Jusqu'à présent il s'en tenait à écouter les rêves des autres. Alicante et ses marins n'en manquaient jamais. Il préférait ne pas en parler avec Mateo de peur de se sentir contraint de mettre son projet à exécution.

Il vécut toute une année dans cet équilibre inconfortable, partagé entre son travail de serveur et de vagues études artistiques.

Sa mère, une petite femme anxieuse et surmenée, lui parlait souvent de son grand-père aquarelliste, une célébrité à ses yeux, en lui répétant :

- Le talent saute toujours une génération ! Tu as hérité du don de mon père ! disait-elle, la voix pleine de regrets.

On sentait s'agiter en elle le talent et la fièvre créatrice qu'elle imaginait chez son fils. Elle n'avait jamais osé se mettre aux pinceaux de peur de mécontenter son mari.

A vingt-six ans, ses espérances retrouvées, Santiago-Ramon se décidait enfin à couper les attaches alicantines. Des parents aimants, soucieux du bonheur de leur fils unique, le laissèrent s'embarquer sur le bateau de Mateo. Outre un talon de jambon de Murcia parfaitement séché dans leur cellier, ils l'avaient doté d'un pécule confortable, de quoi démarrer son projet de café. Cabotant de port en port depuis Alicante le pêcheur et son jeune ami finirent par atteindre le port de Palomares.

Là, Dionisio Carmona un quincaillier âpre au gain surnommé Chinita[11], le conduisit en carriole jusqu'à Vera. Comme le lui avait expliqué Mateo, cette modeste bourgade de la province d'Almeria plantée au pied de moyennes montagnes au sous-sol truffé de minerais, la sierra Almagrera, connaissait un essor sans précédent depuis un demi-siècle.

Au rythme du trot nerveux de son cheval, le conducteur soumit Santiago-Ramon à un feu roulant de questions indiscrètes sur les raisons de sa venue. Sans céder à la curiosité de Carmona, celui-ci se contenta d'évoquer un vague projet lié au commerce des boissons florissant sur la côte Sud Est espagnole avec le développement de l'activité minière. Le quincaillier n'en crût pas un mot et afficha un mutisme renfrogné. Santiago Ramon se réfugia dans son carnet de croquis jusqu'à l'entrée du village.

Il reconnut aussitôt les lieux et retrouva ce qu'il avait tant de fois imaginé d'après les descriptions enthousiastes de Mateo. La plaza del Sol, un square carré plombé par un soleil poussiéreux, portait bien son nom.

La route menant à Garrucha, une diagonale sinueuse dessinée par des siècles de passage, la traversait. Il avisa un bâtiment austère, bizarrement posé sur un trottoir pavé comme un quai d'embarquement. Un gros arbre, un citronnier centenaire aux feuilles brillantes, donnait son ombre généreuse aux passagers attendant la calèche pour Almeria. Debout près de sa malle de cuir vert, Santiago-Ramon regardait cet endroit sans y trouver les enchantements que Mateo lui prêtait. Le charme attendu n'opérait pas. Il se demanda pourquoi il avait quitté Alicante.

Le débit de boissons qu'il allait prendre à bail faisait face à une boulangerie. Il ne voyait rien ici de remarquable.

Au-delà de la place, le village s'arrêtait. La route blanche se transformait en chemin de sable et se perdait dans une terre sèche. De rares agaves, isolés, poussaient sous la chaleur. Des ânes paresseux vaquaient, oublieux des bergers partis mener

---

[11] Petite truie.

leur troupeau de chèvres vers les hauteurs. Santiago-Ramon, assis sur son coffre de voyage, attendait l'ancien tenancier. Il se mit à rêver de ses projets et s'enhardit à une esquisse sur son carnet. Des tables à l'ombre des magnolias, une devanture rouge carmin, une enseigne « TAVERNA ALICANTINA » en lettres dorées apparurent en quelques traits de fusain. L'après-midi s'étirait en longueur et la chaleur l'anesthésiait. Il dodelinait de la tête lorsqu'enfin, le bailleur, Miguel Angel Velázquez arriva.

Ce dernier ouvrit le vantail protégeant l'entrée de l'établissement et invita Santiago-Ramon à y pénétrer.

La salle, basse de plafond, se prolongeait loin derrière le comptoir. Ils s'assirent à une table, dans la lumière. Miguel étala le contrat établi par le notaire de Vera. Ils étaient peu bavards, se regardant en hochant la tête. Santiago-Ramon réussit à obtenir de son bailleur un minimum de renseignements, notamment pour savoir où, dans le village, il pourrait acheter les matériaux dont il avait besoin pour redonner son lustre d'autrefois au café visiblement abandonné depuis longtemps. Il tût sa curiosité et se retint d'en demander la raison.

Il se retrouva seul. La situation lui plaisait et le travail ne manquait pas avant l'ouverture.

Maintenant, il pouvait dire mon bar. Une nouvelle heure sonnait au clocher de l'église de La Encarnacion.

Santiago-Ramon remonta la calle Mayor jusqu'à la place de la Mairie et, suivant les indications, parvint à trouver la quincaillerie de Chinita, son cocher du matin. Il hésita avant de pousser la porte. Dionisio Carmona l'accueillit en bougonnant mais se dérida en pensant aux billets verts que Santiago-Ramon allait lui laisser. La face réjouie, il rassembla en un tournemain les outils dans un couffin et assura qu'il fournirait la peinture demandée dans les plus brefs délais. Il appela son commis qui chargea les fournitures sur une charrette à bras. De retour plaza del Sol, le nouveau tenancier fit un détour par la boulangerie où il acheta une couronne de

pain doré. Il chercha, sans succès, à lier conversation avec Consuelo, la boulangère. Il crut déceler une esquisse de sourire sur son visage mais l'attribua à son imagination. Sur ses gardes, elle affichait un air méfiant, le saluant à peine, peu encline à sympathiser avec un étranger.
Dans l'après-midi il entreprit un inventaire complet du bar, notant sur un petit carnet l'état du stock des bouteilles entreposées à la cave. Le soir venu, il s'accorda une pause, sortit une table et une chaise sous les feuilles craquelées des magnolias. Il y dressa le couvert pour un dîner improvisé de pain frotté à la tomate, de rondelles d'oignon et du morceau de jambon de Murcia. Il ne se sentait toujours pas chez lui, et voulait ainsi prendre possession des lieux.
Il savourait à l'avance le moment où son corps fatigué se détendrait et salivait à l'idée du verre de vin de Jumilla qui accompagnerait le jambon sec au goût salé.
Il ferma les yeux. A peine assis, une impression de déjà-vu l'envahit. Il eut, une fraction de seconde, la sensation d'appartenir à cet endroit depuis toujours. Il se servit à boire sans pouvoir chasser ce sentiment étrange et dérangeant. Quelqu'un l'observait, il se retourna. Un vieil homme, habillé de neuf, la barbe faite, une drôle de canne à la main, une chaîne en or qui barrait son gilet, l'interpella :
- Hola ! Je suis Juan Manuel De Haro Albarracin. Le café commençait à me manquer, ce fainéant de Miguel ne voulait plus travailler. Au village, on vous dira de moi que j'ai tout pris et rien laissé aux autres. C'est peut-être vrai mais je ne le crois pas. J'ai eu de la chance. Simplement.
Santiago-Ramon identifia de suite le nom. Mateo lui en avait parlé comme l'un des notables du village. Impressionné, il céda sa chaise à l'imposant personnage, l'invitant à s'asseoir, et resta debout près de ce client providentiel. Posant son chapeau sur la table, ce dernier poursuivit.
L'aubergiste, l'interrompant avec tact, s'enquit de sa commande. Il rapporta de la cave une bouteille de Valdepeñas rouge et une autre chaise pour écouter le vieux à

son aise. Sous la lune naissante, ils partagèrent sans façon tout ce qui se trouvait sur la table.

- Voilà ce que j'appelle vivre, jeune homme, dit alors le vieux en redemandant du vin.

Il avala cul sec le rouge à peine frais, se leva et prit congé, précisant qu'il passerait désormais chaque jour à la fin de l'après-midi.

La semaine suivante, Santiago-Ramon consacra l'essentiel de ses journées aux travaux, ne retrouvant la plaza del Sol qu'en fin d'après-midi avec la compagnie du vieil Albarracin. De plus en plus de curieux s'arrêtaient, s'inquiétant de la date d'ouverture.

Albarracin répondait, se félicitant de la venue Santiago-Ramon à Vera.

Consuelo, la boulangère, veuve depuis peu, suivait avec intérêt la relation qui naissait entre le vieil homme et le nouvel arrivant.

« J'ignorais que Don Albarracin avait de la famille à Alicante », se surprit-elle à penser, préjugeant à tort de la nature des liens qui existaient entre eux. Elle ferma sa boutique l'esprit occupé par celui qu'elle considérait comme un intrus. Elle n'avait pas aimé sa façon de la regarder quand il était venu acheter du pain.

- Trop sûr de lui, pensait-elle.

Pourtant quelque chose dans son regard lui avait rappelé les yeux rieurs de son mari Fernando. Elle avait refoulée cette idée, rejetant la possibilité qu'un autre homme s'immisce sa vie.

Chaque matin, Santiago-Ramon voyait Consuelo retirer les volets de bois peints protégeant sa boutique. Elle se retournait face aux énormes panneaux de merisier et, se haussant sur ses pieds menus, les bras tendus vers les attaches métalliques, dégageait les clenches assurant leur fermeture.

Elle déposait ensuite les lourds vantaux de bois contre un mur aveugle, puis disposait la première fournée derrière les vitrines. Les feuilles de papier gris qui tapissaient les claies de bois blanchi par le soleil s'ornaient d'auréoles foncées au contact des pains encore chauds.

Troublé, Santiago-Ramon n'osait lui proposer son aide. Il l'observait, simplement, curieux de son histoire. Des bonnes âmes du village s'étaient empressées de lui raconter comment la jeune femme, son mari disparu en mer, s'était retrouvée seule. Elles rajoutaient :

- L'ouvrier embauché depuis la disparition de Fernando ne se contente pas de pétrir la pâte !

Lui n'y croyait qu'à moitié, attribuant ces médisances à de la jalousie.

À mesure que les jours passaient, il devenait familier de la place, des hirondelles qui rasaient le sol au crépuscule, des feuilles luisantes des magnolias, du va et vient des calèches, des attitudes changeantes du citronnier. Il attribuait ce sentiment nouveau à la sollicitude inattendue de Juan Manuel De Haro Albarracin et à la présence troublante de Consuelo. Il s'interrogeait sur cette femme et ses silences impénétrables.

Les affaires se présentaient bien conformément aux promesses de Mateo. Les clients se pressaient maintenant dans son café. Il apprenait à les apprivoiser. Très vite, ils le baptisèrent « El Alicantino ». Seul Juan Manuel De Haro Albarracin lui donnait du Santiago-Ramon. Ce type aurait pu être son père. Un drôle de père. L'image qu'il en avait était trouble. C'était celle d'un potentat autoritaire avec qui il avait néanmoins de très bonnes relations. Plusieurs habitués lui avaient raconté comment l'homme avait été brisé de chagrin après que sa femme soit morte en couches pour mettre au monde son dernier fils, Pedro. Une chose était certaine, les avis étaient toujours tranchés lorsqu'on parlait de lui.

- Il a saisi sa chance lorsque les premiers filons de galène argentifère ont été découverts à Jaroso en 1834.
- On le traitait de fou à l'époque, rappelez-vous !
- Finalement, c'est lui qui était dans le vrai. Il s'est retiré à temps, pour vivre de ses rentes.
- Il nous ignore depuis !

- Un grand homme pour moi !
- Je suis sûr qu'il a fait des choses pas claires pour réussir !
- C'était il y a plus de cinquante ans, il est temps de passer à autre chose !

Santiago-Ramon écoutait ces rumeurs, évitant tout commentaire, de crainte de se mettre à douter des raisons qui poussaient le vieux à lui faire des confidences.

Il avait parfois l'impression que celui-ci jouait de sa gêne à cacher ce que l'on disait de lui.

L'été fini, l'automne essaya en vain d'imposer des nuages sombres mais stériles. L'hiver se présenta et n'obtint guère plus de succès si ce n'est quelques bourrasques de vent anémiques. Puis au nouvel an, le ciel changea, prenant l'allure grise et la lumière triste d'un plafond à la peinture boursouflée. Il jouait avec les nerfs.

Le climat chaleureux de la taverne offrait le refuge douillet où l'on oubliait cette saison discourtoise qui refusait de céder sa place. Le jour de la présentation du Seigneur au Temple, la pluie se mit de la partie. Les anciens prédisaient une fin d'hiver difficile à cause de la nouvelle lune qui allait naître sous l'eau et le printemps sous les cabañuelas[12].

Santiago-Ramon écoutait les prévisions pessimistes de ses clients. Il n'en pensait rien et menait une existence paisible, débarrassée de la folie des nuits alicantines. Cela lui manquait parfois, mais il s'accommodait du ronronnement de Vera. Il y était devenu quelqu'un.

Un matin de mars, alors qu'il ouvrait son bar, il s'étonna de voir la boulangerie encore fermée.

A l'abri de son auvent, il attendit un moment devant sa vitrine, espérant voir sortir Consuelo. Après avoir allumé une première cigarette, il se dirigea vers la boutique. La lumière du soupirail le rassura. Il n'osait s'agenouiller pour regarder plus attentivement la salle du pétrin. Genaro, l'ouvrier,

---

[12] Pluie fine de la fin de l'hiver accompagnée de vent de nord-est.

s'affairait à sortir la première fournée. Il était environ cinq heures d'un jour maussade. Une eau de cabañuelas tombait, glissant sur la poussière de la rue, à désespérer de l'arrivée du printemps attendu depuis bientôt un mois.
Le citronnier de la place, les branches d'un vert hésitant, jetait ses premiers bourgeons. Il soufflait bruyamment, tel un vieillard cherchant à reprendre haleine.
Santiago-Ramon, accroupi, scrutait les gestes de Genaro occupé au sous-sol. L'ouvrier sifflait une vieille rengaine, absorbé par son travail, loin d'imaginer qu'on l'épiait.
Il entendit derrière lui le pas léger, puis la voix de Consuelo :
  - Alors, Santiago-Ramon, on m'espionne ?
Il se leva en se retournant gauchement, les bras empêtrés, le cœur battant à rompre.
  - Non Consuelo, j'étais inquiet de ne pas te voir ce matin !
  - Tu voulais vérifier si ce qu'on dit de moi, était vrai ?
Elle rit en se moquant. Puis elle enchaîna avec gravité :
  - Personne ne t'a rien dit... cette nuit chez Albarracin...?
Ils sont venus me chercher pour faire sa toilette, il est passé à trois heures du matin. Il est mort comme il a vécu. Seul ! Les voisins ont entendu sa voix à travers la cloison. Des grognements qu'ils ont pris pour un appel. D'après eux, il a crié « Dios bendiga[13] ! » avant de s'affaler, entraînant des chaises dans sa chute. Puis plus rien. Rogelia sa voisine, l'ancienne nourrice de ses enfants, celle qui avait élevé le petit Pedro après la mort en couches de sa mère, s'est précipitée, inquiète. Le vieux était étendu au sol, les yeux fixant le plafond, les bras en croix, il tenait fermement sa canne de gaïac[14], celle au pommeau à tête de chat. La veilleuse de la table de nuit gisait à terre. La flamme brûlait sur une flaque d'huile, entourant, d'un étrange halo aux reflets mystérieux, sa tête et ses cheveux encore noirs en dépit de son grand âge.

---

[13] Dieu me bénisse !
[14] Bois brun verdâtre très dur. Il est aussi appelé bois saint ou bois de vie, il est utilisé comme bois d'encens.

Rogelia m'a dit :
« J'ai failli me pisser dessus tellement j'avais peur ! Un fantôme, j'ai crié ! Je me suis mise à genoux pour prier. Mon Dieu, donnez-lui la lumière pour éclairer le chemin du paradis ! Qu'elle accompagne aussi les vivants restés sur terre ! Amen ! J'ai fait trois signes de croix au-dessus de sa tête. »
Ensuite, elle a relevé la table de nuit, récupéré l'huile éparse et la mèche restée sur son support de liège. Pour éviter de l'éteindre, elle n'a pas hésité à se brûler les doigts. Le verre, intact, avait roulé sous le lit. « Un vrai miracle ! » m'a-t-elle dit !
Elle s'est de nouveau signée et, sans se préoccuper du mort, est venue me chercher :
« Consuelo ! Consuelo ! Le vieux Juan Manuel nous a quittés. »
Au début, je n'ai pas compris. Elle cognait tellement fort contre les volets de bois.
« Consuelo ! Réveille-toi, peux-tu aller veiller le vieux Juan Manuel de Haro Albarracin, je vais chercher ses fils Pedro, Juan, et Ana Maria sa fille ! Dépêche-toi, la maison est restée ouverte ! »
Je suis sortie. Les cabañuelas persistaient. Un mauvais pressentiment m'oppressait. Rogelia répétait :
« Le vieux est mort !»
Sans réfléchir, j'ai répondu :
« Il n'a pas eu de chance ! Il n'aura pas passé l'hiver ! »
Pour me protéger de la pluie, je n'avais que mon châle de laine noire sur les cheveux. Il couvrait à peine mes épaules et ma poitrine. Je me suis pressée vers la rue Escoletes. Dans le froid, le souvenir de la nuit où ils ont ramené mon mari dans un linceul est revenu.
Santiago-Ramon alluma une autre cigarette. Il ne savait que dire, il ne voulait pas interrompre le récit de Consuelo. Il pensait au vieil homme seul et se sentit coupable de n'avoir pas été près de lui à ce moment-là.

Son père ou sa mère mourraient un jour eux aussi, peut-être seraient-ils seuls. Il chercha à chasser cette idée qui s'imposait. Consuelo le regarda, interrogative et sans réaction de sa part, poursuivit.
La même odeur fade régnait dans le vestibule. La lumière miraculée tremblait sur les murs de la chambre. Le vieux était au sol. Il fallait le hisser sur son lit. Il pesait une tonne et n'était pas encore froid. Le vieil homme à moitié nu, m'inspirait un profond dégoût. En pensant aux propositions qu'il faisait aux femmes du temps de son vivant, un fou rire m'a pris. Le Christ en croix à la tête du lit m'a rappelé à l'ordre. Il regardait Juan Manuel de ses yeux vides. Lorsque je tirais sur la canne de gaïac, ses doigts se sont dépliés comme s'ils étaient vivants. Ensuite, agenouillée derrière sa tête, en passant les bras sous ses aisselles, j'ai réussi à le lever et à le jeter sur les draps froissés. Il gisait à plat ventre en travers de sa couche. En le prenant par les pieds, je l'ai remis sur le dos et installé confortablement, la tête sur l'oreiller en plumes. Avant de l'habiller, il fallait couper sa barbe vieille d'une bonne semaine.
« Tous ces jours où il ne s'était pas montré à la taverne » se dit Santiago-Ramon. « J'aurais dû m'en inquiéter », mais plusieurs clients se moquaient quand je me préoccupais de l'absence du vieux.
« Tu ne le verras plus, tu ne l'intéresses plus, il agit toujours comme ça. » Il soupira et invita Consuelo à poursuivre.
Son bol à raser, un blaireau à manche de corne planté dans la mousse, traînait sur le marbre de la commode. J'y rajoutai un peu d'eau tiède du broc pour assouplir le savon. Des images de ma première toilette funèbre revinrent comme à chaque fois que l'on a fait appel à moi. Ils m'avaient laissée seule avec mon mari Fernando. Le linceul sentait l'eau de mer et des algues étaient prises dans ses cheveux. J'y plongeai mon visage, mêlant mes larmes au sel de la Méditerranée. Je pleurais sans arrêt. Pourquoi vouloir donner aux morts l'apparence de la vie. Mon cœur battait, anarchique, affolé et

désespéré. Mon courage supposé, cette nuit-là, laissa penser aux familles du village que j'étais familière de la mort. Elle me désespère autant qu'eux, mais j'ai renoncé à vouloir lutter contre elle.

Désormais, ils me confient la toilette de leurs défunts. Certains me craignent, imaginent que je suis l'assistante de la mort. Ils n'acceptent pas d'avoir montré leur faiblesse face au cadavre d'un être cher. Après, ils ne veulent même plus acheter mon pain, préférant celui des Núñez Martinez.

La lame du rasoir sur le manche noir orné de deux étoiles de nacre blanc brillait en reflétant le lumignon de la veilleuse, elle prenait une teinte ocre et rougeâtre. J'étalais la mousse sur ses joues pour ne pas penser au pire. Le visage de Fernando, les yeux fermés, m'obsédait. Je répétais les mêmes gestes. On se ressemblait finalement avec Juan Manuel, lui aussi connaissait les faiblesses des habitants du village.

Santiago-Ramon et Consuelo se regardèrent en silence. Le souvenir du mari décédé flottait entre eux. Santiago-Ramon avait chaud, il aurait voulu parler, exprimer de la compassion, avouer le sentiment qui le submergeait en voyant Consuelo.

Tout en écoutant la jeune femme, Santiago-Ramon enleva les volets de la vitrine et les rangea contre la façade. Elle le vit faire, en souriant, indifférente au bonheur naïf qu'il affichait.

Elle poursuivit :

Sous le rasoir, la barbe résistait. Le fil acéré, sur le point de renoncer, taillait difficilement le poil dru. Je me dépêchais, attentive à ne pas blesser ses joues blêmes. Le pauvre ne pouvait plus se plaindre. Une ample chemise de nuit blanche, couvrait partiellement ses jambes maigres et nues.

Ses pieds aux orteils torturés, dont certains se chevauchaient, se terminaient par des ongles recourbés, d'une corne jaunâtre parfois grise. Pourquoi avoir accepté cette toilette mortuaire ? Ses enfants auraient pu s'en charger. Je voulais tout abandonner, fuir loin de la mort. Ne plus penser au cadavre de Fernando.

Je devais absolument trouver des ciseaux. Me concentrer sur cette recherche m'a redonné du courage, je me suis sentie détachée de cet endroit et du corps repoussant. Une chandelle à la main, j'explorais les meubles de la cuisine, sans succès.

Je ne voulais pas franchir la porte du bureau, pourtant, il fallut m'y résoudre, les minutes filaient et bientôt Rogelia et les enfants du mort seraient de retour. Ils ne devaient pas le voir à demi vêtu. Finalement je me décidai.

Le bureau de Juan Manuel nourrissait bien des fantasmes. D'après les rumeurs, il y détenait ses titres de propriété, mais aussi, disait-on, des carnets sur lesquels il consignait les événements importants de Vera. D'après la rumeur, ils contenaient de nombreux secrets de famille et des révélations sur certains notables. Des choses connues, mais dont on s'inquiétait de les savoir couchées sur le papier. Quelque part, ces manuscrits étaient la mauvaise conscience du village.

Pourtant, la pièce austère, percée d'une fenêtre sur la cour intérieure du bâtiment, respirait la quiétude. Un portrait était mis en valeur, celui de la femme de Juan Manuel, Francisca, décédée en couches à la naissance de Pedro son cadet. Des icônes des vierges du Carmen et de las Angustias, patronnes de Vera et de Cuevas del Almanzora, décoraient les murs chaulés. Au milieu du bureau, un fauteuil à lanières de cuir usées faisait face à un secrétaire en bois de rose à panneaux peints. Certains des tiroirs de la façade, fermaient à clef. Lequel pouvait contenir les ciseaux ? Je ne voulais pas les ouvrir.

La tentation était forte, et si je tombais par hasard sur les carnets... Je me connais trop.

    - Le vieil Albarracin ne m'a jamais parlé de ces carnets, tu y crois toi ? Lâcha Santiago-Ramon dans un nuage de fumée.

Consuelo se contenta de hocher la tête. Il se tût, à nouveau attentif. Elle poursuivit.

J'ai eu de la chance. J'ai trouvé une paire de ciseau devant moi, suspendue à un clou au mur près de la fenêtre. Je l'ai

décrochée et je suis sortie sans attendre. Le cœur battant, le temps de reprendre ma respiration et de retrouver mon calme, je me suis remise à la toilette de Juan Manuel.
Je ne savais pas depuis combien de temps j'étais chez Albarracin. J'entrepris de couper ses ongles. Saisir ses pieds, déformés par une quantité innombrable d'yeux de perdrix sur chacun des orteils et sur la plante, me dégoûtait. L'image des pieds fins et longilignes de Fernando se superposa. Je ne la chassais pas, elle me permit de continuer. Je me dépêchais évitant de trop y penser. J'avais l'impression d'être une autre.
Rasé de près, les ongles de pieds coupés, il me restait à le laver, à l'habiller décemment, à le peigner, à lui poudrer le visage pour lui redonner des couleurs. Il devait se présenter tel que le village le voyait de son vivant, un homme autoritaire au visage fermé, toujours bien mis.
J'avais fini de l'habiller quand Rogelia est revenue.
   - Nous avons du temps, m'a-t-elle dit, les enfants de Juan Manuel ne seront pas là tout de suite.
   J'ai soufflé.
   - Merci Rogelia, que Dieu te bénisse !
Santiago-Ramon imaginait la scène. Les deux femmes habillant le cadavre en train de refroidir alors que la famille était en chemin.
Il voyait maintenant Consuelo comme une autre femme et se sentit coupable de prêter attention aux ragots de ses clients. Il se promit de ne plus la trahir ainsi.
La mort de Juan Manuel Albarracin sonnait la fin d'un état de grâce. Le vieil homme avait fait la réputation de son café. Il garderait le souvenir de ces longs monologues sous le regard détaché de Consuelo. Elle le reliait au mort. Santiago-Ramon la voyait se débattre avec le cadavre, il aurait aimé être à ses côtés, dire adieu à celui qui l'avait accueilli à Vera. Il assisterait aux obsèques mais sa présence serait une parmi les centaines d'habitants, une présence anonyme. Il voulut retenir Consuelo par la main, lui offrir un geste d'amitié, lui dire

combien il l'admirait. Elle ne disait rien, ses yeux tristes reflétant la couleur du temps. Il pensait :
« Maintenant il ne me reste que toi Consuelo. »
Elle fut plus vive :
- Santiago-Ramon, quelle tête tu fais, tu ne vas pas pleurer j'espère, la vie continue !
Dans le petit jour, les mineurs traversaient la place, les frôlant sans un regard. Ils se suivaient en une lente procession vers la côte, par la route de Garrucha. Il devait retourner au bar servir les premiers clients impatients. Consuelo rejoignit sa boulangerie.

Les nuits de cabañuelas, Pedro de Haro Simon, le fils cadet de Juan Manuel Albarracin, perdait le sommeil. Enfant, Rogelia, sa nourrice, l'avait bercé de tant d'histoires dans lesquelles le destin d'êtres humains basculait à cause de ces pluies obstinées. Elle finissait toujours en le serrant sur sa poitrine généreuse, par un :
- Toi, Pedro, tu es mon enfant des cabañuelas !
Parfois, il demandait en insistant :
- Rogelia, raconte-moi encore la nuit où je suis venu au monde.
Elle se faisait prier un temps, considérant le petit comme un caprice de la fatalité, et s'exécutait.
- La nuit de ta naissance, les cabañuelas se déchaînaient. Calle Escoletes, dans la chambre du bas, la lumière brillait depuis le milieu de l'après-midi tant il y faisait sombre. La vieille Gabriela, la sage-femme du village, était venue à la demande de ton père. Je l'entends encore :
- Ne t'inquiète pas ma fille, ton troisième va naître sans problème ! Tu as une forte constitution !
- Je souffre horriblement ! répondait ta mère la pauvre Francisca.
- Pousse, ma fille pousse ! Encourageait Gabriela.
- Je n'en peux plus !

Pedro imaginait les ombres des deux femmes qui dansaient sur les murs, déformées par la lueur jaune des bougies.
Démunie face à la tournure que prenait l'accouchement, Gabriela est venue me demander de prévenir le docteur Don Ernesto de la Cierva. J'ai couru comme une folle jusqu'à son cabinet et je l'ai ramené. Il a prononcé ces paroles en voyant ta mère :
- La fièvre l'épuise, elle se déshydrate !
Il cachait son inquiétude derrière un air bourru, et se saisissant du poignet de ta mère, il vérifia le pouls. Ses lèvres formaient des mots, et je me suis demandé s'il priait ou s'il comptait les battements.
À l'arrivée du docteur, Gabriela s'est précipitée au cercle, place de La Encarnacion, pour ramener ton père. Elle dissimulait ses mains maculées de sang sous son tablier.
Pendant l'absence de la sage-femme, Don Ernesto dut se résoudre à une césarienne pour sauver le bébé.
Il m'a ordonné de faire bouillir une grande bassine d'eau et de préparer des linges.
- Sauvez l'enfant, Docteur ! murmurait ta mère, dans un dernier souffle. Elle perdait beaucoup de sang.
- J'ai détourné les yeux. On entendait la respiration de Francisca. Puis plus rien. Ta tête est apparue.
L'accoucheur t'a tiré et levé par les bras. Tu as crié. « Il est vivant ! » a murmuré Francisca avant de s'effacer, une dernière lueur de gratitude dans les yeux. Elle est morte heureuse.
Gabriela, la sage-femme et ton père se faisaient toujours attendre. C'est moi qui ai fermé les yeux de ta pauvre mère. Le docteur était parti me laissant seule avec elle. Devant Dieu, je lui ai promis de veiller sur toi.
Pedro connaissait ce récit par cœur. Les nuits de cauchemar, il voyait les silhouettes découpées des deux femmes luttant pour le faire naître, se refléter sur les murs de sa chambre. Cette mauvaise pluie le ramenait à ses peurs d'enfant.

Rogelia ne lui dit jamais quelle avait été la réaction de son père à son retour du cercle ce soir-là. Elle éludait toujours la question, prétextant sa mauvaise mémoire.

- C'est tellement loin, Pedro ! J'ai juste gardé dans mes yeux le visage de ta mère et toi soulevé dans les airs par Don de la Cierva. Le reste je ne sais plus !

Francisca aurait-elle été une meilleure mère pour lui que cette nourrice fantasque ? Pas si sûr !

Rogelia restait toujours dans le vague lorsqu'il lui demandait de parler de sa mère. Elle finissait en général par l'étouffer de baisers en répétant :

- Mon Dieu, quel malheur ! Pedro, quel malheur ! Elle est mieux au ciel avec la Vierge Marie ! Prions pour elle !

Enfant, Pedro passait le plus clair de son temps avec les femmes de la maison, Rogelia, la cuisinière Pilar, et Asunción la lingère. Il fréquentait peu son géniteur. L'homme, détruit par la mort de sa femme, cherchait en dehors de la maison la consolation qu'il n'y trouvait plus.

La pluie engloutissait la volonté de Pedro. Le manque de sommeil n'arrangeait rien. Sombre comme le ciel plombé de cabañuelas, il se débattait dans le gris des nuages. Les murs épais du patio carrelé de bleu ruisselaient. Les nombreuses couches de chaux leur donnaient des reliefs curieux dans le repli desquels l'eau se perdait. Les azulejos[15] brillaient de façon malsaine, leur éclat assombri par l'atmosphère cotonneuse.

- Maudites cabañuelas !

Il rechargea le foyer de la cheminée, cherchant à réchauffer les murs froids et humides de la maison. Elle fumait et chantait, soumise aux caprices des rafales de vent prisonnières des boisseaux de terre rouge assemblés au torchis. Il se revit l'été précédent, le torse nu sur le toit au soleil, descendre des charges de mortier à l'aide d'une longue pelle de bois qu'il appliquait contre les fissures du conduit. Un ravalement de

---

[15] Carreaux de faïence, souvent bleus, de l'arabe alzulaydj, pierre polie.

fortune dont les irrégularités retenaient le vent et provoquaient des souffles rauques, presque humains. Il s'attarda un moment à écouter ces mélodies sinistres. Il frissonna.
Dionisia, son épouse, inquiète de son silence et de son absence prolongée, l'appela depuis la chambre :
- Pedro !
Il ne l'entendait pas, perdu dans le spectacle des flammes capricieuses léchant les troncs ramollis des agaves chétifs. Le feu se transformait en cendres poussiéreuses. En un rien de temps, le gris assombrissait le rouge incandescent des braises. Regarder ce feu le désespérait.
Il maudissait sa vie semblable à ces agaves putréfiés brûlant en produisant de la poussière. Il maudissait la terre entière. Son père n'en finissait pas de vivre. Il refusait de partager son chagrin. Il dilapidait leur héritage. Il s'était maintenant entiché de ce tenancier venu d'Alicante. Il devenait la risée du village.
De sa mère, Pedro ne connaissait qu'une photo. Hélas, ce visage souriant mais inconnu le ramenait à la mort. En épousant Dionisia, il avait voulu briser la spirale du malheur. Y était-il arrivé ? Dionisia débordait de vie. Mais lui ? Plus tard, peut-être, son enfant lui reprocherait-il aussi d'avoir cultivé des sentiments morbides, de l'avoir entraîné vers la face obscure de la vie.
- La vie ne fait-elle que bégayer ? pria-t-il les yeux levés vers le ciel.
Avant d'aller se coucher, il aspergea son visage au robinet de la cuisine. Dionisia reposait, alanguie, sur le lit ouvert. Ses cheveux châtaigne et bouclés, défaits. Elle ressemblait à la vierge du Carmen sous sa couronne. Les yeux humides, elle attendait Pedro. Il lui causait du tourment et se torturait pour cela.
- Pedro, quelles mauvaises pensées te traversent encore l'esprit ?

- Cette pluie horrible me glace. Je ne la supporte pas, je désespère du printemps et du soleil. Ne t'inquiète pas ça va me passer !
- Viens près de moi, je vais te bercer, et tu t'endormiras comme un enfant !

Il sourit sans répondre et vint se blottir contre elle. Rassurée, elle sombra la première, emportée par le sommeil. Il se prélassa un moment dans la chaleur de son étreinte et s'en arracha pour s'allonger et contempler le visage tranquille de sa femme. Sa poitrine se soulevait animée d'un souffle léger et tiède. Elle avait été la cause de la première vraie confrontation avec son père. Un jour que le ton montait, plein de sous-entendus, pour couper court aux questions il avait annoncé d'une voix blanche :

- J'ai demandé la main de Dionisia !

Le vieux Juan Manuel, à la limite de l'apoplexie, avait fait mine de sortir sa ceinture, cette menace était pour lui la seule façon de remettre son étourdi de fils sur le droit chemin.

- Je l'aime, Père, je veux l'épouser.
- Tu dis n'importe quoi ! On ne se marie pas à dix-sept ans, c'est de la folie.
- Elle est enceinte, lâcha-t-il.

Le vieux s'étouffa pour de bon.

- Père, ne le prend pas comme ça !
- Je le prends comme ça me chante ! D'où sort cette fille ?
- C'est la fille de Francisco Cervantès Jaez et de Maria Carrizo Hernandez. Ils ont longtemps habité calle Luna à Vera, puis sont partis s'établir à Purchena.
- A Purchena, ils y travaillent ?
- Lui est chef de culture au cortijo des Caparros
- Mon fils, tu me désespères !

Ces souvenirs, portés par la mélancolie du chant de la pluie qui s'engouffrait dans les boisseaux de la cheminée, ne le lâchaient plus. Allongé dans l'obscurité, Pedro cherchait en vain à fuir ces images douloureuses. Il se leva et prit sa montre à gousset sur la table de nuit. Deux heures du matin. Il maudit la progression trop lente du temps.

Une alcôve attenante à la chambre abritait le lit de leur fils. L'enfant s'agitait. Un désordre de draps tire-bouchonnés emprisonnait ses jambes. Sa chemise de nuit froissée se mêlait à cette masse de coton informe. Pedro voulut le couvrir en tirant doucement sur la jarapa[16]. Le gamin se détendit brusquement et il retint son geste, de crainte de le réveiller. Il resta un long moment près de lui, jusqu'à ce que sa respiration retrouve le tempo régulier du sommeil. Puis il erra de nouveau, de pièce en pièce, sans pouvoir maîtriser le flot des pensées morbides qui l'assaillaient dans l'obscurité.

Le fauteuil à bascule lui tendait les bras. Il s'y installa et par impulsions répétées de tout son corps, imprima un balancement pour se laisser bercer. Face à la photo de sa mère Francisca, qui ne l'avait jamais tenu dans ses bras, il sentit sa gorge se serrer. Il ne se débarrasserait donc jamais de ce sentiment d'abandon.

De grosses larmes, qu'il ne fit rien pour retenir, coulèrent sur ses joues. Sur la photo, les yeux de sa mère le fixaient elle ne lui adresserait jamais la parole, il n'entendrait jamais le son de sa voix. Seul, face à la femme sacrifiée le jour de sa naissance, il pleurait dans le noir.

Le fauteuil gémissait de toutes ses fibres de rotin fatiguées. Les larmes roulaient sur les joues de Pedro couvertes d'une barbe naissante y laissant des traînées luisantes. Dehors, le vent sous la pluie soufflait une complainte aiguë comme sa douleur.

Il lui sembla entendre quelqu'un s'arrêter devant sa porte. Des pas hésitants s'impatientaient sur le seuil. Il se leva vers l'inconnu venant le visiter à cette heure de la nuit. Il écouta, la tête contre le bois épais.

---

[16] Lirette, tissage réalisé à partir de bandelettes de tissu.

Avec précaution, il ouvrit l'un des panneaux supérieurs protégé par une grille. Il se trouva face à Rogelia, sa nourrice. Elle tenait une chandelle devant son visage.

- Pedro, tu m'as fait peur ! Puis voyant qu'il avait pleuré, tu es déjà au courant ?

Il se ressaisit, ne comprenant pas. De sa manche de chemise, il essuya son visage, déposant une partie de son chagrin sur le tissu grossier et demanda en sortant sa montre :

- Rogelia que fais-tu ici à cette heure ?

La femme était bouleversée par le visage défait de cet homme qu'elle avait élevé.

- Pedro ! Pedro ! Il est arrivé malheur à ton père.

Il réagit à peine, submergé par des émotions mêlées.

- Mon père, que veux-tu dire ?
- Il est mort Pedro, il est mort !

Son visage resta impassible. La messagère interrompait le rythme insoutenable du chant infernal de la pluie qui portait les ruminations douloureuses et les souvenirs du passé. Rogelia connaissait les sentiments de Pedro à l'égard de son père. Elle pensait souvent à cet enfant des cabañuelas et à la culpabilité refoulée de sa naissance. Elle le prit dans ses bras, lui caressant le dessus du crâne malgré sa réticence. Pour elle, il serait toujours le bébé de cette nuit de joie et de chagrin. Pedro éprouvait la même sensation confuse, douce-amère, lorsqu'il pensait à la mort de sa mère.

Il s'effaça et laissa entrer Rogelia, lui faisant signe de parler à voix basse :

- Dionisia et Juan Manuel dorment, ne va pas me les réveiller. Je m'habille et je viens avec toi. Tu as prévenu mon frère Juan et ma sœur Ana Maria ?

- Non, il me semblait plus simple de passer chez toi. J'y vais de ce pas. Rends-toi calle Escoletes. Consuelo, la boulangère, prépare ton père.

- Pourquoi Consuelo ? Tu aurais dû venir directement ici ou chez Ana Maria !

- J'ai pensé bien faire pour vous éviter du tracas. Il s'est écroulé. En l'entendant, je me suis précipitée à l'intérieur. Le pauvre ! Grâce à Dieu, il est parti dans la lumière. Je te raconterai.

Elle se signa trois fois. En la voyant faire, Pedro se sentit obligé d'aligner lui aussi trois signes de croix.

Il semblait ailleurs. L'annonce de la mort de son père le libérait mais il n'osait se l'avouer. Il se sentit différent, plus fort, capable d'affronter le monde entier, prêt à endosser le rôle de l'héritier. La présence de sa nourrice le rassurait. Il se sentait en confiance et retrouvait l'entrain qui lui faisait défaut. Il dit d'une voix assurée :

- Va prévenir Juan et Ana Maria. Merci d'être passée chez moi en premier, je cours rejoindre Consuelo, le temps de prévenir Dionisia.

La lueur de l'aube laissait espérer un soleil que les nuages masquaient encore. La pluie s'enroulait autour de Pedro, cherchant à forcer sa veste de velours noir. Il la maintenait fermée contre son torse.

Le corps arc-bouté, il évitait d'offrir son visage au vent. Le chapeau, bien enfoncé sur le crâne, le protégeait, mais l'eau, imperturbable, s'insinuait partout où elle pouvait. Consuelo sursauta en le voyant. Heureusement elle avait terminé la toilette du mort.

- Pedro quel terrible malheur ! Grâce à Dieu, il n'a pas souffert, il est parti très vite. Dans la lumière.

- Raconte-moi !

- Le pauvre a emporté la table de nuit en tombant. La veilleuse a roulé au sol sans s'éteindre. Dieu lui a laissé sa lumière.

Pedro resta sans voix. Il imaginait cette flamme luttant contre l'obscurité, près de son père sans connaissance.

- Rogelia n'est pas allée chercher le docteur ?

- Non, elle a présenté un miroir devant sa bouche, pas la moindre buée, pas un souffle. Elle est venue me chercher

aussitôt. Viens le voir, il semble vivant. Tu étais son préféré, il t'appartient de lui fermer les yeux.
Pétrifié devant la porte, il n'osait entrer, terrifié à l'idée de se retrouver seul face à son père sans vie. Consuelo ne doit pas me prendre pour un lâche, pensa-t-il.
Elle le prit par le bras et le conduisit vers la chambre avec affection. Elle avait déjà disposé des chaises autour du lit pour les visiteurs. La veilleuse de la table de nuit et un cierge sur un candélabre brûlaient. Son père reposait, ses yeux immenses grands ouverts. Les mains repliées sur sa poitrine tenaient sa canne préférée.
Autrefois, Pedro passait des heures à regarder le pommeau ouvragé. La lueur des bougies donnait vie aux yeux du chat, deux grenats translucides, rouge sang.
Un chapelet entourait la canne, les grains d'ivoire jaunis coulaient sur le bois, la croix était tenue entre le pouce et l'index. Le visage relâché respirait la sérénité malgré le regard éteint.
Pedro se demanda s'il parviendrait à lui fermer les paupières. Il chercha du regard un encouragement de Consuelo, mais celle-ci s'en allait, désireuse de quitter le foyer du défunt. Elle redoutait toujours ce moment où les membres de la famille se retrouvaient seuls avec leur mort. Ils s'accrochaient à elle, cherchant un conseil, une solution qu'elle n'avait pas, pour supporter l'angoisse du vide. Elle ne trouva rien d'autre à lui dire que :
  - Désolée, Pedro, je dois ouvrir la boulangerie ! Et s'enfuit sans attendre.
Il s'approcha du lit et se pencha pour déposer un baiser sur le front du défunt. Au contact de la chair inerte, il retira ses lèvres, horrifié par la consistance sans vie du cadavre. Il essuya sa bouche pour en retirer le goût fade de la peau. Il ne parvenait pas à s'en défaire.
Immobile, sans se risquer à poser la main sur les yeux, il cherchait la force de faire ce geste simple, fermer le regard de Juan Manuel, son père.

Debout, les mains jointes à hauteur de la poitrine, statufié, il chercha une prière, mais peu familier de leur usage, n'en trouva aucune. Son père, lui non plus, ne se définissait pas comme un fervent catholique. Il se rappelait les dimanches au cours desquels Ana Maria, sa sœur aînée, l'emmenait à la messe et le laissait aller du côté des hommes en lui disant :

- Ne t'inquiète pas, je te regarde, père et Juan vont arriver.

Mais c'était une promesse en l'air. Les deux hommes n'entraient jamais dans l'église. Pedro restait seul à les attendre parmi les fidèles et retrouvait Ana Maria à la sortie. Elle avait toujours une explication plausible à lui donner. Combien de fois les avait-il maudit de l'abandonner ainsi.

Cadet de parents déjà âgés, il supportait difficilement son surnom, « le petit », dont l'affublaient sa sœur et son frère, ses aînés de plus de dix ans. Les souvenirs désagréables de la nuit ne l'avaient pas encore totalement quitté. Devant lui gisait le père géniteur, coupable de ne l'avoir jamais aimé et de le lui faire payer.

Cette colère irraisonnée contre le défunt envahit son chagrin. Il se remit à prier, cherchant à établir une dernière fois un lien avec le disparu :

-Père, peut-être n'ai-je pas été un bon fils, je t'ai causé une immense peine en me mariant contre ton gré. Tu n'as pas accepté Dionisia, pourtant, elle m'était destinée. Nous avons donné ton prénom à notre premier fils. Il s'appelle Juan Manuel comme toi.

Sur le pommeau de la canne, les yeux du chat, brillants de lumière, semblaient approuver.

Pedro s'enhardit :

- S'il m'est arrivé de t'accuser de la mort de Maman, je ne le pensais pas au fond de moi. Cela me pèse de te perdre. Rogelia a confirmé avoir vu la lumière divine t'accompagner. Je t'espère près de Dieu et de Maman, sous la protection de la Vierge du Carmen.

Il posa sa main sur le visage de son père pour lui transmettre un peu de sa chaleur. Les chairs du cadavre semblaient s'être détendues et ne le rebutaient plus. Une volonté neuve l'animait. Il laissa aller sa main sur les paupières et força ses doigts à exercer la pression nécessaire pour fermer les yeux. Il remercia Dieu de lui avoir donné la force de le faire.

Il sortit de la chambre à reculons pour garder le plus longtemps possible l'image apaisée du cadavre. Il avait parachevé le travail méticuleux de Consuelo. Au salon, il s'autorisa à fumer une cigarette cherchant l'apaisement dans le picotement âcre du tabac sur sa gorge serrée.

La pluie tombait toujours d'un nuage uniforme qui bouchait la vue. Il attendait sa femme Dionisia.

Le colloque singulier entre Pedro et son père allait prendre fin. Il redoutait l'arrivée de Juan et d'Ana María. Prendraient-ils mal le fait que Rogelia l'ait prévenu en premier ? Sans aucun doute exprimeraient-ils leur étonnement en le voyant déjà au chevet du défunt, alors qu'eux ignoraient le décès. Il craignait cette confrontation.

Une voix se fit entendre à la porte. Un enfant de chœur en aube noire, encombré d'un encensoir entra :

- Monsieur le Curé m'a fait chercher ce matin pour préparer la veillée mortuaire. Don Balthazar me suit.

Pedro éteignit sa cigarette de la pointe de sa chaussure et, en exhalant la dernière bouffée de fumée, lui fit signe d'entrer :

- Comment t'appelles-tu ?
- Antonio.
- Viens, n'aie pas peur, regarde mon pauvre père. Consuelo l'a habillé, on dirait qu'il dort.

Il le précéda, lui désigna le lit et les chaises autour. Le cierge et la veilleuse brûlaient.

- Pose l'encensoir au pied de la commode.

L'enfant s'exécuta et entreprit d'allumer l'encens. Le curé se présenta et, après avoir revêtu ses habits liturgiques, donna sa bénédiction au défunt. Il saisit l'encensoir, le faisant osciller lentement, pour embaumer la pièce en faisant plusieurs fois le tour du lit.

Ana Maria et Juan arrivèrent à ce moment-là. Le prêtre agenouillé à la tête du lit, récitait le Confiteor et invita la famille réunie à faire de même.

Ils s'agenouillèrent côte à côte. Pedro fut rassuré du délai que le prêtre lui offrait malgré lui.

« Confiteor Deo omnipotenti beatae Mariae semper Virgini ! » psalmodia le prêtre en leur demandant de répéter après lui. Il poursuivit par :

« Mea culpa ! Mea culpa ! Mea maxima culpa ! »

Les voix s'élevaient, vacillantes d'émotion.

Pedro regardait Juan et Ana Maria se demandant s'ils imaginaient, comme lui, les péchés non confessés de leur père. Le curé conclut sa prière par une brève bénédiction. En aspergeant trois fois le corps, il prononça ces paroles :

« Donnez-lui Seigneur le repos éternel : faites briller sur lui la lumière sans fin. »

Il se tourna ensuite vers les enfants du défunt pour les bénir également en chantant :

« Le souvenir du juste est éternel ; il n'a rien à craindre de mal. »

Dionisia les rejoignit dans la chambre, accompagnée du jeune Juan Manuel et suivie de Barnabé, le mari d'Ana Maria.

Pedro et Juan se dévisageaient en silence. A cette heure, la mort du vieil Albarracin devait être connue de tout le village.

Juan poussa son frère à sortir :

- Allons au café.

La pluie s'invitait, intrusive, sifflante et froide. Une pluie de fête des morts.

Santiago-Ramon les accueillit :

- Nous avons un temps de Toussaint en mars !

Les rares clients acquiescèrent sans prononcer un mot.

Pedro se risqua le premier :

- Ces Cabañuelas annoncent toujours des malheurs. Je me suis senti mal dès le début de la nuit, je ne parvenais pas à dormir, un sentiment curieux me tenait éveillé.

Juan rétorqua :

- Tu ne vas pas te mettre à parler comme les femmes !
Santiago-Ramon vint à son secours :
- Consuelo m'a raconté.
Les deux frères entendirent l'histoire de la lumière divine une nouvelle fois.
Juan haussa les épaules en allumant un cigare, imité par Santiago-Ramon.
Ce dernier voulait juste évoquer Consuelo, mais voyant le peu d'intérêt témoigné par les deux frères, il se dirigea vers l'autre extrémité du comptoir pour servir des clients :
- Santiago-Ramon, viens remplir nos verres !
Il leur fit signe d'un geste, posant son index sur ses lèvres et montrant les deux frères.
Il revint vers eux :
- D'après Consuelo ton père n'a pas souffert !
- Comment peux-tu en être sur ?
- Je veux le croire, cela me rassure.
Juan ramena Pedro à la réalité :
- J'ai chargé le bedeau d'organiser l'enterrement, la procession, la sépulture, et pris rendez-vous chez Don Núñez le notaire.
- On aura peut-être une bonne surprise, suggéra Pedro en regrettant aussitôt ses paroles.
Juan le regarda en se demandant si son frère n'était pas idiot. Quant à lui, il savait que la splendeur des Albarracin appartenait au passé. Au mieux, le notaire confirmerait le transfert des biens dont ils jouissaient en usufruit depuis le décès de leur mère. Au pire, il leur signifierait le montant des hypothèques sur les terres et la maison léguées par leur père.
Depuis sa naissance, Pedro avait vécu dans une réalité façonnée par sa nourrice. La femme voulait atténuer le traumatisme violent de la mort de sa mère. Juan lui-même se conformait à la volonté de Rogelia. Il aurait aimé aider Pedro d'une autre façon, mais comment pouvait-il s'y prendre, il se débattait avec ses propres démons. A sa majorité, Juan préféra quitter la maison. Les laisser se débrouiller avec leurs

problèmes lui semblait la meilleure solution, pour lui du moins.

Cette journée de deuil les ramenait tous les deux aux jours sombres où la présence de leur père faisait défaut. Ils étaient frères alors. La vie les avait emmenés sur des chemins différents. Juan s'obligea :

- Pedro, tu as toujours été le préféré de notre père. Il t'aimait, même s'il ne le montrait pas. Moi, il ne m'a jamais autorisé à fanfaronner avec sa canne à tête de chat.

Le visage satisfait de Pedro le désarçonna, son frère était trop sensible : « On ne le changera jamais ! » pensa-t-il.

Il mit un terme à cette bouffée de nostalgie, qu'il trouvait inutile et vaine.

Finissant son café, il ajouta :

- Allez, « le petit », rentrons, les femmes nous attendent et il nous reste beaucoup à faire ! Santiago-Ramon ! Merci pour ton soutien ! Salut à tous !

Les clients du bar répondirent par des signes de la main et des hochements de tête, ils éprouvaient une réelle compassion pour les deux frères, même si les gens du village colportaient, injustement :

« Pedro ? C'est le portrait de son père, fier, sans pitié, égoïste ! Il fait prendre le même chemin à son fils ! »

Juan rattrapa Pedro parti droit devant et le fit obliger vers la boulangerie. Malgré la pluie, Consuelo les guettait sur le pas de la porte. Juan parla au nom de leur famille :

- Consuelo, nous voulions te remercier de t'être occupée de notre père. Nous allons également le dire à Rogelia.

- Ce n'est rien Juan. Entre chrétiens, nous devons nous entraider, Pedro a fermé les yeux de son père, cela compte plus que ce que j'ai pu faire.

Sur la place, la patache pour Almeria attendait devant le vieux citronnier. Les voyageurs parlaient à voix basse en les observant depuis le quai de départ. Juan leur adressa un vague geste de reconnaissance. Chacun y répondit, qui par un

signe de la main, qui en retirant un chapeau, qui en s'inclinant avec respect vers lui ou en lançant un regard ému.
En leur absence, les femmes s'étaient employées à redonner une apparence décente au logis du veuf.
Dionisia et Ana Maria s'appréciaient malgré leur différence d'âge. Une relation apaisée avait fini par s'établir entre elles. La cuisine, aérée et libérée des odeurs de safran recuit et d'huile rance, respirait le propre. Les verres maculés de rouge avaient retrouvé le brillant du cristal.
Sur la table en bois noirci, des verres lumineux et des bouteilles de Jumilla débouchées attendaient les convives.
Sans se soucier de choquer les visiteurs déjà présents, Juan siffla d'admiration devant le travail accompli.
Il se tourna vers Pedro et s'écria en lui donnant une bourrade :
    - Tu as une femme merveilleuse !
Cette remarque venant du célibataire de la famille troubla Dionisia. Elle rougit sous le regard sombre de Pedro.
Juan poursuivit en les invitant :
    - Ana Maria, Pedro, allons dans le bureau !
Sans le vieil Albarracin, le bureau semblait abandonné. Ils se rappelèrent les moments désagréables vécus dans cette pièce. Leur père les traitait rudement. Pedro y connut sa première altercation à propos de son mariage. Ana Maria y fut informée qu'en dépit de son droit d'aînesse, elle ne serait pas traitée différemment de ses deux frères. Le fait d'épouser Barnabé, un propriétaire terrien fortuné, fondait la décision de son père. Quant à Juan, il répugnait à devoir justifier son choix du célibat, son père avait exigé des explications :
    - Pedro, ton frère cadet, est déjà marié. Toi, que fais-tu de ta vie ?
    - Ma vie me regarde ! répliqua Juan, ravivant la colère du vieil homme.
Ils se tenaient tous les trois debout devant le bureau, silencieux, se remémorant ces moments difficiles.
Ana Maria interrompit leurs pensées :

   - Le testament est certainement chez le notaire, Père ne conservait aucun papier important chez lui.

Avec autorité, elle s'assit sur le fauteuil à lanières de cuir. Les tiroirs du secrétaire ne contenaient rien d'intéressant : des lettres personnelles, dont elle renvoya la lecture à plus tard, des schémas de la main du père, des relevés de terrains et diverses notes techniques sur le pompage de l'eau dans les tunnels miniers.

Sans en parler, ils languissaient de ne pas trouver les fameux carnets dont la seule évocation rendait fébriles certains habitants de Vera.

Pedro se remémora un après-midi. Il avait environ six ans. Son père s'amusait à faire basculer, un par un, la rangée de panneaux en bois d'oranger sous les tiroirs de la façade.

Il évoqua ce souvenir pour Juan et Ana Maria, et se dirigeant vers le secrétaire, il demanda à sa sœur de lui céder la place.

   - Là, les panneaux de marqueterie sont d'une couleur différente. Père appuyait à un endroit précis, quelque part sur ce côté, et ils basculaient, s'ouvrant sur des espaces secrets.

Juan fulminait. Jamais son père ne lui avait divulgué ce mécanisme. Il devait commencer à vieillir ou imaginait que Pedro oublierait.

Pedro passa sa main sur le côté gauche du meuble cherchant à découvrir un bouton poussoir. Il ne décela aucune aspérité évidente, aucun décor susceptible de dissimuler le dispositif.

   - Regarde plutôt sous la tablette ! suggéra Ana Maria.

Effectivement, un commutateur de nacre, affleurant discrètement d'un décor complexe, permettait de faire basculer les panneaux.

Aucun document ne se trouvait derrière ceux-ci. Juan reprit le dessus :

   - Voilà les secrets du père, du vent !

   - Tu es injuste ! protestèrent Pedro et Ana Maria.

   - Il nous a élevé dignement et nous n'avons manqué de rien !

- Oui, vous avez raison, mais que nous laisse-t-il ? Rien ! Il a vécu pour lui. Un comédien, notre père était un comédien. Il savait se donner l'apparence du personnage qu'il n'était pas. Voilà l'histoire de sa vie !

Après avoir dit cela, Juan sortit du bureau sans un mot, décidé à rentrer chez lui. Dionisia servait à boire dans la cuisine. Elle s'interrogea sur le comportement de son beau-frère. Guettant Pedro et Ana Maria, elle les héla lorsqu'ils sortirent à leur tour.

- J'ai vu Juan partir comme un voleur, que s'est-il passé ?

Pedro sursauta en entendant le mot voleur.

- Il s'est emporté, le bureau du père ne contenait aucune information de valeur !
- C'est grave ?

Ana Maria s'interposa :

- Pas du tout, demain chez le notaire, nous verrons ! Pour l'instant, pensons à la veillée mortuaire !
- Je reste dit Pedro.
- Je reste aussi, répondit Ana Maria, je vais prévenir Barnabé.
- Dionisia, reprit Pedro, rentre à la maison, j'irais chercher Juan Manuel plus tard, il verra son grand-père une dernière fois.

Dionisia se présenta au portail du couvent des sœurs de la Vierge de la Victoire où son fils l'attendait. Malgré les tentatives des religieuses pour apaiser ses inquiétudes, Juan Manuel se montrait toujours préoccupé de la destination de son aïeul, au purgatoire, en enfer ou au paradis. Dès qu'il vit sa mère, il n'eut de cesse d'obtenir d'elle des informations sur l'état réel de l'aïeul et du moment où il pourrait le voir.

Elle remercia les sœurs pour leur patience et leur dévouement. L'enfant l'interrogeait sans cesse. Dionisia tentait en vain d'endiguer le flot de ses questions :

- Pourquoi est-il mort ? Va-t-il aller au ciel ? Consuelo lui a fermé les yeux ? On ne pourra jamais plus le voir ?

Pour mettre un terme aux interrogations, Dionisia s'agaça :

- Tu demanderas à ton père. Allons prier !
Mais, le gamin, curieux et insatiable, la questionnait sans fin.
- Cela suffit ! lui dit sa mère.
Elle le conduisit dans sa chambre, essaya de le faire dormir, sans succès, puis sortit, prétextant l'obligation de prévenir les voisins. L'enfant s'agitait, exigeant d'accompagner sa mère.
Seul Pedro parvint à l'apaiser. Il lui expliqua ce qui allait se passer avec ses mots. L'enfant parut comprendre et se tût.
- Nous allons accompagner grand-père jusqu'à sa dernière demeure, en priant cette nuit chez lui, puis demain au cimetière.
Dionisia, rassurée de voir l'enfant revenu à la raison, le laissa en compagnie de son père retourner calle Escoletes pour veiller le mort. Elle-même se devait d'informer les voisins de la disparition du vieil Albarracin et de la cérémonie funèbre.
Rogelia les attendait. Elle se désolait de voir Juan Manuel si triste :
- Dix ans seulement, et déjà la mort lui parle !
- Ce n'est plus un gosse, son grand-père travaillait à cet âge.
- Oui, je sais. Seulement, la vie n'est plus pareille qu'autrefois !
- Viens, allons le voir ! Tu pourras l'embrasser avant la mise en bière.
Asunción, une vieille du village, priait pour le salut de l'âme du défunt. On la soupçonnait d'une relation coupable avec lui, bien avant leur veuvage. Elle prit Juan Manuel par la tête et le poussa vers le haut du lit.
- Souviens-toi de son visage ! Désormais, tu ne le verras plus !
Le gosse, attiré par la lueur des cierges, se détourna en voyant le mort. Seule la canne à la tête de chat, sur le torse de son grand-père, le fascinait. Il demanda à la vieille :
- Va-t-on déposer cette canne, près de lui, dans le cercueil ?

- Tu ne peux pas poser une telle question un jour comme aujourd'hui, répliqua-t-elle en lui donnant une petite taloche derrière la tête, répète après moi plutôt !
Asunción entreprit de réciter la litanie de tous les saints et lui demanda de chanter le répons à chaque évocation :
- Ora pro nobis !
La litanie se poursuivit un temps infini. Une main sur l'épaule du garnement, Asunción l'obligeait à respecter le rythme incantatoire de la prière.
- Combien y a-t-il de saints au Paradis ? se demandait-il intérieurement.
- Donne lui un baiser sur le front et pense à lui très fort !
Après avoir satisfait aux demandes de la vieille, le gamin courut jusqu'au patio où son père fumait. La pluie ne tombait plus, mais les nuages persistaient à boucher le ciel. Pedro le félicita :
- Tu es courageux !
Juan Manuel ne souriait pas, pensif. Il se mit à pleurer. Il avait le goût de la chair inerte sur les lèvres.
Son père tenta de le consoler :
- Grand-Père se faisait vieux, il attendait sa mort.
Cela ne produisit pas l'effet attendu, l'enfant pleurait de plus belle. Son père l'abandonna à sa première expérience de la mort, incapable de montrer pour son propre fils la compassion que lui-même avait espérée en vain. Il regardait l'enfant sans pouvoir prononcer les paroles qui l'auraient consolé.
Les veuves du village sollicitées par Rogelia s'étaient retrouvées pour la veillée.
De la rue, on entendait le bourdonnement sourd des chants liturgiques. Le Curé passerait une partie de la nuit avec ses fidèles.
Filomena, une autre femme pieuse de la communauté, donnait le ton de sa voix forte et grave, les autres assuraient les répons. Elle sollicita la miséricorde divine pour le défunt malgré ses péchés non absous. Elle invoqua l'unité de la

Sainte Famille et la communauté de tous les saints leur demandant d'accueillir l'âme de Juan Manuel.

« Père Très Saint, Tu le sais, sans Ton aide nous sommes de pauvres pêcheurs. Cependant, pleins de confiance dans les mérites de Ton fils et de tous les saints, nous Te prions de rendre Juan Manuel De Haro Albarracin, rappelé à Toi en ce jour de tristesse, digne dès aujourd'hui du royaume céleste que Tu nous as préparé depuis la fondation du monde ! Amen ! »

L'enfant s'endormit bercé par le chant monocorde des vieilles femmes. Son père le porta à l'étage. Les chambres, autrefois occupées par ses frères et lui étaient vides.

Passé minuit, Pedro, Ana Maria et la vieille Asunción se retrouvèrent seuls autour du lit. Ils veillèrent Juan Manuel De Haro Albarracin jusqu'à l'aube, pour sa dernière nuit sur terre.

L'église de La Encarnacion avait rarement connu une telle affluence. Le curé, Don Balthazar de Azucena, se montrait ravi et agacé. Une fois de plus il constatait la présence de nombreux chrétiens de circonstance. Des fidèles observant les rites par crainte, uniquement lorsque l'un des leurs disparaissait. Ces brebis du troupeau boudaient le rassemblement dominical et y déléguaient souvent leur femme ou leurs enfants. Le défunt en faisait partie. Il entonna d'une voix posée le chant d'entrée tandis que le cercueil remontait la nef :

- Exaucez notre prière, Seigneur, et tous les hommes viendront à Vous !

Il imaginait le miracle de la rédemption, les chrétiens rassemblés dans la paix du Christ. Il resta un moment en silence, les yeux sur l'assistance, puis poursuivit :

- Vous êtes la bonté même, Seigneur ; accordez à l'âme de Juan Manuel, Votre serviteur, le lieu du repos et du bonheur dans la splendeur de Votre lumière.

La lumière, pensa Pedro. Depuis la veille, son fils ne le quittait pas des yeux. Il recevait sa première leçon de vie : rien n'est immuable, lui aussi, un jour, verrait son propre père disparaître.

Le curé mettait toute sa foi dans la célébration de cette messe enchaînant les chants et les lectures, multipliant les références à la vie de la communauté.

Les fameux carnets, introuvables, obnubilaient Pedro. Le curé connaissait-il leur existence ? Il brûlait d'impatience de les trouver.

Enfin, le prêtre demanda aux enfants de chœur et à la chorale des paroissiens d'entamer le Dies Irae, l'ultime chant de la cérémonie.

Alors qu'il essayait de se remémorer les circonstances de sa dernière participation à l'eucharistie, Pedro se retrouva dans la file des paroissiens marchant vers l'autel pour communier, entraîné de force par sa sœur.

Le curé chanta les actions de grâce :

    - Accordez-nous, Seigneur Dieu tout puissant, que l'âme de Juan Manuel qui vient de quitter ce monde, purifié par ce sacrifice et délivré de ses péchés, obtienne à la fois Votre pardon et le bonheur éternel.

    Il fit reprendre à l'assemblée :

    - Par Jésus Christ notre Seigneur, Amen !

Alors qu'il prononçait l'absoute, les croque-morts soulevèrent le cercueil. La famille prit la tête du cortège, entraînant les fidèles jusqu'au cimetière.

Sur le seuil des maisons, les habitants attendaient la procession et s'inclinaient sur son passage. La pluie, portée par un vent froid de Nord Est, s'invita dans le cortège. Témoin silencieux de la mort de Juan Manuel, elle l'accompagnait dans son dernier voyage. Les gens superstitieux la redoutaient et la rendaient responsable des malheurs, des désastres et des morts.

En raison du temps, la cérémonie fut écourtée et la « niche[17] » de la famille rapidement close sur le cercueil. Les maçons gâchèrent du mortier pour sceller la plaque de marbre portant le nom du mort, et obturèrent définitivement l'alvéole de ciment faisant office de tombeau. Le mur des morts allait se refermer pour toujours.

La terre noire de Vera, à laquelle il devait sa fortune, ne recevrait pas la dépouille de Juan Manuel De Haro Albarracin. Le visage de Pedro s'assombrit, regrettant que le corps de son père ne retourne pas enrichir le sous-sol qu'il avait pillé.

Juan se tenait près de Pedro et d'Ana Maria. A l'évidence, comme en témoignaient ses yeux vitreux, il avait cherché toute la nuit à oublier la disparition de son père. Pedro s'interrogeait sur ce comportement irrespectueux un jour de deuil. Il ne pouvait imaginer que son grand-frère cherchait à cacher un tourment différent du sien, mais qui le torturait tout autant.

En le regardant, Dionisia comprit ce qui passait par la tête de Pedro, elle prit la défense de Juan :

> - Tu étais trop jeune, tu ne peux pas comprendre, il était le fils aîné, le premier, son père l'adorait. Il a mal vécu ton arrivée et souffert de perdre cette relation privilégiée.

Mais Pedro, mauvais, refusait d'accorder le pardon à ce frère qui ne l'avait jamais aidé. Cette disparition mettait un terme aux liens que l'usufruit avait institué entre eux. Il attendait beaucoup de la visite chez le notaire, elle signifiait la fin de ce régime le liant à Juan.

Il n'allait bientôt plus être nécessaire de jouer la comédie des frères Albarracin.

---

[17] En Espagne, les morts ne sont pas portés en terre mais inhumés dans des murs de briques, paredes, dans lesquels sont aménagées les nichos, des alvéoles superposées qui font office de caveaux. Il y a en général trois à quatre rangées d'alvéoles sur un mur.

La froidure de ce matin de mars résonnait du bruit des truelles contre l'auge. Les deux maçons se pressaient pour en terminer et laisser la place aux condoléances. Le premier déposa un joint de ciment parfaitement régulier sur la plaque de marbre tandis que le deuxième en faisait la réplique sur le pourtour de l'alvéole creusée dans le mur. Puis d'un geste sûr, ils déposèrent la plaque sur l'ouverture de la tombe en exerçant une pression. Ils ébarbèrent d'un coup de truelle habile l'excès de ciment avant qu'il ne se répande sur le marbre. Le mur de ciment accueillant les morts du village reçut la sépulture de Juan Manuel assignée à résidence. Cela sonnait la fin de la splendeur des De Haro Albarracin.
Les villageois se pressaient autour de la famille. Soucieux d'être identifiés par les descendants du vieil homme, certains déclinaient leur identité en rappelant les circonstances qui les avaient unis au disparu. Outre le Médecin, le Curé, le Maire, le colonel de la Garde Civile, de nombreux notables connaissaient Juan Manuel.
Pedro aperçut au loin Francisco Haro Sanchez, le père du fondeur métallurgiste José Haro Léon. Le vieil homme atteignait soixante-seize ans cette année. Il fut, avec Juan Manuel De Haro Albarracin que l'on enterrait, l'un des premiers à développer des activités de transformation au pied des gisements miniers. Son fils avait poursuivi cette activité de fonderie et travaillait essentiellement pour les Albarracin. Le vieux les fixait du regard sans chercher à s'approcher.
Pedro retrouvait dans ces yeux la même lueur froide qu'il voyait parfois dans ceux de son propre père. Il ne pouvait détacher son regard du visage creusé de rides qui le scrutait sans aucune aménité.
Il connaissait les difficultés actuelles des fondeurs. Ils étaient soumis à la rude concurrence d'industriels venus s'implanter sur les ports de la région, après les avoir reliés par un train et un téléphérique aux principaux sites miniers. Ces nouveaux arrivants disposaient d'outils et de techniques innovantes, comme les machines à vapeur. Le prix de revient de la

transformation du minerai avait chuté et les indépendants comme le vieil Haro Sanchez avaient été condamnés à s'aligner ou à disparaître. Pedro se croyait à l'abri de ces aléas économiques. La richesse des terres que les Albarracin possédaient aux Cabezos Pelados, ces montagnes pelées, le mettait à l'abri, pensait-il, sûr de lui.

Il reporta son attention sur les habitants venus présenter leurs condoléances.

Après le passage de Don Juan Núñez, le notaire, il chercha des yeux Francisco Haro Sanchez. Le vieil homme n'était plus là. Il regarda les villageois sortir du cimetière par petits groupes, personne non plus, ni le père ni le fils.

- Bah ! se dit-il, ce n'était pas à moi d'aller les saluer.

Mais cette présence muette l'avait déstabilisé. Un doute le prit. Serait-il épargné par cette énième crise de la mine, inéluctable selon l'opinion, comme de toutes les autres auxquelles les Albarracin avaient échappé ? Il frissonna.

Dionisia poussa la famille à rentrer. Le déjeuner, préparé par Rogelia, les attendait dans la maison du disparu.

Elle s'inquiétait pour le petit Juan Manuel, ébranlé par l'enterrement. Pour parler de la mort, chacun y allait de sa phrase :

- Le grand-père a eu une attaque.
- A son âge, cela n'a rien d'étonnant.
- Il a bien vécu.
- C'est plus dur pour ceux qui restent, lui, il est dans la paix du Christ !
- Il est parti sans souffrir.

Pedro se disait que personne ne pouvait savoir ce que son père avait ressenti en tombant à terre : de la peur, une grande solitude, un effroi incontrôlé, des regrets, mais tous avaient ces phrases en tête, peut-être pour se convaincre que la mort les emmènerait sans leur imposer de souffrances inutiles.

Albarracin ne répondrait jamais à cette question. Pour connaître la réponse les vivants devaient attendre le jour de leur mort, mais il serait trop tard et cela ne leur serait d'aucune utilité. Le jour du jugement dernier, pourraient-ils se présenter conscients de la réalité de leur état ? Cela n'était pas si sûr ! C'est ainsi que Pedro essayait, sans succès, de maîtriser ses angoisses existentielles après la disparition de son père.

Les hommes furent invités à s'asseoir à la table du salon, parée des nappes et de la vaisselle des jours de cérémonie. On avait laissé la chambre grande ouverte, le lit défait et la veilleuse allumée sur la table de nuit devant l'image de la Vierge du Carmen. La canne de gaïac au pommeau à tête de chat attendait, appuyée contre un mur. En la voyant, Juan s'en saisit et la faisant tournoyer au-dessus de sa tête la présenta à Juan Manuel :

- Tiens, mon neveu, désormais, cette canne t'appartient. Mon père voulait la léguer à Pedro, mais finalement, en son nom, je décide de t'en faire légataire !

Les attitudes impertinentes de Juan agaçaient Pedro. Il pensait tellement fort, de quoi se mêle-t-il, que la pauvre Dionisia lui mit une main sur le poignet droit pour l'inviter à faire preuve de patience en ce jour de deuil.

Il se leva, prit la canne des mains de son frère et le remercia sur un ton qu'il pensait ironique en la remettant à son fils Juan Manuel dont les yeux brillaient.

Pedro rêvait souvent de cette canne et demandait toujours à passer ses doigts sur les yeux rouges du chat. Le vieil homme lui reprochait ces enfantillages, indignes d'un Albarracin.

« Ces yeux rouges, disait-il à l'enfant, sont les yeux de ma conscience. Je préfère leur foutre la paix ! » Il riait très fort de sa répartie, la répétant à son fils cadet, bien incapable de la comprendre.

Ana Maria, exclue de la discussion, haussa les épaules. Ils lui demandèrent son avis, elle esquiva la question :

- Mon unique but est de mettre la main sur les carnets du père, bien que j'aie toujours douté de leur existence.

Juan rappela qu'il était temps de se rendre chez le notaire. Malgré les récriminations de Dionisia, il parvint à convaincre Pedro d'y emmener son fils. Il anticipait un souhait que son frère caressait depuis la veille, sans oser le dire.
Le jeune Juan Manuel, malgré l'interdiction de ses parents, aurait voulu fanfaronner, la canne du vieil Albarracin à la main. Il boudait derrière les jupes de sa tante Ana Maria.
   - Cet enfant est trop réfléchi pour son âge. Quelle idée de l'emmener chez le notaire ! Je m'y oppose ! Ce n'est pas sa place à dix ans !
   - Moi également ! répondit la mère. Impossible de convaincre Pedro. Juan lui a mis cette idée en tête !
   - Tu as raison, ce sont deux imbéciles !
Mais les paroles des femmes n'y changèrent rien, quelques minutes après ce dialogue, La rue principale du village, indifférente, se prêta aux caprices des deux frères.

La famille Albarracin se dirigeait vers l'étude du notaire, rue de la Reconquista, silencieuse et préoccupée par la lecture imminente d'un testament. Chacun avait en tête des rêves d'un autre siècle. Ils avaient vécu dans le mythe de la fortune espérée ou imaginée de leur père. La gloire l'avait touché. Mais eux, qui étaient-ils pour oser croire qu'une providence bienveillante les ferait hériter ne serait-ce que d'un haillon de cette gloire. Ils avaient une imagination limitée, incapables de s'affranchir comme l'avait fait leur père, des limites du raisonnable pour imaginer l'indicible et accéder au domaine du rêve.
Juan affichait sa désinvolture habituelle. « Rien de nouveau ne sortira de ce testament » se disait-il.
Leur père avait veillé au maintien de son patrimoine, sans chercher à le faire fructifier, ni à offrir à ses enfants la possibilité de le faire. Selon une règle bien établie, il considérait avoir fait le maximum. Il avait bien vécu. A ses descendants de se prendre en main dorénavant.

Juan s'inquiétait pour son jeune frère. Ce dernier vivait dans un espoir vain, intimement convaincu de l'existence d'un trésor caché. Le trésor des Albarracin. « Quel naïf ! »
Ana Maria, elle, ne se préoccupait plus de ces questions, son mari pourvoyait à ses besoins. Drôle de famille, pensait Juan.
Ils saluèrent Doña Luisa la pharmacienne qui attendait le retour de son commis scrutant la rue avec impatience, et complimentèrent Don Gabriel, Don Jacinto et Don Ricardo, infatigables joueurs de dominos, des amis de leur père, attablés à la terrasse du cercle des anciens.
Les commerçants affichaient une cordialité convenue et les chalands se contentaient de passer sans prêter attention à ce curieux équipage. Pedro les remarquait à peine.
Juan marchait devant, se jouant des conventions, sans cesser d'échanger politesses et banalités.
Dans son for intérieur, il moquait son père, sa posture d'industriel, sa chance insolente et se gaussait à l'avance des condoléances convenues qu'ils allaient entendre à partir de maintenant :
« Oui, cet homme exceptionnel est parti sans souffrir, vous devez poursuivre son œuvre, il va nous manquer et, dale Perico al torno[18]... »
En fait se disait-il, ils le haïssaient tous, jaloux, envieux de sa fortune due au hasard et à la chance.

L'étude du notaire était une bâtisse ancienne construite après le tremblement de terre de Vera en 1518, avec les mêmes pierres rouges de la sierra Alhamilla que l'église Nuestra Señora de La Encarnacion. Elle se tenait à un angle de rues. Le portail à double battant en bois foncé des îles s'ouvrait uniquement pour les clients à cheval ou en calèche. Il protégeait un passage sous une voûte, menant à une cour intérieure entièrement pavée.

---

[18] Expression populaire signifiant et Perico, petit Pierre, remet l'ouvrage sur le tour.

Quand le groupe parvint devant la porte de l'office, Juan actionna la cloche. L'huissier, Don Carmelo, vint leur ouvrir. Il les salua à peine, bien que les connaissant parfaitement. Son uniforme lui conférait une allure autoritaire dont il jouait. C'était un homme famélique et peu affable.
« Une tête de renard sur un squelette de pendu ! » disait-on de lui dans le village. Son uniforme noir en imposait. Sans un mot, il leur indiqua le chemin. Pedro était impressionné, son fils Juan Manuel contre lui, il redoutait le pouvoir de nuisance de ce personnage
Carmelo les fit entrer dans un salon à la décoration austère. Les murs blancs nus, les bancs de bois clair soulignaient le dépouillement du lieu. Deux écritoires trônaient sur une table rectangulaire. Juan dit en riant :
- La salle d'attente des pauvres !
Carmelo sortit sans réagir à la saillie de Juan. Ils entendirent le son de sa voix :
- Don Núñez va vous recevoir, veuillez patienter.
Pedro s'approcha de la fenêtre sur la cour. Les allusions irrespectueuses de Juan l'offensaient, il ne comprenait pas les motivations de son frère, ni ses moqueries déplacées. Enfin Carmelo vint les chercher. Don Núñez trônait derrière son bureau. A l'inverse de son huissier, le notaire était gras et luisant, pensa Pedro. Un sourire faux illumina ses yeux fuyants. Pouvait-il les sortir de la faillite qui les menaçait ? S'interrogea Pedro.
- Ah ! La famille Albarracin ! Entrez, entrez ! J'appréciais votre père, il a largement contribué au développement de Vera ! Sa disparition est une grande perte !
L'ironie de Juan perturbait le jugement de Pedro. Il doutait à présent de la sincérité du notaire. Il en voulut à son frère. Il transformait en cauchemar les choses les plus simples. Il avait toujours eu ce travers.
- Par Dieu ! Le jeune Juan Manuel est parmi nous ! Entre ! Ton grand-père aurait été fier de te savoir ici ! Assieds-toi !

Juan et Ana Maria prirent place les premiers. Ils faisaient face à l'homme de loi. Pedro et son fils se trouvèrent relégués sur le côté droit du bureau.

Pedro enrageait de cette position. Dans sa famille, il avait souvent eu l'impression d'être exclu dès lors qu'il s'agissait de traiter des questions importantes. Le notaire donna lecture des dispositions prises par leur père. Ils en connaissaient la teneur. De son vivant, le vieux Juan Manuel avait fait donation de ses biens à ses enfants.

Le rappel du contenu de l'acte agaça Pedro.

- Au final, se dit-il pour lui-même, mon patrimoine reste inchangé. Les deux fincas[19] : l'une à el Salador de los Carros et l'autre à Cañava de Julian et Cabezos Pelados.

Le notaire demanda aux trois enfants s'ils étaient d'accord sur le partage, personne ne trouva à redire.

Pedro s'était mis en tête de demander si les biens de famille se limitaient à cela, mais il renonça.

Juan précisa :

- Conformément à la volonté de notre père, j'ai pris en charge l'entretien des terres. Mon frère et ma sœur héritent de parcelles maintenues en état de culture.

Pedro acceptait cet état de fait, sourcillant à la simple évocation des revenus que ces terres avaient procurés à Juan. Il se garda de polémiquer.

Ana Maria affichait l'insouciance dont elle faisait preuve depuis son mariage. Les terres de Cañava de Julian et Cabezos Pelados constituaient un ensemble de quatre hectares et demi. Elles seraient divisées en trois selon une logique absurde. Quant à la maison, justifiait Juan : « Elle me revient en raison du temps consacré à l'entretenir pour mon père. »

Juan Núñez observait les trois héritiers. Il connaissait ces silences, souvent longs, s'installant après la lecture d'un acte. Il reprit l'initiative pour mettre un terme à cette succession qui l'avait mobilisé plus que nécessaire. Ils l'ennuyaient. D'une

---

[19] Terrains agricoles.

voix neutre derrière laquelle on sentait monter de l'irritation, il poursuivit :
- Chacun d'entre vous hérite d'un tiers du patrimoine de feu Juan Manuel De Haro Albarracin, soit 425 pesetas exactement.

Il détailla les biens attribués à chacun et leur valeur.
Les parts du bâtiment d'habitation en indivision seraient rachetées par Juan aux deux autres héritiers, soit 175 pesetas pour Pedro, et 175 pesetas pour Ana Maria.
Pour en finir, le notaire appela son clerc et lui demanda d'établir les reçus justifiant les transferts.
Pour meubler le silence en attendant le retour de son collaborateur, il ne put s'empêcher de faire un exposé fastidieux sur le contexte économique de la région en insistant de façon excessive sur le potentiel des terrains des Cabezos Pelados situés à la périphérie de la zone minière. Juan Manuel n'écoutait plus, affalé contre son père. Il somnolait, levant la tête lorsqu'une envolée lyrique de Don Juan Núñez célébrait l'audace des investisseurs anglais belges et français, « bienfaiteurs » de la province d'Almeria.
Seul Pedro écoutait la logorrhée soporifique du notaire. Il rêvait de revivre l'épopée dont son père fut l'un des acteurs.
Le notaire vérifia les reçus signés et prit congé, déjà préoccupé par son rendez-vous suivant :
- Chers amis, voilà une bonne chose de faite !

Puis se tournant vers l'enfant il ajouta :
- J'ai bien connu ton grand-père. Toi aussi, tu réaliseras des choses prodigieuses !

Soudain il coupa court en regardant sa montre :
- Ginès, raccompagnez les héritiers Albarracin !

La fratrie demeura un moment devant l'étude, ne sachant comment se séparer. Ana Maria s'esquiva la première :
- Je vois Barnabé, sa calèche est au coin de la calle Ballesta, je ne vais pas le faire attendre. A dimanche, à la messe. Je vous embrasse.

Le jeune Juan Manuel interrogeait Les deux hommes du regard. Son oncle Juan lui adressa la parole :
- Alors fiston ! Ton héritage te pèse-t-il ?
L'enfant ne comprenait pas, il se tourna vers son père. Pedro répondit :
- Juan, cette question m'est-elle adressée ?
- Ne le prends pas mal, Pedro. Je ne pourrai jamais me refaire. Passe avec le gosse si tu vas aux Cabezos Pelados. Notre père a commis une erreur en séparant ces terrains. Il serait plus rentable de réunir nos terres pour travailler ensemble. J'en ai dit un mot à Ana Maria et Barnabé. Lui ne se voit pas descendre au fond du trou. C'est bon pour nous.
-Humm, cela demande réflexion. Je vais en parler à Dionisia.

DEUX

Le pas trainant, un baluchon en bandoulière, José Haro Léon avançait sans se hâter vers la Plaza del sol, l'entrée sud-est de Vera. Le soleil, au zénith, ruisselait sur les maisons blanches et la chaux vive des façades vibrait derrière le mur de chaleur. Il cligna des yeux pour essayer de stabiliser les images tremblantes de lumière. Sa veste noire de velours lustré éclairait presque, par contraste, une chemise fanée à la blancheur douteuse.
A l'ombre des magnolias, des enfants qui jouaient aux marchands sur des étals de planches, échangeaient des pâtés de sable mouillé contre une monnaie de cailloux blancs.
Il obliqua par la gauche pour remonter la rue principale en direction de la calle Hileros où habitait Pedro De Haro Simon, son principal client.
Ce propriétaire, héritier des terrains Albarracin, était actionnaire d'une société minière baptisée « Providencia y Amigos ». Il devait lui parler, mais les volets clos ne l'incitèrent pas à frapper à la porte. José imagina Pedro et Dionisia sa femme chuchotant dans la fraîcheur de l'obscurité. Il chassa cette image venue troubler le flot des idées noires qui le torturaient.
Cela faisait maintenant sept années que le vieil Albarracin était mort. Son fils Pedro était plus dur en affaires. Du temps des vieux, les choses semblaient plus simples. Son père Francisco, toujours vivant, lui reprochait de s'y prendre mal. Il répétait sans arrêt :

- De mon temps avec Albarracin, nous n'avions qu'une parole !

Il avait beau lui expliquer le contexte économique de la mine, les nouveaux concurrents, la chute des cours, rien n'y faisait. Il s'en voulait presque d'héberger son père.
Un reproche vivant dès le saut du lit, il le dénigrait sans arrêt, et critiquait la moindre de ses décisions.

José regrettait d'avoir à le faire, mais il mettait souvent fin à la discussion en lançant :
- Père, ce n'est plus votre problème maintenant.
Les deux hommes restaient sur cette colère contenue. Ils s'en voulaient autant l'un que l'autre de ne plus pouvoir parler sereinement.
Il poursuivit son chemin jusqu'à l'église de la paroisse Saint Michel Archange située calle del Clavel se signant sur son passage, et parvint à l'entrée de la calle Inclusa où se trouvait sa demeure. Antonia l'attendait-elle encore ? En se rapprochant de sa maison, il espérait la voir sur le pas de la porte. Elle sortit à ce moment-là. La silhouette aimable de sa femme, ses cheveux ondulés, ses mains embarrassées dans les replis de son tablier de lustrine gris foncé, l'entraînèrent à forcer l'allure. La sueur sur sa barbe dure attirait les insectes. Il les chassa d'un geste découragé. Elle regardait son époux avancer, le visage grave. Il eut honte de l'image qu'il lui offrait, celle d'un homme accablé, incapable de trouver une parade aux événements qui le menaçaient.
Le nom de la société de Pedro le chagrinait, « Providencia y Amigos », quelle ironie ! Il en avait besoin, lui, de cette providence et de ces amis qui l'abandonnaient aujourd'hui.
Il passa devant sa femme, résigné, notant au passage les traces de rouille sur les grilles de fer forgé protégeant les fenêtres et franchit le vestibule aux murs entièrement carrelés. Le sol en terre battue s'éclaira lorsque la porte entrouverte laissa passer la lumière furieuse du soleil. La deuxième pièce donnait sur une courette et faisait office de cuisine. Sur la table, un bol de gaspacho et une assiette l'attendaient. Il vit un jaune d'œuf mollet flotter à la surface du potage froid.
Il tira la chaise et s'assit, les mains jointes devant le visage, chuchotant un bénédicité empreint de désespoir. Sa dévotion ne le protégeait pas de la conjoncture minière défavorable. Il en voulut à Dieu.
Antonia se tenait derrière lui, les doigts croisés, la tête courbée, le menton sur la poitrine, les yeux mi-clos.

- Dios Bendiga ! conclut-elle.
D'un signe de la tête, elle lui fit comprendre que son père prolongeait sa sieste.
Elle se retint de l'interroger, jugeant plus sage de le laisser parler quand il le déciderait.
Rosa, leur cadette, dormait. Sa respiration parvenait de la chambre. José regardait la courette, ses outils, les moules pour modeler le minerai en barres, plaques et lingots, qui facilitaient le stockage et le transport. La machine à tréfiler, récemment acquise pour satisfaire aux demandes des clients, transformait le métal en fils de différents diamètres. Elle stationnait silencieuse, désormais inutile.
Antonia le sortit de sa rêverie. Dans la chaleur et le silence, sa voix résonna plus forte et plus agressive que d'habitude :
- Alors, as-tu parlé à Orozco ?
José posa doucement sa cuillère à droite du bol pour éviter de la choquer contre la porcelaine.
Il ressentait la haine des exclus pour la dynastie Orozco. Ramon Orozco, le patriarche, et deux autres familles, possédaient depuis un demi-siècle soixante-dix pour cent des gisements miniers de la région. Les plus riches. À force d'investissements raisonnés ou chanceux ils avaient pris le contrôle de la quasi-totalité des activités en amont et en aval de l'extraction. Cela les mettait à l'abri d'une crise minière. Au pire, ils se couperaient un bras pour éviter la gangrène. Avant d'en arriver à cette extrémité, ils étranglaient la concurrence, aussi faible soit-elle, en imposant un modèle industriel d'extraction et de transformation du minerai.
Le chemin de fer et le téléphérique, financés par des capitaux étrangers, en étaient les symboles.
Orozco, en bon maître de la mine, veillait aussi sur l'éducation et le bien-être de ses ouvriers. Son épouse dirigeait ses œuvres sociales, l'école et l'hôpital portaient leur nom. Ils passaient pour faire « le bien ». Le curé se chargeait de le rappeler dans chacun de ses sermons du dimanche.

Les trente pour cent des autres gisements appartenaient à des petits entrepreneurs comme José Haro Léon et Pedro de Haro Simon. Ces entreprises familiales ne parvinrent jamais à regrouper leurs moyens pour lutter contre la concurrence des industriels. Les tentatives pour créer des sociétés aux noms emblématiques, n'aboutissaient jamais, et se fracassaient sur l'individualisme de paysans qui s'étaient transformés par hasard en mineurs.

- Orozco ? Il se fout pas mal de nous, il ne bougera pas d'un pouce ! Même si nous venons tous à crever !
- Tu crois ? Ce n'est pas ce qu'il dit à la sortie de la messe, il pourrait te donner du travail si tu lui parlais.
- Tu es naïve, ma femme ! Lui et les curés ne sont pas de notre camp, rien qu'à nous passer de la pommade !

José poursuit calmement :
- La construction du téléphérique entre Bedar et Garrucha va décupler leurs profits ! Ils nous enterreront !
-Arrête, José ! Le supplia Antonia, oublie ces histoires ! Le curé me dit souvent « ton mari a la tête farcie de mauvaises idées ! »
-Tu écoutes trop le curé, Antonia. Je te dis qu'il n'est pas de notre côté !

Elle le regarda se servir du vin :
- Tu te rends compte des conséquences du téléphérique ? Je devrais déménager mes installations sur le port de Garrucha, louer un atelier sur place. Je n'y serai pas le seul ! Mon bénéfice va y passer. Aujourd'hui, je travaille au pied des puits de Pedro. Nous avons un accord. Il n'y a pas de concurrence possible. Sous peu, il va transborder son minerai par le téléphérique jusqu'au port. Orozco, lui, paraît-il, va expédier l'extraction brute à Barcelone. Des fondeurs catalans transformeront le minerai, puis il partira direct pour l'Allemagne où Dieu sait où en Europe. Pourquoi les Sirvent et les Guzmann sont-ils venus s'installer à Aguilas ? C'est donnant donnant ! Donne-moi

ton argent, je te donne ma mine ! Des loups ! Rassure-toi ! Ils ne se bouffent jamais entre eux !
- José ! Tu vois le mal partout !
- Non, je vois notre avenir qui fout le camp. Je pense à toi, à nos filles. Béatriz et Damiana sont déjà en âge de travailler. Rosa vient de naître. Qu'allons-nous leur transmettre ? Parfois j'envie notre fils aîné Frasquito devenu garde-civil. Je n'en suis pas fier mais au moins lui mange à sa faim tous les jours.
- José, tu vas me faire pleurer !
- Antonia, sois courageuse ! Nous avons connu des moments plus difficiles. Heureusement, notre maison nous appartient. Nos parents disposaient de moins. Je chercherai du travail, je revendrai mes équipements, je peux en tirer un bon prix à condition de faire vite.
- Tu as parlé à Pedro ?
- Non, les volets étaient fermés lorsque je suis passé. Lui, il trouve le temps de faire la sieste.

Elle ne répondit pas. La petite dernière, Rosa, se mit à pleurer à ce moment-là, réveillée par leurs éclats de voix.

Portant le verre de vin à ses lèvres, il lui dit :
- Amène-la avant qu'elle ne réveille son grand-père !

Rosa, complètement éveillée, passa des bras d'Antonia à ceux de José, ses yeux noirs brillaient de curiosité.
- Elle va nous faire souffrir celle-là ! dit José en la prenant.
- Tu vas lui porter le mauvais œil !
- Regarde nos deux autres filles : Béatriz est en âge de se marier et Damiana est déjà une petite femme, heureusement qu'elle est là pour s'occuper de mon père !
- Je sais. Il m'arrive aussi de l'emmener travailler avec moi chez Doña Caparros au magasin la Catalana. Elle me dit combien ses enfants, Dieguito, Carlito et Emilia, sont contents de jouer avec elle.
- Cette gosse est trop sérieuse, elle vient tout juste de fêter ses treize ans et fait preuve d'autant de jugement que certains adultes. Parfois, elle me fait peur.

La pendule sonna trois heures et demie. José se leva et annonça qu'il aimerait se reposer un peu avant de repartir lorsque le soleil serait tombé. Il bailla en s'étirant.

- Je vais m'allonger. Réveille-moi d'ici une heure. J'irais peut-être au foyer voir les vieux jouer aux dominos. Ils connaissent l'histoire de ce village, peut-être me conseilleront-ils ?
- Au foyer, ne te laisse pas entraîner à dépenser sans compter !
- Fais-moi confiance, Dieu, nous a toujours sortis d'affaire. Je m'énerve parfois contre lui, mais je sais reconnaître sa générosité quand il en a.

Antonia déposa Rosa, encore éveillée, dans son lit. Derrière les volets fermés, la flamme de la veilleuse éclairait doucement la pénombre. Le verre d'une image en couleur de la Virgen de las Angustias renvoyait les reflets chatoyants de la lumière sur le miroir d'une psyché.

José s'allongea sur le dos et s'endormit bouche ouverte, émettant aussitôt un ronflement sonore et saccadé. Rosa babillait doucement, bercée par le ronronnement régulier de son père.

Antonia suspendit sa blouse au portemanteau du vestibule et sortit.

En la voyant se hâter dans les rues désertes, vêtue d'une robe chasuble de coutil noir, un fichu sur la tête pour dompter la masse de ses cheveux ondulés, personne n'aurait imaginé que la femme énergique, dont les jambes noueuses se mouvaient sous la toile revêche, avait mis au monde quatre enfants, dont un garde-civil. Elle se pressait pour rejoindre la calle del Clavel et l'église Saint Michel Archange. Elle traversa le jardin de la gloriette. La terre sableuse et chiche portait des lauriers roses exubérants malgré la chaleur et le manque d'eau. Ils croissaient à l'ombre de palmiers longilignes qui s'échappaient vers le ciel.

Elle ne voulait pas être vue. Personne dehors. La plupart des habitants de Vera sacrifiaient à la sieste et les rues resteraient vides jusqu'à la fin de l'après-midi.
A peine franchi le seuil du presbytère, elle se signa en s'inclinant légèrement. La gouvernante, Doña Elena, se leva en la voyant :
   - Don Roberto vous attend !
Le curé de Vera, Don Roberto Salas Rodriguez, était un homme aimable au regard perçant. Passé par le grand séminaire jésuite San Dionisio de Grenade, il rêvait d'une paroisse plus prestigieuse que celle qu'on lui avait attribuée ici à Vera.
« Pour le salut des âmes ! » avait dit l'archevêque de Grenade en lui annonçant ce qu'il considérait comme une mise à l'épreuve. Peut-être avait-il manqué d'humilité à San Dionisio.
Il s'employait donc à sauver des âmes. Il se montrait sévère avec les fidèles de son église, désespérant de pouvoir les ramener à la raison. Son combat semblait perdu d'avance. Comme Jésus-Christ, il luttait contre les marchands du temple qui avaient imposé leur loi à Vera au travers de la folie minière.
Une fois de plus, la fièvre minière les amenait au délire. Tôt ou tard, la même débâcle économique que celle survenue après la découverte et l'épuisement du filon de Jaroso en 1834, se produirait. Cela ne leur avait pas servi de leçon. Leur obstination à se rêver riches relevait du diabolique. Au lieu de se contenter des largesses de Dieu, ils s'ingéniaient, sans conscience, à stériliser leurs maigres champs, à creuser et extraire ce minerai provoquant leur perte. Ils succombaient à la tentation du Veau d'Or, fouillant les entrailles de la terre, risquant leur vie, menacés, tels des rats, par les éboulements de leurs tunnels. L'argent, la vie facile, la fortune, les rêves de fuite loin du pays natal les taraudaient. En cela, ils étaient des pêcheurs consentants. Il ne pouvait rien pour leur salut.

Dans chacun de ses sermons, Don Roberto exhortait les fidèles à rechercher la paix et le bonheur dans la religion, au lieu de s'enfouir des heures durant, même le jour du Seigneur, pour piocher et fouiller tels des bêtes. Ils dévastaient la montagne, abattant et brûlant la végétation. Les chênes verts, plantés pour protéger du soleil et attirer l'eau du ciel, avaient quasiment disparus. Honte à ces gueux ! Son ministère le mettait à l'épreuve chaque jour. L'entêtement de ces centaines de petits propriétaires terriens, se rêvant en capitaine d'industrie, représentait une menace pour l'église : ils devenaient des mécréants. Don Manuel Orozco, un homme de bien, et Albert Sirvent, un savant inspiré, véritables élus de Dieu, œuvraient heureusement pour le bien de la communauté.

Il avait béni leur téléphérique dimanche dernier.

Antonia attendait patiemment. Don Roberto n'en finissait pas de ruminer.

José n'éprouvait aucune sympathie pour celui qu'il appelait le curé des riches. Il mettait rarement les pieds à la messe et n'arrêtait pas de répéter :

« Dieu est près de moi quand je creuse à crever. Il m'apprécie certainement plus que ces paroissiens élégants qui font étalage de leurs costumes chaque dimanche à l'église. »

Antonia ne partageait pas son point de vue. Elle voyait le curé et Don Orozco converser à la sortie de la messe. Souvent, elle ne saisissait rien de leur conversation et s'en voulait. José enrageait :

« Ils s'entendent sur notre dos, ils ont été autorisés à construire leur maudit téléphérique ! Tu m'entends ? Ils sont tout puissants ! »

Le prêtre l'observait et attendait, impassible. Antonia frissonna. Ils se regardèrent.

- Antonia, demanda le curé, ton José est-il toujours révolté contre le monde entier ?

Après un court instant de réflexion, elle s'enhardit :

- Ce n'est pas un mauvais homme. Il aime sa famille. Il voudrait la mettre à l'abri du besoin. Quand il a commencé à travailler pour Pedro De Haro Simon, tout allait bien. Ils étaient satisfaits de leur association. Mon José se comportait en partenaire responsable, ne comptait pas son temps. Il restait des heures entières devant les fours, à fondre le minerai, à produire des lingots de fer purs, proches de la perfection. Les professionnels reconnaissaient la qualité de son travail. Et puis voilà, vous êtes allé bénir le téléphérique. Depuis la mise en marche de cette maudite machine, les familles comme la nôtre se retrouvent sans pain, sans rien.

Une lueur d'admiration traversa le regard de Don Roberto. Il appréciait cette femme intercédant en faveur de son mari et de ses semblables.

De nombreuses familles connaissaient le dénuement. Qu'y pouvait-il, sinon y voir la main de Dieu ? Il avait recommandé Antonia, une personne brave et intelligente, à Doña Emilia Caparros, de la Catalana, pour quelques heures de travail ménager.

- Cela se passe bien chez les Caparros ?
- Oui, ils sont généreux. Damiana m'accompagne parfois, les enfants l'adorent !
- Je t'y encourage. Elle aura sous les yeux l'exemple de bons chrétiens.

La gouvernante, Doña Elena, n'en perdait pas une miette. Elle se méfiait de cette femme qu'elle trouvait arrogante pour quelqu'un de sa condition. Trop vive, trop bien habillée, trop belle en un mot. Elle sortit de sa cuisine :

- Doña Rubiña vient pour la confession à cinq heures, vous n'avez pas oublié ?
- Non, Elena, non, merci ! Donne à Antonia mes chemises sur lesquelles elle doit retourner les cols et les poignets.

Elena s'exécuta en bougonnant et ramena de la chambre les vêtements du prêtre qu'elle tendit à contrecœur à Antonia.

Celle-ci s'agenouilla pour baiser les mains du curé. Elena haussa les épaules, exaspérée.
- Ma fille, dit Don Roberto, relève toi et rejoins ta famille.
Quatre heures sonnaient, le soleil encore haut brûlait le ciel et les rues s'effaçaient sous sa lumière blanche. Antonia se hâtait pour arriver avant le réveil de José.
Elle n'osa pas le sortir du sommeil de suite et resta assise sur la chaise à bascule, à se balancer mollement en s'aérant à l'aide d'un éventail de poche en dentelles noires. Elle commençait à s'assoupir, lorsque Béatriz, son aînée, rentra.
- Ma fille, te voilà enfin ! Tu passes tes journées chez les Núñez Segura ! Ce Bartolomé va finir par te rendre folle !
La mère riait sous cape en voyant sa fille rougir. Le jeune maçon était venu chez eux pour cimenter le sol de la cour, et Antonia n'avait pas été dupe du manège de sa fille pour ce beau garçon.
- J'ai connu cela avant toi. Je suis passé par là !
- Maman, ce n'est pas la même chose !
- Attends, je n'ai pas le temps de discuter, il est déjà quatre heures et demie et ton père doit sortir. Va prendre ta sœur, et sors-la de la chambre.
José, réveillé depuis un moment déjà, sortit portant Rosa dans ses bras. Il affichait le même air sombre qu'au début de l'après-midi :
- Prépare-moi une bassine d'eau chaude et une chemise propre, je vais me raser.
Le miroir, suspendu à une espagnolette, reflétait son torse nu. Il aimait se raser ainsi, passant en revue le matériel dans le patio. Antonia imaginait ses pensées pessimistes. Leur serait-il possible de remonter la pente ? Ils avaient tous les deux plus de quarante-cinq ans.
Il s'aspergeait le visage à grandes poignées d'eau froide pour effacer les plis des draps. Antonia lui tendit une serviette, elle se laissait envahir par une angoisse irraisonnée. Il passait le blaireau sur son visage et ne voulait pas être vu en train de se raser. Elle sortit.

Une fois dans du vestibule, elle reprit son ouvrage et vérifia l'état des chemises du père Roberto, examinant les cols et les poignets usagés.

Ce travail facile mais fastidieux permettrait de faire rentrer un peu d'argent au foyer. Elle reconnaissait sa chance. Doña Elena, la gouvernante, ne l'appréciait pas, elle ne voyait pas chez Antonia les qualités que le prêtre lui trouvait. Antonia ressentait ce mépris et cette opposition sourde. Les personnes comme Doña Elena ne manquaient pas au village. Elles lui faisaient perdre ses moyens. Elle doutait d'elle-même en y pensant.

Il lui fallait mobiliser toute son énergie, en appeler aux préceptes de sa mère pour passer outre les jugements des Doña Elena du village et Dieu sait s'il en comptait !

Elle aurait voulu avoir le courage de parler de leurs difficultés à Dionisia, la femme de Pedro, mais elle n'osait pas, de peur de l'indisposer. Elle était persuadée que Dionisia ne s'abaisserait jamais à lui parler. D'après José, Pedro envisageait de cesser l'exploitation des Cabezos Pelados pour travailler à La Union[20] à Cartagena. La toute-puissance de la compagnie minière qui s'y était installée, conduisait à la fermeture, l'une après l'autre, des mines individuelles de la région.

La décision de son principal client provoquait la colère de José, mais aussi son désespoir.

« Si Pedro de Haro Simon lui-même s'apprêtait à déserter, alors sur qui compter ? » pensait-il.

Lui voulait continuer à se battre envers et contre tout. Sans vouloir le décourager, Antonia savait ce combat perdu d'avance. Elle préférait se consacrer à l'éducation de ses filles et à leur avenir. Sa mère lui disait toujours :

---

[20] Les mines de la sierra de Cartagena : La Unión, dans la région de Murcie, ville de 16 000 habitants aujourd'hui, abritait 12 grands centres miniers. Ces importants témoignages du patrimoine industriel local, ont été réhabilités et la visite de certains d'entre eux est possible aujourd'hui.

« Nous les femmes, nous sommes plus résistantes que nos maris, nous sommes leur colonne vertébrale, sans nous ils ne sont rien. »

Antonia ne désespérait pas de voir Béatriz, qui allait sur ses dix-huit ans, se marier avec ce Bartolomé. Une bouche de moins à nourrir. Elle se signa.

Damiana, à treize ans, travaillait déjà avec elle chez les Caparros. Don Diego se montrait généreux.

Elle contribuait aux dépenses de la famille. Pour Rosa, elle aviserait le moment venu.

Elle était décidée à se battre pour offrir un avenir heureux à sa fille. Elle enviait Frasquito, son fils aîné, garde civil à Seron. Sa position le mettait à l'abri de la misère. Depuis son départ, rien ne se passait comme avant. Pleine d'amertume, elle comptait sur les doigts d'une main les rares fois où il leur avait rendu visite. Antonia soupira, se disant qu'elle n'y pouvait rien.

Elle frissonna à l'idée qu'ils pourraient avoir d'autres enfants et se signa de nouveau. Pedro et Dionisia en étaient à leur sixième.

Elle prit la première chemise. Les vieux ciseaux gris, brillants et usés par les mains de sa propre mère, commencèrent à découdre le premier col. La chaise oscillait au rythme de son travail. Depuis combien de temps connaissait-elle ces gestes appris en regardant sa grand-mère ? Elle les maîtrisait quand vint son tour dans la succession des générations. Elle revoyait, comme si c'était hier, la vieille Béatriz Molina Carmona, sa mère, se balancer sur la chaise à bascule, toujours une chanson sur les lèvres. Elle portait chaque col à hauteur de ses yeux fatigués et ouvrait les ciseaux en utilisant la lame courte pour défaire les coutures. Son visage brun encadré de cheveux gris tirés en arrière témoignait d'une extrême concentration mais, par moments, la couleur indéfinie de son regard montrait que ses pensées l'emmenaient très loin. Découdre et retourner les cols pour leur redonner une nouvelle fraîcheur.

En pointant les ciseaux vers le tissu, Antonia se glissait dans la peau de sa propre mère. Elle se mit à chantonner. Les grincements du vieux fauteuil au rotin fatigué accompagnaient son chant triste. Une lueur de tendresse illumina ses yeux, le temps ne s'arrêtait jamais, un jour ses filles éprouveraient pour elle ces mêmes sentiments nostalgiques.

« Que se nos va la Pascua mozas ! Que se nos va la Pascua ! Mirad locas que detras se pinta la ocasion calva, la ocasion calva[21]. »
Elle avait entendu cette chanson sur la plaza del Sol. Deux gitans faméliques, l'un actionnant un orgue de barbarie, l'autre s'accompagnant d'une guitare au son creux, la chantaient en interpellant les femmes à leur passage. Elle se sentit soudain lasse.
Elle pensa qu'il restait encore huit mois avant la Semaine Sainte, au cours de laquelle elle avait décidé qu'il était temps de transmettre le « don » à Damiana, élue entre toutes ses filles. Elle lui enseignerait les prières, transmises de mère en fille, qui enlevaient le soleil, guérissaient les douleurs bénignes et les maladies plus graves[22]. Elle avait exclu Béatriz, l'aînée, trop préoccupée de sa personne, et Rosa, trop jeune. Damiana montrait des prédispositions. Ses yeux brillaient de la même lueur que ceux de sa grand-mère Carmona. Une flamme venant de très loin. Les villageois superstitieux murmuraient :
« La voix du sang ! » ou encore,
« Le sang n'oublie jamais ! »
A Vera, les femmes s'adressaient à Damiana comme à la future détentrice du « don », lui confiant déjà leurs soucis, la

---

[21] Nos Pâques sont derrière nous jeunes filles ! Derrière nous ! Et après cela, jeunes folles, nous attend l'horreur de la calvitie.
[22] Insolation, jaunisse, eczéma, indigestion étaient guéris en ayant recours à des prières transmises de mère en fille le jour du Vendredi saint.

questionnant sur des situations qui dépassaient l'adolescente de 13 ans qu'elle était. La jeune fille inspirait confiance et portait sans se plaindre ce fardeau de douleur et de peines.

José, rasé de près, les joues aspergées d'eau de Cologne, avait retrouvé un peu de sa confiance. Il compléta d'une lavallière noire sa chemise blanche qu'il boutonna jusqu'au dernier bouton. Ce ruban de soie froissée signifiait beaucoup. Il le rassurait. Pour autant, se disait-il, cela suffira-t-il à me donner bonne figure et à cacher mon désarroi ? Il serra le nœud sur son cou.

- Passe un coup de brosse à mon chapeau gris, demanda-t-il à sa femme.
- Je préfère te voir ainsi, lui répondit-elle en tendant le chapeau débarrassé de la poussière.

Antonia retrouvait l'homme solide qu'elle avait épousé. Elle sentait de la colère derrière son assurance. Elle s'approcha pour l'embrasser, mais il la repoussa :

- Ne m'attends pas trop ce soir, je vais voir les uns les autres et traîner au village pour tenter d'avoir du nouveau.
- Ne t'inquiète pas, je ne bouge pas d'ici.

Les ciseaux cliquetaient dans ses mains.

Il regarda, non sans fierté, cette femme indépendante qui était la sienne. Il se sentait vulnérable sans Antonia. Son bâton de marche comme il la surnommait parfois sans le lui avouer.

Dehors, le soleil perdait de sa force. Il rejoignit le cortège des hommes, calle Mayor. Les uns se dirigeaient vers le haut de la ville, l'église, la mairie et le cercle, les autres vers la plaza del Sol et la taverne de Santiago-Ramon.

Il hésita sur la direction à prendre puis se dirigea vers la plaza del Sol. Au débouché sud de la calle Mayor, le citronnier centenaire et la patache attendaient les voyageurs pour le dernier voyage avant la tombée de la nuit. L'arbre aux feuilles luisantes respirait, préférant la fraîcheur du crépuscule à la chaleur épuisante du soleil. Les chevaux jouissaient de ce répit avant leur prochain départ.

Des bruits de voix filtraient à travers les portes battantes du café. L'odeur chaleureuse de la dernière fournée de pain imprégnait la place et remplaçait agréablement la rudesse du plein soleil.

Consuelo, devant la vitrine de sa boulangerie, rêvait, dévorée des yeux par Santiago-Ramon.

Cette place rythmait les journées de José. Il en partait le matin, y revenait le soir. Chaque jour que Dieu donnait, il y mesurait le temps et les saisons aux caparaçons des chevaux, aux branches dénudées de l'arbre, aux frémissements des naseaux, ou simplement aux chapeaux des voyageurs. Elle n'exigeait rien de lui, elle existait, simplement.

A la porte de la Taverna Alicantina, José retrouva deux autres fondeurs Rodrigo Peralta et Eduardo Santander. Traversant la salle comble, ils se frayèrent un chemin jusqu'au comptoir. Des clients assoiffés attendaient d'être servis. Jouant des coudes, bousculant des verres pleins sous les injures, ils réussirent à s'en approcher.

Au passage, le manchot lui cria :

- José, que fais-tu ici, retourne dans la montagne ! Fainéant !

A peine le premier barrage franchi, d'autres clients criaient :

- Ils vont vous couper les couilles avec le train et le téléphérique !

Solidaire de ses compagnons de misère, José supportait les piques en haussant les épaules.

Les trois amis finirent par attirer l'attention du tenancier, Santiago-Ramon et se firent servir une bouteille de Jumilla.

Malgré leur cruauté, les apostrophes des clients contenaient une part de vérité.

- Je les comprends, dit Eduardo, nous réussissions, ils en étaient jaloux ; ils jubilent de notre chute, les gens sont contents du malheur des autres !

- C'est vrai, ajouta Rodrigo. Ils sont à l'abri. Sauf si les grosses sociétés étaient également touchées.

Santiago-Ramon les rejoignit acquiesçant :
- Pour moi, ces histoires de téléphériques c'est de la clientèle en moins. Les gens n'ont pas la tête à venir boire, sauf à crédit et cela n'est jamais bon pour les affaires !

José réfléchissait intensément. Il se lança :
- Pour le moment, la construction du téléphérique sauve la situation. 300 pylônes à monter, la maçonnerie et les poutrelles métalliques, l'entretien des câbles Voyez la salle, la plupart des clients ont travaillé ou travaillent encore sur ce chantier. Mais après ?

Ses amis hochaient la tête, approuvant la justesse de son raisonnement.
- Ils emploient des dizaines de maçons, quinze kilomètres de long, rajouta Santiago-Ramon, de Bedar à Garrucha ! Six-cent wagonnets ! Des tonnes de minerai transporté sans intervention humaine jusqu'à la mer !

Le silence se fit autour d'eux, par respect pour ces trois hommes abattus, reconnaissant la supériorité de l'ennemi et surtout son invincibilité. Santiago-Ramon leur offrit une tournée de Jumilla.

Une voix mit fin à cette courte accalmie.
- Le progrès, ça s'appelle le progrès !

L'homme qui avait parlé, connu pour son engagement syndical à La Union à Cartagena, s'appelait Manuel Oliveros. C'était un jeune de vingt-cinq ans à l'allure de gitan, sec et noiraud. Habités par la justesse de son combat, ses yeux brillaient de fièvre. On le surnommait Bakounine. Il proclamait une foi inébranlable dans les écrits de l'anarchiste qui fut à l'origine de l'adhésion des mouvements ouvriers du pays à l'Association Internationale des Travailleurs.

- Finalement, votre égoïsme ne vous sert à rien, ils finiront par vous avoir. Vous n'arriverez pas à vous en sortir seuls ! Vous jouez individuel, ne vous plaignez pas si vous perdez face à plus gros !

La salle du café s'enflamma devant ce discours.
- Manolo ! Manolo ! Invitaient en chœur les clients passablement éméchés.
Manuel Oliveros monta sur une table et, d'un large geste des bras vers le plafond, incita les clients à manifester leur approbation. Il poursuivit :
- Leur usine de La Union bloquée par une bonne grève, ça oui, ça peut les faire bouger ! Trois pauvres types ruinés, ils s'en foutent complètement !
- Doucement, doucement, le raisonna Santiago-Ramon. Ici, tu n'es pas à ton syndicat. Manolo, je ne veux pas d'histoires avec la Guardia-Civil.
Convaincus du peu d'intérêt de leur histoire pour les clients du bar, José, Eduardo et Rodrigo, écœurés, quittèrent le café pour se rendre au Cercle. Là, les débats seraient d'un autre niveau.
Ils n'osaient s'avouer avoir vibré aux appels enflammés de Manolo, les exhortant à lutter contre le grand capital, pour employer ses termes. Ils n'auraient jamais utilisé les mots du syndicaliste pour exprimer leur désarroi et leur colère. Ne seront-ils pas, eux aussi, condamnés à rejoindre la cohorte des ouvriers de La Union, à deux pesetas et demie la journée de travail ?
Les analyses partisanes de l'anarchiste soulignaient leur propre responsabilité. Ils avaient voulu sortir de leur milieu, réussir, ne plus courir après le pain quotidien. Ils mesuraient aujourd'hui l'échec de leur ambition. Il ne leur restait que la culpabilité. Vouloir être différents les avait conduits à la catastrophe.
Leur visage fermé traduisait un sentiment d'injustice profond. Ils l'enfouissaient en eux, incapables de laisser exploser la colère qui les aurait apaisés mais conduits à la révolte.
Le jour s'amenuisait. Le soleil se cachait lentement derrière les flancs de la Sierra Almagrera et ses derniers rayons coloraient de gris-rose et de bleu la montagne aux multiples filons. Le pays vivait de ses ressources depuis presque soixante années.

La richesse de ses pentes scintillait au couchant et n'en finissait pas d'étirer la lumière de cette journée.

Les trois hommes s'arrêtèrent un moment sur la plaza del Sol pour regarder ces montagnes qui avaient nourri leur fantasme minier. Elles s'apprêtaient à les abandonner, à se livrer telles des femmes vénales aux mains grossières de nouveaux amants, plus riches, plus beaux, plus entreprenants, plus avides de profiter d'elles. Ils en auraient pleuré, mais, de rage et de colère, leurs larmes ne coulaient pas.

- Putas ! grommela Eduardo à l'adresse des Cabezos Pelados, en se signant avec respect pour conjurer le sort.

Ils remontèrent la calle Mayor en silence, à peine enivrés par le vin. Sonnés par la beauté des reliefs arrogants, ils maudissaient cette nature peu solidaire de leurs difficultés. Écœurés par les lumières diaphanes de cette fin de journée somptueuse, ils se sentaient cocus, s'interrogeant sur la justice divine et celle des hommes. Ils ne méritaient pas d'être exclus du jeu. Rodrigo se lâcha :

- Dieu m'est témoin ! J'ai tout fait pour éviter ça à ma famille !

Devant l'église « Santa Maria de La Encarnacion », les tables du Cercle étaient sorties sur la longue place carrelée. Les anciens jouaient aux dominos, peu soucieux des inquiétudes de leur descendance.

Heureux de ne plus avoir à traiter ces questions, les vieux se concentraient sur les fiches qu'ils alignaient méthodiquement, paniqués à l'idée de voir un adversaire plus perspicace bloquer le jeu. Ils pariaient des tournées d'anis del Mono, jamais d'argent.

A l'intérieur, Pedro de Haro Simon sirotait un café froid en compagnie d'associés de la société Providencia y Amigos dont il était actionnaire depuis trois ans.

Ses nouveaux partenaires, trop contents de trouver le remplaçant d'un associé démissionnaire, avaient enjolivé la situation réelle de la société. Il rejoignait une structure moribonde, si tant est qu'elle ait été florissante un jour.

Les trois amis constatèrent qu'une assemblée générale spontanée de Providencia y Amigos se tenait au cercle, la quasi-totalité des sociétaires s'y trouvant réunis.
Diego Ruiz, le trésorier, Bartolomé Roman Gonzales, le secrétaire et Pascual Cervantès, le président, fumaient en silence à une table, pressés de s'exprimer par les associés.
La plupart d'entre eux exigeaient une dissolution immédiate de Providencia y Amigos et la restitution des apports. Entre les harangues de Manolo Oliveros et l'atmosphère policée du Cercle, seuls la forme et le vocabulaire différaient.
Pascual Cervantès s'éclaircit la voix et lança :
- Mes amis, cette réunion se tient en raison de la présence de nombreux associés au Cercle ce soir, elle n'a aucune valeur juridique. Cette assemblée n'a pas été convoquée selon les formes définies par les statuts.
Un murmure de désapprobation parcourut l'auditoire. Sans en tenir compte, il poursuivit :
- Bien sûr, je ne cherche pas à éviter une réunion....
- Au fait ! s'écria un associé.
Il poursuivit, ignorant cette interpellation :
- Je tiens à être clair. Nous ne prendrons pas de décisions ce soir, cinq d'entre nous sont absents. Une assemblée se tiendra prochainement. La dissolution pourra être portée à l'ordre du jour si le quorum requis pour l'examen de cette question est atteint.
- Enfin, Pascual ! Nous voulons la vérité ! s'écrièrent plusieurs voix dans l'assistance.
José, Eduardo et Rodrigo ne détenaient pas d'actions de Providencia y Amigos, mais s'approchèrent tout de même, curieux des débats.
Bartolomé Roman, le secrétaire, prit la parole à son tour. En dehors des tenants de la dissolution, plusieurs associés souhaitaient transférer une partie de leurs pouvoirs à la société, au sein d'un Directoire. Il défendait cette position.
- Nos statuts ne contiennent pas d'articles autorisant une gestion collégiale de nos affaires. Chaque associé reste un

exploitant indépendant. Seule l'entraide est prévue. Elle se définit comme un échange de services entre les associés selon des modalités librement consenties entre les parties.
Malgré le tumulte de protestations, Bartolomé Roman ne désarmait pas :
- Pour cela, il faudrait aller plus loin et faire de notre société une entreprise agissant au nom de ses associés, cela avait déjà fait l'objet de nombreux débats lors de la création. Personne ne souhaitait aller aussi loin ! Faut-il le regretter ? Je suis mal placé pour le dire !
- Dissolution immédiate !
- Lâches ! Vous refusez de vous battre !
Les actionnaires étaient maintenant divisés en deux camps qui se jetaient leurs arguments à la figure.
Diego Ruiz, le trésorier, monta au créneau :
- Mes amis, nous nous battons contre des entreprises disposant de moyens démesurés par rapport aux nôtres. Les Siret, les Sirvent, les Orozco, les Chavari bénéficient de capitaux allemands, belges, français, anglais, et d'une expérience de l'exploitation minière que nous n'avons pas. Faut-il se battre contre eux ou profiter de leur développement pour faire évoluer nos propres entreprises ?
- Évoluer ? Tu veux dire tuer ! reprit un contestataire du nom de Gregorio.
De maigres applaudissements accueillirent cette remarque.
Les trois métallurgistes se regardèrent en souriant tristement. Le débat du café et les diatribes de Manolo Oliveros polluaient aussi l'assemblée du cercle. Ils hésitèrent à se retirer :
- La partie est finie pour nous, les petits patrons !
C'est à ce moment que Pedro s'exprima, la voix mal assurée :
- Pour reprendre l'expression de Gregorio, j'ai décidé d'arrêter mon exploitation des Cabezos pelados. Ma femme et mes six enfants passent avant toute chose. Mes dettes doivent être apurées si je veux leur assurer l'avenir

qu'ils méritent. La Union à Cartagena me propose un travail de maître-fondeur. J'ai accepté.
Un silence suivit cette déclaration solennelle. La réputation de Pedro ajoutée à l'abnégation dont il faisait preuve, firent cesser le tohu-bohu. Certains lui reprocheraient plus tard d'avoir bravé un interdit. En foulant aux pieds son statut d'héritier, il se dépouillait des attributs de propriétaire indépendant légués par ses parents et ses grands-parents, acteurs des débuts héroïques de la mine. Les associés présents étaient partagés, hésitant entre une solidarité qui pouvait se révéler désastreuse et le confort d'une décision individuelle forcément associée à de la lâcheté. Ce qu'aucun d'entre eux n'avait le courage de faire ou l'honnêteté d'avouer, un fils d'Albarracin, nom autrefois associée aux Orozco, osait le faire !
Leurs convictions volaient en éclats. Les responsables de la société se regardaient entre eux, interdits. Ils n'osaient reprendre le débat. Ils auraient eu du mal à le diriger.
Entre les partisans d'une dissolution et ceux d'un renforcement des pouvoirs de la société, les ponts étaient rompus. Pourraient-ils s'entendre sur une solution commune ? Chacun y allait de son analyse. Les plus matérialistes vilipendaient l'attitude de Pedro :
- Il n'a rien à perdre, il ne possède qu'une demi-action !
L'absence de la trésorerie nécessaire pour restituer les apports initiaux en cas de dissolution était leur hantise. Les associés pressentaient que le capital investi ne leur serait jamais remboursé à sa valeur nominale, et encore moins majoré des intérêts promis auxquels plus personne ne croyait. Le ton montait.
- Je me mets à sa place. Il a de l'avenir, de l'expérience, et n'aura plus à se préoccuper de gagner sa vie. La paye lui tombera à la fin du mois !
- Les guerres se perdent avec ces raisonnements !
- Mais nous ne sommes pas en guerre !

- Si ! Nous nous battons contre des étrangers venus chez nous et contre les traîtres qui les rejoignent.
- Réfléchis ! Il y a eu aussi de bonnes choses, les pompes pour évacuer l'eau des galeries, nous en avons tous bénéficié !
- Eux en ont bien profité. Pense aux salaires de misère versés aux ouvriers. Nous avons notre fierté ! Ne rien demander à personne !
- Rappelle-toi la grève de 1890 !

Le Cercle devint rapidement le lieu d'un échange âpre. Chacun défendait son point de vue. Les anciens interrompirent leur partie de dominos.
Don Gabriel prit Don Jacinto et Don Carlos à témoin :
- Les jeunes n'ont plus de nerf de nos jours !
- Nous étions plus résistants ! répondit Don Jacinto.
- Ils ont vécus dans l'aisance et la facilité ! conclut Don Ricardo.

José, Eduardo et Rodrigo s'étaient retirés vers la porte d'entrée, sans rien perdre des conversations, devenues très violentes.
- C'est fini dit le premier.
- Bâtards ! répondit le second.

Seul Rodrigo ne disait rien, se contentant de hocher la tête, triste à pleurer.
- Rentrons ! dirent-ils presque à l'unisson.

Avant de quitter la salle, José chercha en vain à capter le regard de Pedro, son principal client. A quoi bon ? se dit-il. Je n'attends rien d'un futur maître fondeur de La Union. Il va faire mon travail en fait. Il a ses problèmes, j'ai les miens.

Ils descendirent la rue sans évoquer ce qu'ils venaient de voir et se quittèrent sur la plaza del Sol. José se sépara d'eux le premier et remonta la calle Hileros.

Il avait dit à Antonia de ne pas l'attendre. S'il se hâtait, il pourrait arriver à temps pour dîner avec elle.

Affairée aux chemises du curé, le moïse de Rosa à ses côtés, Antonia comprit en voyant José rentrer si tôt. L'enfant babillait.

Il revenait défait, le visage ravagé et le regard brouillé, comme après une journée passée à fondre du métal. Il déposa sa chemise blanche pleine de sueur sur le lit, et son chapeau sur une chaise.

Habituellement, Antonia le plaisantait, en le surnommant el Moro[23], quand il se présentait ainsi. Elle s'en abstint.

Elle s'empressa de préparer le dîner, abandonnant les chemises sans cols sur le siège à bascule.

Elle disposa sur la table le pain rassis, le bol de gaspacho et le vin. Avant de s'asseoir, elle prit Rosa. La petite réclamait le sein.

José regardait sa femme et sa fille. Les mains du bébé agrippaient un mamelon nu. Sa bouche vorace s'en empara. Les seins d'Antonia lourds de lait lui donnèrent ce qu'elle attendait et la petite s'endormit sur la poitrine de sa mère.

Des pensées contradictoires lui traversaient l'esprit, du bonheur fugace de la tétée aux difficultés que connaissait sa fonderie. Il maudissait les prédateurs, les familles de notables de Vera, les Caparros employant Antonia comme nourrice pour pallier les carences de ses femmes sèches, et les Orozco lui retirant son travail et sa fierté d'artisan pour le contraindre au salariat le plus vil.

Il courba la tête devant le pain et le vin, les doigts croisés. Une prière pleine de fureur lui vint à l'esprit, dans laquelle il reprocha à Dieu la loi inique et le joug qu'il leur faisait subir :

« Tu nous as fait pauvres, et nous pouvons l'accepter. Mais pourquoi laisses-tu ceux qui prétendent t'honorer en construisant des chapelles dans la montagne nous réduire à néant ? Dieu de justice, rend-nous notre dignité et pardonne-moi si je T'ai offensé. Amen ! »

---

[23] Le maure.

Antonia se joignit à cette supplique avec tristesse. Elle mesurait le désespoir de José. Se remémorant les convictions de sa mère, elle cherchait à imaginer un futur différent, plus clément.

« L'imagination est un don du Seigneur » lui disait la vieille Béatriz Molina Carmona. « Pense à l'avenir sans craintes. Dieu fera peut-être en sorte que cela t'arrive vraiment. »

Son mari buvait le gaspacho à même le bol, alternant des gorgées de soupe et de vin rouge.

- Antonia ! Eut-il la force de dire, l'air malheureux.

Elle ne l'entendit pas, portée par un rêve où ses filles vivaient un bonheur sans nuages. Elle ne pouvait compter que sur elle-même. L'idée de solliciter son fils Frasquito, retiré à Seron l'effleura mais le regard sombre de José la dissuada d'en parler.

Les deux grandes travaillaient. Damiana chez les Caparros, Béatriz perfectionnait ses talents innés de brodeuse et finirait par se marier. José pouvait se retrouver un moment sans travail, elle s'en débrouillerait. Les trois femmes de la maison feraient le nécessaire pour assurer le quotidien. Personne ne resterait longtemps dans le besoin. Cela la rassura.

Comme si elle sentait l'esprit de sa mère vagabonder, la petite se réveilla et se mit à geindre. Ses mains potelées battaient le sein que la bouche repue voulait encore sucer. Pour la faire taire, Antonia la passa sur l'autre sein en lui disant gentiment :

- Rosa ! Rosa ! Sois patiente, laisse-moi réfléchir !

La voix de sa femme interrompit les réflexions de José. Ils s'entre-dévisagèrent longtemps. Ils devaient affronter ensemble les épreuves que Dieu leur imposait, justes ou pas.

- Allez, dit Antonia, je vais la coucher, demain il fera jour, tu viens ?

- Je fume une cigarette et j'arrive !

Le ciel étoilé de Vera éclairait la courette encombrée de matériel désormais inutile. José exhala un long soupir de fumée aussitôt absorbé par la chaleur tenace.

Il abandonna au sol son mégot fumant et se dirigea silencieux vers la paix de la chambre conjugale.

TROIS

La double porte vitrée qui séparait le vestibule du salon trembla sous l'effet d'un violent courant d'air.

Dionisia sursauta. D'un signe de la main elle demanda à ses filles de se concentrer sur leur ouvrage. Elle les regarda tour à tour. Francisca prenait son rôle d'aînée à cœur, elle hocha la tête vers sa mère, rassurante, elle comprenait ce qui se passait. Les deux cadettes Anita et Maria, se tournèrent vers elle les mains jointes, les yeux embrumés de larmes contenues avec peine.

Francisca se leva et sortit Antonia de son moïse tandis que sa mère se dirigeait vers le vestibule, les laissant seules.

Elle savait que Pedro l'y attendait, comme il le faisait maintenant depuis plusieurs jours, pour ne pas se montrer devant les filles. Il venait tout juste de rentrer du Cercle. Dionisia vit l'ombre de la colère dans ses yeux. Il souffrait seul, incapable de partager son mal-être avec elle.

Ils entamaient leur dix-huitième année de mariage et vivaient dans cette grande maison de la calle Hileros depuis maintenant cinq ans. La fierté de Pedro. Dionisia s'était montrée réservée quand il avait parlé de son projet d'achat, se rappelant les conseils de sa mère :

- Ma fille, vous allez vous tuer au travail pour cette maison et un jour il n'en restera plus rien !

Ils en étaient arrivés à ce point.

Elle lui demanda de patienter dans l'entrée, le temps d'aller dire aux filles qu'elles devaient monter dans leurs chambres. Francisca avait apaisé les craintes des deux petites et berçait Antonia dans ses bras. Dionisia leur parla avec tendresse :

- Votre père est fatigué, il a eu une rude journée. Il vous embrasse très fort. Francisca ma fille, accompagne tes sœurs, couche Antonia dans notre chambre. Fais leur dire les prières du soir.

Pedro l'attendait, comme un étranger dans sa propre maison. Elle revint et le prenant par le bras le conduisit au salon. Il pensait à son père calle Escoletes. Il se contentait d'y faire de brèves apparitions, l'abandonnant aux bras de sa nourrice Rogelia.

« A quoi bon posséder cette immense maison où l'amour se perd ! » pensa Dionisia.

A voir Pedro, elle pressentait que la soirée au cercle avait tourné au désastre. Heureusement, les deux garçons ne vivaient plus avec eux. Juan Manuel et Francisco travaillaient à La Union. Dionisia ne les voyait plus très souvent, mais ils étaient de bons fils, toujours pleins d'attentions pour leurs parents et leurs sœurs. Elle n'aurait voulu pour rien au monde qu'ils voient leur père prostré dans cet état.

Elle cherchait à comprendre ce qui s'était passé, l'interrogeant avec patience, devinant plus qu'il ne voulait en dire. Elle le reprenait parfois :

- Maître Fondeur ! Cela n'est pas rien tout de même !

Lui, rétorquait, un méchant sourire aux lèvres :

- Un titre ronflant, sans aucune valeur.
- Ne crois pas cela, Pedro, ils reconnaissent ton expérience.
- Je ne suis pas le seul au village !

Ils auraient pu passer la nuit à échanger ces phrases inutiles, mais Dionisia refusait ces combats stériles. Elle le poussa vers leur chambre.

Le doute le tourmentait. Qu'est ce qui l'avait pris d'annoncer son départ pour la Union à Cartagena devant l'assemblée du Cercle ! Les adhérents garderaient de lui l'image d'un lâche !

Il pensait maintenant à ceux de ses anciens associés de Providencia y Amigos, condamnés à disparaître en même temps que leurs mines. Le visage fermé de son fondeur principal, José Haro Léon, qui attendait un signe de sa part, le hantait depuis sa sortie.

Il aurait voulu fuir, annuler ce qui venait de se passer. Qu'aurait pensé son père de ce renoncement ? Il ne se satisferait certainement pas de ses explications. Si le vieil Albarracin vivait encore, il se serait écrié :

- La crise ? Moi aussi, j'en ai connu des crises !

Dionisia ne disait rien. Inutile. Elle ne trouverait pas les mots ce soir. Pour elle, Pedro faisait le seul choix possible. Réaliste. Il n'y pouvait rien. Elle lui passa une main sur le visage. Mais lui, tétanisé par la honte, refusa sa caresse d'une rebuffade de la tête. Il portait la responsabilité de l'abandon des mines Albarracin. Il serait pour toujours celui qui avait renoncé. Il se sentait coupable à hurler.

Enfant déjà, il subissait le poids oppressant de sa condition d'héritier auquel s'ajoutaient l'absence de sa mère et l'indifférence de son père. Il se réfugiait souvent près de sa grand-mère Maria Dolores et de sa nourrice, Rogelia. Les deux femmes évoquaient le souvenir des disparus :

- J'ai ressenti une présence à mes côtés dès ce matin. Une silhouette furtive, on aurait dit ma pauvre mère revenue d'entre les morts, disparaissait dès que je me retournais.

- Moi aussi, j'étais devant le feu, on me tirait la ganse du tablier par derrière, je me retournais, personne ; j'entendais une voix me parler, inintelligible.

Les deux femmes se signaient :

- La pauvre Remedio doit être en train de passer !

- Tais-toi ! Tais-toi !

Elles s'agenouillaient pour prier, face à face, les yeux baissés vers le sol.

Pedro, vécut plusieurs semaines avec la compagnie funeste de ses remords. Ils ne le quittaient plus. Sa famille s'était imposé le silence. Des jours tristes succédaient à d'autres jours tristes. Les filles se cachaient de lui, malheureuses de ce père neurasthénique.

Un dimanche de mars, il sembla sortir de sa léthargie et exprima son envie de revenir à la vie. Un enthousiasme soudain que Dionisia jugea suspect. Elle s'en contenta prenant ce que Dieu voulait bien lui donner. Un sentiment étrange la tourmentait. Ils s'en furent en famille à l'église, surpris eux-

mêmes de ces retrouvailles. Personne n'osait interrompre le bavardage inhabituel du père.
Plaza del Sol, Pedro laissa sa femme Dionisia et ses filles partir à la messe du matin. Il leur expliqua vouloir faire un saut à la corderie au Sud du village. Sa cousine Maria-Carmen y dirigeait un atelier de fabrication d'espadrilles. Il projetait de lui acheter du sisal pour tresser le tapis promis il y a de nombreux mois à Dionisia.
Maria-Carmen, une femme toujours gaie, souriait en permanence. Cette gaieté parvenait à faire oublier la coquetterie de son œil droit. Pedro s'en voulait de l'avoir surnommée la borgne quand ils étaient enfants. Une méchanceté gratuite pour un strabisme à peine visible. Parce que sa grand-mère était gitane, on imaginait qu'un seul regard de Maria-Carmen pouvait transmettre le mauvais œil. Elle en avait souffert, puis en avait joué, repoussant de cette façon les mauvais coucheurs et les importuns. Avec le temps, elle avait fini par penser qu'elle devait la réussite de son atelier à son œil torve. Elle en riait même.

- Ay, Pedro ! Toi ici ? Un dimanche matin ?

Il bégaya :

- Cousine, il y a si longtemps que je voulais venir te rendre visite.

Il avait du mal à ne pas fixer son œil divergent. Elle, par habitude, contrôlait les battements de ses paupières pour éviter que son regard ne tourne complètement. Elle semblait si forte face à Pedro. Il poursuivit :

- Ma visite est intéressée. Je viens acheter du sisal pour un tapis.
- Tu as les moyens ! Maître fondeur à La Union ! Comment vas-tu ? Tu as des soucis ? Tu es pâle ! Tu n'es pas malade au moins ?

Pedro s'empêchait de la regarder, fixant un point derrière elle.

- Non, ça va. Seulement les tracas du travail. A La Union, je ne suis pas vraiment accepté. Les ouvriers me traitent comme un patron, même si je ne le suis plus.

- Moi ici, personne ne me commande, sauf mes espadrilles. Ces derniers jours, beaucoup de gens se sentent mal, à cause des Cabañuelas. Le temps est humide et froid, le printemps se fait attendre, et comble de malheur, cette année Pâques tombe en mars.

Pedro se remémora alors le dicton de sa nourrice et de sa grand-mère :
- Pascua en marzo, o hambre o mortandad[24] !

Il frissonna. Des histoires de femmes, pensa-t-il à moitié rassuré en regardant sa cousine se diriger vers la remise.

Maria-Carmen revint, des brassées de différentes sortes de sisal naturel et coloré sur un chariot à bras. Pedro se concentra sur le tapis à réaliser.
- Tu peux le faire en deux tons, lui dit Maria-Carmen.
- C'était le choix de Dionisia !
- Allez primo[25], lui dit-elle, je te l'offre, rempoche ton argent. Passe donc me voir plus souvent !

Elle le prit dans ses bras. Il tremblait comme un petit animal pris au piège hésitant à s'abandonner à l'étreinte.

Elle le regarda partir vers la calle Hileros, le dicton de sa grand-mère lui revint en tête.
- Hambre, o mortandad[26] !

Il n'osait se retourner, incapable de raisonner sa crainte du mauvais œil, il sentait le regard de Maria-Carmen dans son dos. Il frissonna. Les rues étaient vides, seul le vent les habitait.

Le printemps luttait contre l'hiver. La pluie, chahutée par la bise, retardait sa progression. Des paquets d'eau s'enroulaient autour de lui. Les fibres de sisal sur son épaule droite l'empêchaient de retenir son chapeau qui menaçait de s'envoler.

---

[24] Pâques en mars, ou famine ou mort !
[25] Cousin !
[26] Famine ou mort !

Il ignorait pourquoi ces pluies de février et mars s'appelaient las Cabañuelas. Il aurait dû poser la question à Maria-Carmen.
L'atmosphère grise de la plaza del Sol le ramena, une nouvelle fois, à la nuit de la disparition de son père. Un temps de chien. Le citronnier centenaire bravait le ciel renfrogné. Ses feuilles neuves ruisselaient de pluie. Le tronc à l'écorce torturée par l'âge se jouait des agressions extérieures. La patache à l'arrêt, les chevaux renâclaient, fouillant le sol de leurs sabots nerveux. Sous les nuages, la terre, poussiéreuse et blanche au soleil, prenait une couleur de cendre.
De son café, Santiago-Ramon attendait la sortie de la messe. Une odeur chaude s'échappait de la boulangerie. Avant de poser les gros pains sur les étals, Consuelo secouait le surplus de farine dont ils étaient recouverts, provoquant un nuage qui retombait sur son tablier noir.
L'aubergiste regardait les mains de Consuelo, attendant le moment où elle essuierait la sueur sur son front en y laissant une trace blanche. Il soupira. Il n'en pouvait plus d'amour pour elle.
Seul au débouché de la calle del Sol, Pedro regardait vers le sud, vers la route de Garrucha. Il aurait voulu fuir, mais en était incapable. Il ajusta le paquet de sisal sur son épaule et se dirigea vers le bar.
Son pas hésitant laissa au sol une longue trace diagonale que la pluie ne tarderait pas à effacer. Il retira son chapeau en pénétrant dans le café :

- Santiago-Ramon, Dieu te bénisse ! Sers-moi un verre de ton Jumilla, il est meilleur d'année en année !
- Hola ! Don Pedro ! Quelle surprise ! Vous ici un dimanche, vous n'êtes pas à Cartagena ?

Il montra le paquet sur son épaule en le déchargeant à une extrémité du comptoir :

- Aujourd'hui je travaille pour ma femme !
- Heureux homme ! Consuelo et moi, travaillons pour le village, même le jour du Seigneur !

Cette remarque anodine, prononcée sans penser à mal, atteignit Pedro. Il se reprocha les deux dimanches de congé, avantages que lui conférait son nouveau statut de salarié.
Il se retint de réagir et se montra cordial :
- Dieu bénisse Consuelo ! Merci ! Une nuit de Cabañuelas comme aujourd'hui, elle a donné à mon père Juan Manuel, le visage que nous lui connaissions de son vivant.
- Dix ans déjà ! Ne vous mettez pas de mauvaises idées en tête, Don Pedro. Juan Manuel, votre père, est parti sans souffrir.
- Ma cousine Maria-Carmen m'a mis en tête le dicton de ma grand-mère : Pascua en marzo, o hambre, o mortandad !
- Allez Don Pedro ! Trinquons de bon cœur ! Oublions ces mauvaises pensées, consacrez-vous à votre famille, elle a besoin de vous !

Intuitif, Santiago-Ramon mesurait le désarroi de son client. Il le laissa parler, tout en l'écoutant, et continua à disposer des tapas sur le comptoir. Dans ces moments, il regrettait le temps d'Alicante, la Tarambana, ses clients euphoriques, ses marins optimistes et ses alcooliques au cœur tendre. De vrais rêveurs.
Il s'arrêtait dans son travail, hochait la tête acquiesçant d'un oui bien senti. Il accompagnait son écoute d'un vigoureux coup de torchon sur le comptoir, d'un allez savoir, il ne se ménageait pas pour donner le change au pauvre Pedro. Mais aucun de ses efforts ne pouvait sortir l'héritier Alabarracin de sa nostalgie malsaine.

- Après la disparition de mon père, j'aurais bouffé la terre entière ! Je pensais que Los Cabezos Pelados feraient ma fortune ! Un morceau de montagne perdu, brûlé, défiguré, dynamité et perforé sans plus rien lacher ! Mon frère, Juan, nous voyait associés. J'y ai emmené mon fils Juan Manuel, le véritable héritier de mon père, son préféré. Il avait à peine dix ans. Il pleuvait autant qu'aujourd'hui. Après l'enterrement, je décidai de lui montrer les puits creusés

de mes mains, les chevalets taillés dans des troncs d'eucalyptus. Je lui ai dit :
« Regarde, un jour, tu seras à la tête de ces installations ! »
Autour de nous, les voisins s'interrompaient, prenant le temps, émus de voir ce gamin prêt pour la relève. Le gosse ne savait pas quoi dire. Il retenait ses larmes. Il haïssait ce travail, ces gens noirs de suie, respirant à peine, se tuant sous terre, pour rien, ou pour si peu. Il m'a dit :
- Papa, retournons au village, et je ne l'ai pas compris.
- Don Pedro ! Ne vous blâmez pas ! Vous avez agi en père responsable ! Qui peut vous le reprocher ?
- Remplis mon verre !

Santiago-Ramon s'exécuta à contrecœur, essuyant le comptoir pour cacher son désaccord. Pedro le mettait mal à l'aise à étaler ainsi ses états d'âme. Mais ce dernier ne renonçait pas. Il voulait à tout prix se libérer de cette culpabilité qui l'oppressait.

- Quatre ans après la mort de mon père, j'ai racheté la demeure de la veuve Catalina Martinez Caparros. Avec mes témoins chez le notaire, Teodoro Pena Paris et Antonio Salas Simon, nous étions assis à cette table près de la fenêtre. Je n'avais pas de carte d'identité, l'administration refusait de m'en délivrer une. C'est toujours le cas aujourd'hui, je n'en connais pas davantage la raison.
- Don Pedro ! Une carte d'identité ne fait pas un homme !
- J'étais fier de sortir 275 pesetas en pièces d'argent devant mes amis. La veuve poussa un soupir de soulagement. Cette fortune rondelette, déposée à l'étude contre un reçu en bonne et due forme, lui appartenait.
- De l'argent durement gagné, Maître Núñez !
- Nous n'en doutons pas ! Don Pedro, a-t-il répondu, nous n'en doutons pas !
- Il a lu son laïus, je n'ai rien compris. Du langage de gratte-papier, cela nous empoisonne la vie, pourtant il vaut mieux les avoir de son côté !

Santiago-Ramon n'écoutait plus Pedro qui évoquait ses souvenirs à voix basse modulant ses intonations pour simuler un dialogue entre d'invisibles interlocuteurs.

- Tu as tué ta mère ! disait-il, imitant la voix gutturale du vieil Albarracin.
- Non répondait-il alors contrefaisant la voix inaudible de la mourante, j'ai voulu me sacrifier pour lui donner la vie.
- Tu es le préféré de notre père reprenait la voix ironique et moqueuse de Juan.
- Arrêtez ! Je ne veux plus vous entendre, arrêtez !

Il n'en pouvait plus de cette concurrence avec son frère Juan et sa sœur Ana Maria. Il n'en avait plus la force mais s'épuisait à vouloir leur ressembler.

Il ruminait une phrase qui avait longtemps pollué ses pensées et osa la prononcer à voix haute :

- Père, pourquoi as-tu légué la maison à Juan ?

Il s'était saigné aux quatre veines pour acheter une maison identique dans le même quartier. Mais cela ne répondait pas à la question.

Ce matin de janvier lorsqu'il avait porté Dionisia dans ses bras et franchi le seuil de leur nouveau logis, un doute altérait sa joie. Ils portaient avec eux un panier contenant de l'huile, du pain et du sel. Il savait aujourd'hui que Dionisia partageait ce doute sans oser le lui avouer.

En partageant son repas frugal, le couple avait dit cette prière :

- Dieu tout puissant, accepte cette huile, ce pain et ce sel gagnés à la sueur de notre front ! Procure à ce nouveau foyer, la force de travailler et pourvoie, ainsi que Tu l'as toujours fait, au pain, à l'huile et au sel de nos familles. Amen !

Le vin et la nostalgie aidant, les pensées de Pedro se perdaient dans un brouillard cotonneux. Il ignorait Santiago-Ramon.

Don Eduardo, le sacristain, entra à ce moment et comprit, au signe de tête du patron, que Pedro délirait.

- Santiago-Ramon, nous sommes en train d'installer les supports des tentures de la semaine sainte. Tu pourrais nous donner un coup de main ?
- Oui, j'ai fait cette promesse au curé. Mais j'hésite à laisser Don Pedro seul.
- Don Pedro, demanda-t-il en lui prenant l'épaule, je fais un saut à l'église, ça va aller ?

Complètement relâché, le dos contre le comptoir, les coudes sur le zinc, un verre à la main, Pedro contemplait un point précis du bar, le regard vide. Il grommela :
- Oui, je suis bien ici ! Regarde-moi ! Je suis bien ici !

Santiago-Ramon suggéra à Don Eduardo de patienter le temps de demander à Consuelo de venir au café pour surveiller Pedro.

A la porte de la boulangerie il lança :
- Peux-tu aller jeter un œil au café d'ici cinq minutes, Don Pedro est seul et il m'inquiète. Il pourrait faire une bêtise.

Pedro contemplait la salle du café. Il se rejouait une scène vieille de trois ans. Lorsque Diego Ruiz Soler et Bartolomé Roman Gonzales, deux responsables de la société minière Providencia y Amigos, avaient voulu le persuader d'en devenir actionnaire. L'offre des deux hommes semblait honnête.

C'était le 7 mars 1892. Mars, se souvint-il, horrifié. Cette année-là, Pâques tombait en avril, peu importe. Mars avait délivré les présents maléfiques du dicton maternel. Ou la faim ou la mort !

Sa propriété d'un hectare et demi aux Cabezos Pelados, en plein cœur de la Sierra Almagrera, une terre supposée riche en minerai, ne serait-elle pas mieux valorisée ? Il l'exploitait seul, après avoir refusé l'association proposée par son frère et sa sœur. Le projet de Juan, Société des Mines Albarracin Fils, paraissait trop beau : regrouper les trois parcelles des Cabezos Pelados répondait à une logique évidente. Hélas, Pedro n'entendait rien au rationnel.

Les deux acolytes firent référence aux autres sociétés minières célèbres.

- Notre société « Providencia y Amigos » fonctionne à l'instar des sociétés les plus célèbres, « la Purissima », « los Tres Amigos », ou « la Gloria » précisa Diego. Son objet est de favoriser la solidarité entre les membres, l'entraide et le partage d'expériences.
- Quels seront mes engagements ? demanda Pedro.
- Le prix de l'action est fixé actuellement à 125 pesetas et il y en a 75 au total.
- Je compte opter pour l'acquisition d'une demi-part, est-ce possible ?
- Oui, bien sûr, répondirent les deux hommes. Pourquoi ne pas en acquérir une entière, Don Pedro ! La plupart de vos voisins aux Cabezos Pelados sont actionnaires.
- Oui je me suis renseigné auprès d'eux. Mais, j'ai beaucoup investi et je ne peux faire plus, pour le moment. Je verrais plus tard si le bénéfice est au rendez-vous. En fonction des événements. Votre société a de l'avenir.

Les deux hommes étaient déçappointés. Ils s'agitaient sur leur chaise, l'air embarrassé, interrogeant Pedro du regard. Ce dernier, malgré la gêne occasionnée par cette situation, tint bon. Ils convinrent d'établir l'acte d'acquisition d'une demi-part de la société le lendemain, chez le notaire de Vera. Depuis la mort de son père, il se déplaçait à l'étude pour la troisième fois.

Consuelo regardait Pedro s'agiter et grommeler. Santiago-Ramon avait vu juste, l'homme paraissait au plus mal. Elle voulut le faire réagir et le secoua par les épaules sans obtenir de résultats.

Pour ne pas rester inactive, elle passa derrière le comptoir et remplit un seau d'eau qu'elle compléta de crésol.

L'odeur entêtante du désinfectant fit sortir Pedro de son voyage vers le passé. Il s'intéressa un moment au ballet de Consuelo allant et venant autour de lui. Elle passait consciencieusement la serpillière, essorait le vieux chiffon au bout de chaque rangée de carreaux, le retrempait, l'essorait à nouveau et recommençait, prenant soin de passer sous les tables.

Le sol dégageait maintenant une puissante senteur d'antiseptique qui neutralisa le subtil équilibre des odeurs du bistrot, anis, bière, cigare froid, copeaux de bois imprégnés de tanin. Pedro enregistrait, par intermittence, des fragrances antagonistes. Le mélange dégageait une odeur nouvelle, fade, impersonnelle, difficile à définir, s'immisçant insidieusement dans l'atmosphère confinée du lieu.

Le désinfectant agissait comme la maladie. Tout était corrompu par son passage. Rien ne semblait pouvoir revenir comme avant.

Pedro, affalé sur le bar, le visage enfoui dans le repli de son coude droit, se laissait emporter, il avait oublié les paquets de sisal éparpillés au sol.

Consuelo repassa derrière le comptoir pour ranger le seau le balai et la serpillière. Elle tenta vainement de ramener Pedro à la réalité, l'empoignant aux épaules.

- Don Pedro, s'il vous plait, écoutez-moi, rentrez chez vous. Vous ne pouvez pas rester là !

Les yeux vitreux de l'homme l'effrayèrent. Désemparée, elle lui reversa du vin, regrettant aussitôt son geste, et sortit chercher Santiago-Ramon.

Pedro ne parvenait plus à contenir son chagrin. Il repoussa son verre de vin. Les souvenirs suffisaient à son ivresse. Ils défilaient devant ses yeux. Le mur du fond s'animait telle une scène sur laquelle se déroulait sa propre vie.

Son mariage. Dionisia vêtue de blanc, un bouquet d'arums au parfum enivrant. Les enfants, Juan Manuel, Francisco, Maria, Antonia, Francisca, Anita. Ces images s'évanouissaient remplacées par d'autres, plus sombres.

Pedro baragouinait. Il n'entendit pas Santiago-Ramon revenir de l'église. Il se moucha bruyamment.

- Don Pedro, il faut savoir tirer un trait sur le passé. Moi aussi, je suis venu ici pour faire fortune. En fait de fortune,

je partage la misère des gens. Vous à La Union, vous êtes un homme respecté. Maître fondeur c'est quelque chose. N'allez pas vous mettre les envieux à dos.
Loin de l'apaiser, les paroles pleines de compassion de Santiago-Ramon mirent à vif les blessures de Pedro.
- Maître Fondeur, répéta-t-il, Maître Fondeur, vous n'avez tous que ce mot à la bouche.
Santiago-Ramon garda ses pensées pour lui. Il se revit dix ans en arrière arriver plaza del Sol. Sa première impression. Ses projets. Son désir de Consuelo. L'enthousiasme des migrants, ses regrets d'Alicante, l'accueil généreux des habitants de Vera. La rencontre avec le vieux Juan Manuel De Haro Albarracin. L'amour de Consuelo, leur mariage auquel il ne croyait plus. Tout semblait si loin. Beaucoup de ses premiers clients ne fréquentaient plus son café. Si cela continuait, on le rendrait responsable des difficultés économiques de la région :
- Tu en as bien profité. Que t'importe si les clients changent, du moment qu'ils boivent ton vin !
Les syndicalistes enragés, comme Manolo Oliveros, se chargeaient de semer des idées fausses parmi les ouvriers pour entretenir la confusion. Certains lui reprochaient même d'être du côté des patrons. Un propriétaire ! Il ne détenait qu'un bail de locataire mais il ne pouvait prendre le temps de préciser ce détail à des clients désespérés, souvent au bord du précipice. S'il n'en tenait qu'à lui, il quitterait Vera.
Don Pedro l'émouvait. Il aimait cet homme naïf et généreux. Crédule, prêt à se battre pour sa famille. Devant lui se tenait un homme usé par le travail. Agé de trente-cinq ans seulement, il avait le dos voûté d'un vieillard.
Pedro se reprit. Il saisit son chapeau noir sur le zinc, chargea les deux paquets de sisal sur son épaule et quitta le café sans au revoir, ni merci. Il ne devait rien à personne après tout.
Le soleil installé au zénith était bridé par un ciel maussade. Encore les cabañuelas.

Les premiers voyageurs se pressaient vers la patache de midi. Autour du citronnier agité par des lames de pluie froide et insinuante autant que mal intentionnée, ils se serraient les uns contre les autres, malgré les plis mouillés de leurs manteaux amples. Sur le sol gris d'humidité, Pedro retraça la diagonale de ses pas effacés par la pluie. Cette trace éphémère serait-elle à l'image de ce qu'il laisserait de son passage sur terre ?

Dionisia avait repoussé les meubles du vestibule pour ménager la place nécessaire au tressage du tapis.

Il posa au sol les centaines de brins de sisal et s'assit devant la cheminée puis s'étira pour soulager les muscles ankylosés de ses épaules.

Il fabriqua une lice de fortune des longues tiges de roseaux, coupées la veille au bord du Rio Antas et tendit des liens à l'intérieur de ce cadre pour organiser une trame. Il constitua différents paquets de sisal naturel et de sisal coloré, puis entreprit de passer les fils de chaîne sur les fils de trame. Les doigts d'une main bloquaient les rangées terminées contre le cadre en bambou tandis que de l'autre, il débutait une nouvelle rangée.

Ce travail répétitif et fastidieux lui occupa l'esprit. Il se concentra sur l'enchaînement des fils. Il ralentissait à peine en changeant de couleur. Ses doigts habiles se mouvaient sans difficulté, laissant libre cours à son imagination. La pensée lui vint d'un Dieu égoïste qui tressait la vie des humains, indifférent aux fils qu'il torsadait passant de l'un à l'autre de ses nombreux ouvrages sans crier gare. Il se sentit abandonné du ciel.

Dionisia le regardait et nota son changement d'attitude. Il semblait ailleurs.

La pâleur de son visage l'effraya. Ses lèvres formaient des mots que lui seul comprenait :

- Pedro, tu vas bien ?

Il sursauta et chercha ce qu'il pouvait répondre.

- Oui, j'ai juste un peu mal à la tête. Le tressage, la fumée du feu, sans doute.

Des racines d'agave, glanées au sol, se consumaient dans l'âtre. Le feu de bois putride luttait sans succès contre l'humidité de l'hiver persistant. Le vent de Nord-Est soufflait, apportant froid et pluie. Pedro, incapable de communiquer, regarda intensément Dionisia. Il voulut se lever :

- Je ne me sens pas très bien !

Il était assis sur le rebord de l'âtre, une grosse pierre noire de la Sierra Almagrera, et porta une main à son front.

Dionisia se leva d'un bond :

- Pedro !

Une épée brûlante transperça le cœur de Pedro. La douleur irradia sa poitrine. Derrière sa peine, un souvenir s'imposa. Les vieux, à l'enterrement de son père, échangeaient des lieux communs, il est parti sans souffrir, le plus dur est pour ceux qui restent. Il ne pouvait plus les contredire. On prononcerait les mêmes poncifs à ses funérailles. Lui savait. On ne mourrait jamais dans la joie. Il glissa au sol, face contre terre, le regard révulsé, un son rauque et douloureux sortait de sa bouche entrouverte.

Sa femme se pencha sur lui et s'efforça de le soulever. Il était lourd, un poids mort, elle se maudit de cette association d'idées. Ses bras semblaient sans vie.

- Pedro ! s'écria Dionisia une deuxième fois. Pedro ! Pedro ! Pedro !

Pedro ne répondait plus. Il ne répondrait plus jamais. Il avait trahi ses compagnons de la mine, sa famille, et jusqu'à son propre père. Il ne pouvait plus porter ce fardeau. Rongé par les remords, son corps ne résistait plus.

- Tout est de ma faute ! pensa-t-il en lui-même au moment où il rendit l'âme.

QUATRE

Le capitaine Mendez-Rojas ne cachait pas sa joie. Le roi s'était enfin décidé à envoyer des troupes fraîches à Cuba. En 1878, la fin de la grande guerre avait laissé un goût amer à ce soldat. La victoire espagnole, incontestable, n'avait pas permis l'éradication des germes de la rébellion cubaine. Le vieil officier faisait partie de ceux qui auraient voulu poursuivre les combats jusqu'à son élimination totale. Mais les politiques avaient pris le relais...
Après ses heures de gloire, le 39e de Cantabria était cantonné à Vera, relégué dans cette région sans attraits, à l'écart des centres de décision. Dans la quiétude de la caserne de la route d'Aguilas, les hommes s'étaient amollis. Entouré de ses fidèles depuis vingt ans, le sergent Jacinto Rivera-Diaz, les caporaux Bernardo Colmena-Ruiz et José Perdigon-Murcia, le capitaine paradait au soleil :
- Tout est prêt pour accueillir les civils ?
Ils ne répondaient rien. Le capitaine pouvait compter sur ces combattants aguerris, loyaux et sincères, déterminés à repartir au combat si on le leur demandait. Combattre était leur unique métier.
Ils regardaient Mendez-Rojas, mesurant les dégâts de l'inaction et de l'alcool sur l'homme qui piaffait en leur donnant l'ordre de faire entrer les nouvelles recrues.
Par ordre du commandement militaire du district de Huercal Overa, le capitaine dirigeait le centre d'accueil des conscrits. On en attendait des centaines. Ils les instruiraient avant de les envoyer à Cuba.
Devant le portail fermé, Juan Manuel ruminait son malheur, piétinant en compagnie de 40 garçons convoqués comme lui pour avoir tiré un mauvais numéro.
Il avait 18 ans révolus mais le visage d'un homme marqué par la vie. Son père mort, sa mère, seule avec quatre filles en bas âge, comptait sur le soutien de ses deux fils. Ils avaient

succédés à leur père dans les fonderies de La Union à Cartagena. Mais Juan Manuel devait servir le royaume laissant à son frère Francisco le rôle de soutien familial. L'administration militaire se moquait des états d'âme de la veuve Dionisia Cervantès Carrizo. Elle contribuerait elle aussi à l'effort de guerre en donnant l'un de ses fils à l'armée royale espagnole. Le sort avait désigné Juan Manuel.
Son oncle Juan l'accompagnait. Les deux hommes avaient appris à se connaître et s'estimaient. L'inimitié de Pedro, son père, pour ce frère qu'il voyait comme un prédateur ne le concernait pas. Juan Manuel voulait oublier cette histoire.
- Regarde qui est là ! Dit Juan en désignant l'un des appelés.
Juan Manuel ne connaissait pas le jeune homme qui souriait, sûr de lui.
En voyant son oncle lui donner une accolade, le souvenir de son compagnon de jeu au cortijo où sa mère travaillait, lui revint.
- Paco ! Ça alors !
Contrairement à Juan Manuel, il ne portait ni barbe ni moustache. Son visage glabre, rasé au couteau, dégageait un regard franc et sans détours.
Dix ans s'étaient écoulés depuis leur dernière rencontre. Les parents de Paco, saisonniers au cortijo des Caparros, les propriétaires du magasin de textiles la Catalana avaient cessé d'y travailler.
- Mauvais numéro, répondit Paco, mauvais sujet, mauvais citoyen !
Une sonnerie de clairon interrompit les retrouvailles.
Le portail fut ouvert et ils jouèrent des coudes pour ne pas se perdre dans la bousculade. Familles et amis cherchaient à ne pas être séparés.
L'oncle les tenait par les bras :
- Sacré gaillard ! S'exclama-t-il d'une bourrade sur l'épaule de Paco.

Ils pouvaient difficilement échanger des souvenirs d'enfance dans la cohue. Ils se limitèrent à quelques questions :
- Et toi, Paco ? Depuis votre départ de Vera, que s'est-il passé ?
- Pas mieux qu'à toi répondit Paco, le regard clair.

La voix forte du Capitaine Mendez-Rojas résonna, assourdie par les lambris de bois de la salle de garde :
- Je vais procéder à l'appel. A l'énoncé de votre nom, vous vous dirigerez vers le sergent Jacinto Rivera-Diaz au fond de la salle, près de la porte qui donne sur la cour. Il vous interrogera sur votre santé, enregistrera votre taille et votre poids sur le livret militaire. Désormais, ce document ne vous quittera plus ! Le médecin vérifiera ensuite votre vue et prononcera votre aptitude au service armé. Le Caporal-Chef José Perdigon-Murcia vous attribuera un uniforme à votre taille. Il en existe trois modèles, petit, moyen et grand.

L'officier imposa le silence et poursuivit :
- Je demande aux familles de quitter la caserne ! Ce sont des hommes ! Des soldats ! Ils ne vous appartiennent plus !

Un murmure d'inquiétude et de désapprobation parcourut le groupe massé dans la cour d'honneur du bâtiment militaire. Pour la quarantaine de conscrits, les choses sérieuses s'annonçaient. Ce soir, ils ne coucheraient pas chez eux. Où seraient-ils ? Ils l'ignoraient.
- Ils font partie de l'armée du Roi d'Espagne conclut le capitaine. Familles ! Soyez fières de donner un soldat au royaume !

Une fois les hommes habillés, cinq groupes de huit furent constitués. Paco et Juan Manuel se regardèrent. L'uniforme leur donnait une allure guindée. Ils tournaient sur eux-mêmes pour juger de leur nouvelle apparence sans oser se moquer. Le rappel à l'ordre du caporal mit fin à leur ballet.

La troupe se dirigea en colonnes par quatre vers la plaza del Sol et la sortie du village. Des fourgons militaires, tirés par des chevaux, les conduiraient à Lorca. De là, un convoi ferroviaire les emmènerait au port d'Almeria via Guadix où un regroupement de conscrits serait opéré. Ils y embarqueraient sur un vapeur, le San Agustin. Le périple allait durer plusieurs jours via Gibraltar le long des côtes du Maroc, les Iles du Cap Vert et la traversée de l'Atlantique pour arriver à Santiago de Cuba.

Calle Mayor, la colonne des conscrits avançait sous le soleil, troublant le silence du frottement des semelles sur la terre dure. Un nuage de poussière les enveloppait.

Devant son bar, Santiago-Ramon fumait, la cigarette triste, en regardant ces garçons partir pour une guerre dont il pressentait qu'elle s'achèverait par un désastre pour l'Espagne. Consuelo et lui avaient un temps rêvé de Cuba, mais au fond, sa femme ne se faisait pas à l'idée de quitter l'Espagne. Il la regardait, devant sa boutique, toujours aussi incroyablement belle, malgré les années.

Sur la place, les chevaux piaffaient en attendant leurs passagers. Un vent frais agitait les feuilles vertes du citronnier. Les familles des soldats s'étaient massées devant le bar et la boulangerie pour les apercevoir une dernière fois.

Les femmes pleuraient. Les hommes se retenaient de le faire en passant leurs mains sur leur visage et reniflaient bruyamment pour refouler le chagrin.

Autour de Manolo Olivares les syndicalistes auraient voulu lever le poing mais la résignation des familles et la présence de troupes armées les en dissuadèrent. Après leur travail on prenait leurs amis, leurs frères, leurs enfants. Ils assistaient à ce spectacle, impuissants.

Des cris d'effroi montèrent de la foule lorsque les conscrits commencèrent à se hisser à l'arrière des fourgons. Les ordres fusaient contre les traînards qui s'offraient le luxe d'une pause. D'expérience, les officiers savaient qu'il fallait abréger les adieux. Ils donnèrent l'ordre de pousser les plus récalcitrants à coups de crosse.

Les mères, les femmes et les sœurs pleuraient, les pères, les frères et les amis, étaient partagés. Ceux qui avaient eu la chance de tirer un bon numéro se demandaient comment ils se seraient comportés dans les mêmes circonstances.
Au fond de chaque véhicule se tenait un sous-officier armé d'un Mauser 1893, qui surveillait les apprentis soldats. Pendant le voyage, le silence s'imposait. Paco et Juan Manuel, côte à côte, fixaient un point de l'espace droit devant eux, au-dessus de la tête de leurs camarades, ils évitaient de croiser le regard des autres. La gueule rogue du garde dissuadait quiconque d'essayer de se soustraire à la consigne. Paco dépassait les soldats d'une bonne tête. Son air déterminé, bravache, l'absence de moustaches, sa taille, tout le désignait comme un meneur potentiel selon les préceptes enseignés aux instructeurs. Il devint la cible du caporal. Une fois les recrues assises, celui-ci ne manqua pas de vociférer à son attention :
    - Toi, la forte tête, je t'ai à l'œil !
Sous la grosse bâche vert kaki, une odeur de suint exsudait, la transpiration des soldats transportés sous le soleil. Cela rendait irrespirable l'atmosphère des fourgons. Il fallait la ténacité d'un Colmena-Ruiz pour résister à cette puanteur.
A quarante ans à peine, Colmena-Ruiz était un caporal expérimenté. Il tirait sa connaissance des hommes et de leurs personnalités des nombreuses années d'actives au service du Roi. Au cours de plusieurs campagnes, il avait élaboré sa propre typologie des caractères et des tempéraments. Il se trompait rarement et savait mater toute velléité de rébellion. Il n'avait pas son pareil pour identifier et isoler les meneurs. Le respect de la discipline était à ce prix. Paco se trouvait dans cette catégorie et il devait le contrôler.
La sévérité de son expression était l'apanage de son rôle d'officier. Mais ce masque composé cachait un homme ouvert. Il se revit vingt ans en arrière, et devinait les sentiments de ces hommes envoyés au massacre.
Engagé à sa majorité, il ignorait qu'en choisissant l'armée, il se retrouverait embarqué pour la première guerre de Cuba, la

guerre de dix ans. Il fuyait la région de Pamplona où ses parents avaient élevés cinq enfants en s'épuisant sur une terre avare, stérile malgré les soins prodigués. Il sentit les regards en biais sur lui et se ressaisit. Il se redonna l'apparence du chef d'escouade qui conduisait des conscrits vers Cuba.
Une fois les soldats installés, l'officier recruteur vint jauger le moral des troupes et s'assurer du bon ordre du départ. Il se présentait au cul des fourgons, la bâche y était maintenue ouverte par deux cordes fixées au montant des ridelles. Il saluait le garde et lui demandait de confirmer la présence de huit personnes à bord.
Sa revue terminée, il donna l'ordre aux cochers du premier chariot de prendre la direction d'Aguilas pour rejoindre la grand-route.
Alignés comme à la parade, les fourgons démarrèrent en procession. Les fouets claquaient sur le dos fatigué des carnes qui tiraient les attelages.
Le citronnier s'agitait funestement devant le passage des cinq chariots emportant vers leur destin guerrier quarante soldats. On sacrifiait la jeunesse des villages de la province, Vera, Cuevas, Antas, Turre et Los Gallardos.
Le soleil montait dans le ciel au rythme des chevaux sur la route poussiéreuse. De l'intérieur de chaque véhicule, sous la bâche obscure, les soldats fixaient la fenêtre de lumière traînée par le chariot. La conversation bourdonnante des deux cochers leur parvenait, malgré la stridulation aiguë des cigales déchaînées par la chaleur.
Les fers des sabots heurtaient régulièrement le chemin de terre blanche.
La bâche, saturée de chaleur, transformait l'intérieur en fournaise. Colmena-Ruiz résistait à la température infernale. Paco, imperturbable, regardait droit devant lui évitant de croiser un seul regard. Juan Manuel, éprouvé par son métier de fondeur, ne souffrait nullement de l'atmosphère surchauffée du fourgon.

Un garçon de Turre tourna de l'œil, il luttait contre l'étourdissement, cherchant, en vain, de l'air frais. Sans bouger de son siège, le caporal dit à ses voisins en leur lançant une gourde :
- Donnez-lui à boire, sinon il va passer !
Personne ne parlait. Personne ne compatissait. Ils apprenaient le rude métier de soldat. Seul face à l'ennemi, face à soi-même, face à la mort.
Juan Manuel se disait : « Si je m'en sors, je m'engage devant Dieu à mettre ma famille à l'abri du besoin. »
Il imaginait sa mère Dionisia et ses quatre sœurs à la charge de son frère cadet Francisco qui trimait devant les fours, à La Union.
Il oubliait le fourgon, Colmena-Ruiz, Paco et ses frères d'armes.
La chaleur de plomb finit par lui peser, une torpeur nostalgique l'envahit. Les pans de la bâche verte, serrés par une embrasse de corde, laissaient entrevoir un paysage monotone. De loin en loin un berger, assis à l'ombre d'un figuier ou d'un vieil olivier, levait son bâton dans leur direction. Les arbres gris, immobiles sentinelles au garde à vous, les regardaient passer, indifférents, muets faute de vent.
Quelle importance pouvait-il donner à cette guerre ? Son père disparu, les projets imaginés ensemble ne signifiaient plus rien.
Il souhaitait revenir vivant, revoir sa mère, son frère, ses sœurs, son village. Eux, verraient-ils une différence s'il y restait ?
Paco secoua son ami par l'épaule pour le ramener à lui. Au fourgon, à Colmena-Ruiz, à leurs compagnons d'armes, à la nécessité de ne pas se projeter dans un avenir où la peur l'emportait. Réagir au jour le jour, prendre les choses les unes après les autres, vivre le présent, sans préjuger de ce qui pourrait advenir.
Juan Manuel émergea de ses rêveries. Le convoi arrivait en gare de Lorca. Un train militaire les attendait.

Ils occupèrent les compartiments escouade par escouade. Le transfert permit aux hommes de boire et de manger le morceau de pain et l'oignon qu'un fourrier leur tendait au fur et à mesure qu'ils accédaient au train.

Malgré la dureté des bancs de bois, ils s'endormirent, harassés par le voyage en chariot. Colmena-Ruiz en profita pour se rouler une cigarette et s'entoura de volutes de fumée bleue qui l'isolèrent un instant des soldats.

À la gare d'Almeria, les quarante recrues de Vera furent mises en ordre de marche, en colonne par quatre, et gagnèrent le port sous la houlette des cinq caporaux.

Vêtus de leur uniforme, ainsi encadrés, sans armes, ils ressemblaient à des prisonniers.

Des bâtiments militaires attendaient au port, lançant vers les nuages des panaches de fumée noire accompagnés du mugissement sinistre d'une sirène beuglant à intervalles réguliers.

Colmena-Ruiz leva le bras pour intimer à la troupe l'ordre de s'arrêter quai numéro 4, face au San Agustin, un vapeur prêt à l'appareillage. A cinq heures de l'après-midi, éclaboussé d'un soleil encore violent filtré par une couche éthérée de nuages blancs, le ciel donnait une couleur argentée à la Méditerranée qui scintillait à perte de vue.

Ils étaient les premiers. Peu à peu, d'autres groupes les rejoignirent et vinrent se ranger à leur côté.

Un capitaine descendit la passerelle, absorbé par la lecture d'un ordre de mission fixé sur une écritoire de cuir. Il demanda aux responsables de chaque escouade de venir le rejoindre.

Les sous-officiers se présentèrent tour à tour en saluant leur supérieur. Celui-ci, affairé à contrôler les opérations, leur répondit à peine.

Ils se sentirent obligés de s'esclaffer sur un bon mot du capitaine, qui, avant de remonter sur le navire, ordonna le début de l'embarquement.

L'escouade de Colmena-Ruiz avança vers le bateau et progressa en formation resserrée. La passerelle tanguait au passage de la troupe.

Les cinq caporaux firent exécuter une manœuvre à chacune des escouades pour les amener face à la cheminée du pont supérieur. Les soldats se tenaient au garde à vous.

- Je suis le capitaine Alejandro Cuenca-Martinez. Vous avez l'honneur de servir le Roi. Ce soir, nous appareillons pour Cuba où nous effectuerons des opérations de maintien de l'ordre pour mater les ardeurs d'indépendance des indigènes. La présence espagnole ne saurait y être contestée. Vous êtes chargés de la défense des frontières les plus anciennes et les plus lointaines du pays. Mes sous-officiers et moi-même commanderons ce détachement. En route pour Santiago de Cuba !

Le discours de bienvenue du capitaine souleva plus de questions qu'il n'apportait de réponses. Les hommes resteraient sur leur faim. La consigne de silence les empêchait d'échanger leurs impressions.

Les recrues furent dirigées vers les cales du navire. Ils occupèrent l'espace laissé libre par les chevaux. L'extinction des feux fut fixée à dix heures du soir. Dans l'attente, on les autorisait à rester sur le pont.

Chacun chercha une place près du bastingage, face au port d'Almeria, entraînant une bousculade vite jugulée. Paco et Juan Manuel jouèrent des coudes pour gagner l'arrière du navire.

Sur son promontoire, la silhouette d'Almeria vacillait, esquissée de façon confuse par des taches de lumières éparses. Les remparts de La Alcazaba portaient plusieurs feux de vigie qui éclairaient par moment le profil sombre des sentinelles. On pouvait presque imaginer leurs dialogues. Mais, à mesure que le bateau commença de s'éloigner, le noir et la distance réduisirent ces lueurs rassurantes à la taille de lumignons falots. Le phare de la Mesa de Roldan balayait l'horizon de sa torche puissante et les reliait à la côte comme une corde lumineuse qu'ils larguèrent aussi. Les montagnes sombres alentour et la mer envahirent le champ de vision des deux amis. Le phare se réduisit à un point lumineux dans le ciel noir.

Il clignota puis disparut complètement. Ils étaient en pleine mer, sous un champ d'étoiles. Ils restèrent une éternité la tête tournée vers le firmament.

Juan Manuel demanda à Paco :

- As-tu appris à nager ?

Ce dernier secoua seulement la tête pour répondre non. Un rouquin dont les yeux riaient perpétuellement au milieu de ses tâches de son ne perdait rien de leur dialogue :

- Vous voulez sauter ?

Colmena-Ruiz dont les oreilles traînaient, sursauta. Il s'approcha des trois soldats et reconnut Paco :

- Ma parole, la forte tête ! Toujours dans les mauvais coups ?

Il accompagna ses paroles d'un mouvement de la crosse de son fusil pour le contraindre à se retourner.

Juan Manuel s'interposa :

- Je vous le jure devant Dieu, Monsieur l'officier, ce n'est pas ce que vous imaginez !

- J'ai très peu d'imagination, soldat ! Je suis un apôtre de Saint Thomas !

Le rouquin rieur mit à profit cette altercation pour s'éclipser. Juan Manuel se rappela les recommandations de son oncle à propos de provocateurs soudoyés pour dénoncer leurs camarades et bénéficier des faveurs de la hiérarchie.

Un porte-voix coupa court à l'échange entre Colmena-Ruiz et les deux amis : « Un homme à la mer ! »

Horrifiés, Ils virent les fusiliers-marins épauler et tirer dans le noir des salves rapprochées en direction d'un soldat qu'on imaginait nageant rageusement, pour s'extraire des remous bouillonnants dans le sillage du navire. Le bateau croisait au large de Melilla et des îles Chafarinas.

- Voilà le sort réservé aux déserteurs ! reprit la voix. Jamais ! Vous m'entendez ? Jamais, un de ces fous n'a pu rejoindre ces morceaux de pierre ponce flottant dans la mer du Maroc, depuis un bateau dont j'assure le commandement.
- Tous les hommes à la cale, reprit une deuxième voix. Fusiliers, prêts à tirer !

Sous la menace des gardes armés, les escouades se reconstituèrent sans désordre. La descente vers la cale se fit en silence.

Les hommes furent consignés jusqu'à nouvel ordre. L'air de la cale était irrespirable. L'odeur des chevaux s'ajoutait à celle des machines et formait un mélange nauséabond pour les narines subtiles de ces campagnards. Paco et Juan Manuel s'étaient assis à même le plancher, appuyés contre l'enclos qui les séparait des chevaux. Ils revivaient l'altercation avec Colmena-Ruiz, le plongeon du déserteur et le tir des fusiliers ; pariant sans y croire sur les chances du fuyard. Un brouet clair leur fut servi avant l'extinction des feux. Colmena-Ruiz veillait jalousement sur eux, peut-être mieux que quiconque ne l'avait fait au cours de leur vie.

Après plusieurs jours de mer, ils virent à nouveau la terre lors de l'escale aux Iles du Cap Vert. Là, ils furent autorisés à descendre.

Pendant les manœuvres d'accostage, les hommes montèrent sur le pont.

Colmena-Ruiz reforma son escouade et plaça Juan Manuel et Paco en première ligne. Ils se présentèrent face à la porte du bastingage attendant que la passerelle vienne s'arrimer.

Le caporal souriait dans sa barbe. Il les désignait à dessein pour emmener le groupe. Cette responsabilité leur attirerait la méfiance de leurs compagnons et les isolerait des autres recrues.

Ces deux garçons lui plaisaient au fond. Il s'en amusait. Sur le quai, cinq marins maniaient des fanions, imités par leurs homologues à bord. La signification des sémaphores à deux bras échappait complètement aux fantassins, persuadés d'assister à une parade. Les sifflets retentirent. Les bavolets des uniformes flottaient au vent.

Le croiseur vint frotter son flanc contre les moellons du môle en ripant sur ses protections de bois pour se ranger docilement le long du quai. Les hommes de quart lancèrent les filins à terre. Le bateau fut immobilisé complètement. Le régime des moteurs passa au ralenti, puis ils se turent enfin.

Le silence frappa les passagers après ces heures rythmées par le ronronnement malodorant des chaudières et des turbines. Seules des bandes de sternes ou de fous, fuyant des sautes de vent malicieuses le ponctuaient de leurs piaillements joyeux.

La voix du commandant brisa le charme de cet instant :

- Parés à débarquer ! Première escouade en avant !

- Première escouade en avant ! reprît Colmena-Ruiz, à l'intention de ses hommes.

Juan Manuel et Paco se mirent en mouvement, tournant la tête pour s'assurer d'être suivis.

À terre, le caporal leur demanda de se mettre au garde à vous face au navire. L'ensemble des soldats présents sur le croiseur forma les rangs. Supervisant la manœuvre depuis le pont, le commandant, vêtu de son uniforme d'apparat, attendit que les hommes soient au garde-à-vous et descendit le long de la passerelle.

- Soldats, cette escale est la dernière avant notre arrivée à Cuba. Retour au bateau avant la tombée de la nuit, pour un départ vers notre destination finale. Montrez-vous dignes du Royaume sur cette terre portugaise !

- Première escouade, rompez les rangs ! hurla à son tour le caporal Colmena-Ruiz.

Depuis le quai, Juan Manuel et Paco regardaient la meute des soldats s'égailler en hurlant vers les rues de Ribeira Grande. Laissant les braillards prendre de l'avance, ils décidèrent d'aller vers la ville à leur rythme.

De méchantes rues en terre battue et des masures de pisé succédèrent aux bâtiments militaires portugais construits au cordeau.
Ils sortirent très vite de la ville, si l'on pouvait appeler ainsi ce rassemblement hétéroclite de constructions sommaires. Ils décidèrent de se diriger vers des troupeaux de chèvres surveillés par des femmes assises sur le talus de la route. Au loin, de rares palmiers s'agitaient au vent de la mer. La végétation rase était la seule nourriture de chèvres faméliques dont les mamelles traînaient sur le sol caillouteux. Ce paysage désolé leur rappelait les vallées sèches et la terre sableuse et infertile de leur village. Les femmes s'approchèrent. Ils découvraient la langue portugaise, ne pouvaient la parler, mais en comprenaient quelques mots :
 - Militaires, vous avez faim ? Elles le répétèrent plusieurs fois, en portant leurs mains à la bouche.
 - Si, si répondirent-ils.
Une vieille femme s'approcha d'eux portant du lait caillé et un pain rond aussi plat qu'une crêpe. Ils se jetèrent sur cette nourriture. Une bénédiction après le rata servi sur le bateau. Les femmes riaient. Eux aussi.
La vieille les regardait attentivement. Elle se saisit de la main gauche de Juan Manuel et la retourna avant qu'il n'ait pu la retirer. Sa mère l'avait souvent mis en garde contre les boniments des diseuses de bonne aventure. Les autres bergères, comme Paco, riaient du visage inquiet.
 - Tu as l'air d'avoir vu le diable !
 - Je crains surtout ses prédictions !
La vieille passa son pouce sur chacune des lignes de la paume gauche de Juan Manuel.
Son visage dégageait une impression de force et de sérénité. Elle sourit. Cette caresse inattendue le fit tressaillir. Il frissonna. La diseuse de bonne aventure parla d'une voix douce mais profonde :
 - Quelqu'un de bien ! Tu es quelqu'un de bien !
Paco se transforma en interprète :

- Elle dit que tu es une bonne personne, je crois.
- J'avais compris.
- Bonne personne, continua la vieille, tu fais le bien, jamais le mal, ton père est mort, c'est triste, mais tu reverras les tiens.

Du village montait la musique mélancolique d'une flûte aux accents lugubres. Le temps s'était arrêté et rien ne leur permettait de mesurer sa progression. Depuis quand avaient-ils quitté le port ? Ils ne voyaient plus leurs compagnons d'armes. Ils descendirent le coteau de la colline en courant, sans se retourner.

Sur le port, Colmena-Ruiz était aux cent coups, il s'égosillait à reformer son escouade et hurlait, tel un damné, les noms de Paco et de Juan Manuel. Il repartit de plus belle en les voyant arriver du chemin de terre menant au village indigène :

- Où étiez-vous passés ? Têtes de lard !

Sans répondre les deux garçons vinrent se mettre au garde à vous devant lui :

- Soldat de Haro Cervantès !
- Soldat Paco Romero !

Il fulminait. Des tavernes de Ribeira Grande, des rires et des cris de femmes accompagnaient les soldats rejoignant les rangs.

- Formez l'escouade ! En avant marche !

La petite troupe, rejointe bientôt par d'autres, reprit le chemin du port.

Les hommes se mirent à chanter :

« Ya se va el vapor, tan solito y sereno se va, dentro va mi amor, que a la guerra de Cuba se va, yo quisiera ser, golondrina y echar a volar y besar mi amor que en el mundo no puedo olvidar[27] ! »

---

[27] Le vapeur prend la mer, il s'en va solitaire et serein, il emporte mon amour à la guerre de Cuba, je voudrais être une hirondelle, m'envoler pour le retrouver et lui donner un baiser, mon amour qui est la seule chose importante au monde, je ne peux l'oublier.

Ces paroles d'un auteur anonyme avaient été transposées sur l'air d'une valse populaire mexicaine, Sobre las olas. Cette chanson, devenu l'hymne des soldats pendant la guerre de dix ans[28], était interdite. Elle chantait la fatalité qui fait mourir les amours interrompues par la conscription. Le commandement n'appréciait guère que les soldats se laissent aller à un tel sentimentalisme.

Lors de la guerre de dix ans à Cuba, Colmena-Ruiz était à la place de ces soldats, il pouvait comprendre le réconfort qu'ils trouvaient dans cette mélodie nostalgique, mais il devait imposer le respect des règles et faire cesser ce chant qui, selon la hiérarchie, portait atteinte au moral des troupes.

La mère de Juan Manuel le chantait chaque jour depuis l'annonce du départ de son fils à Cuba.

Colmena-Ruiz, devant Juan Manuel et Paco en première ligne de l'escouade, hurla :

- Section halte ! Garde à vous !
- Silence dans les rangs !

Le chant s'arrêta decrescendo. Quelques voix continuèrent en sourdine. Les chefs d'escouade, patients, acceptèrent cette dernière manifestation d'indépendance. Pour ne pas laisser retomber le moral des recrues, ils entonnèrent la Marche du Roi, l'hymne national.

Malgré l'enthousiasme des sous-officiers, les hommes de troupe reprirent les paroles sans conviction. Sous l'œil de Colmena-Ruiz, Paco et Juan Manuel y mettaient une ardeur suspecte, jugée de bon aloi. Colmena-Ruiz ne fut pas dupe.

Si leurs lèvres chantaient la marche royale, leurs pensées allaient vers la vieille Cap-Verdienne.

Cette femme aux cheveux noirs, raides comme une touffe de crins, au visage tanné par le soleil et l'âge, leur rappelait les gitanes des grottes de Cuevas de Vera. Celles dont la mère de

---

[28] La guerre des dix ans, ou grande guerre, entre 1868 et 1878 se termina par la victoire des troupes espagnoles sur les insurgés.

Juan Manuel lui conseillait d'éviter les prédictions trompeuses.

Il s'était affranchi de l'interdiction maternelle et ne s'en trouvait pas plus mal. Le regard serein de la vieille femme aux yeux purs l'avait rassuré. Il se sentait protégé du mal.

Paco le regardait marcher. Son compagnon d'armes se comportait différemment depuis les prémonitions de la vieille. Il semblait libéré de ses peurs.

La troupe arriva sur le môle. Le San Agustin attendait, les cheminées fumant, les chaudières prêtes à faire vapeur vers le large et sa destination finale.

L'escale au Cap Vert fut le dernier contact des soldats avec les délices de la vie civile. Une dernière occasion de goûter à la liberté avant le terme des trois années de conscription qu'ils devaient au Roi. L'embarquement se déroula en bon ordre, à la satisfaction des officiers. La docilité des nouvelles escouades les surprenait.

Hélas, plus qu'en discipline ils gagnèrent en résignation, pareils au troupeau poussé dans le tunnel de contention vers un destin funeste.

Juan Manuel et Paco reprirent leur place au fond de la cale, près des enclos à chevaux.

Colmena-Ruiz les surveillait en permanence du coin de l'œil. Les autres recrues voyaient déjà en eux des affidés du caporal. Cette situation leur convenait bien. Elle évitait d'avoir à trop parler. Ils se méfiaient du rouquin, soupçonné des pires ignominies depuis l'événement survenu au large des îles Chafarinas. Ses tentatives pour s'immiscer dans leur relation étaient systématiquement repoussées par les deux amis. Malgré cela il ne se décourageait pas, il insistait même.

La traversée, tantôt à fond de cale, tantôt sur le pont, ne révéla rien aux recrues sur les conditions de leur séjour à Cuba. Ils devaient patienter jusqu'à leur instruction qui se ferait à Santiago de Cuba.

Ce point inquiétait la plupart d'entre eux, enrôlés pour faire la guerre sans aucune pratique du maniement des armes. Leur éducation militaire se limitait à marcher au pas. Les récits des atrocités commises par les rebelles circulaient et les officiers refusaient de répondre aux questions, pourtant précises, des conscrits. Ils voulaient simplement connaître le visage de leur futur ennemi pour apprendre à le combattre, et savoir comment s'en protéger.

L'ennui du voyage aidant, les rumeurs les plus alarmistes se propageaient, certaines encouragée par le rouquin. Juan Manuel et Paco s'en désintéressaient trouvant refuge dans leurs souvenirs communs de Vera.

Le voyage vers Cuba se poursuivit sans fait digne d'être rapporté. Ils arrivèrent de nuit à Santiago. Leurs supérieurs entretenaient l'incertitude, et maintenaient ainsi la pression sur les soldats. La mer sombre reflétait les éclats lumineux de la nuit, bleue sous une lune brillante. Les hommes étaient massés sur le pont, silencieux. Des sifflets aigus vrillaient l'obscurité, annonçant l'arrivée du bateau aux marins qui s'affairaient sur le quai prêts pour l'amarrage.

Le débarquement à Santiago se fit en bon ordre. La file hétéroclite de la troupe, des chevaux et des équipements se mit en branle.

Des oiseaux sinistres caquetaient au loin. Un vent malicieux portait leurs chants jusqu'aux soldats inquiets.

Les glissements de leurs pas hésitants sur la terre ferme résonnèrent sur les pavés noirs du port. Ils s'éloignèrent rapidement pour rejoindre la caserne du 52e régiment d'Andalousie.

Ils luttaient pour retrouver leur équilibre et semblaient ivres, marchant comme des automates désarticulés. Personne, malgré la douceur de la nuit, n'assistait au curieux spectacle de ces nouvelles recrues débarquées pour renforcer les troupes d'occupation de l'île par la volonté de leur Roi.

Dans un casernement obscur éclairé par la seule lune, le sommeil prit les hommes sans effort bien qu'ils ne soient plus bercés par les vagues.

Le jour leur donna une vision moins fantasque du pays. Le dortoir leur parût presque agréable avec ses murs chaulés de blanc, ses hauts plafonds et ses dalles de pierre jaune. Colmena-Ruiz affichait une sorte de contentement à retrouver Cuba. Les hommes mettaient leur confiance dans cet homme qui les avait pourtant refroidis au premier contact.

Ils suivirent scrupuleusement ses commandements, se soumettant à la contrainte de la vie en groupe. Dorénavant ils vivraient ensemble, se lèveraient, se laveraient, mangeraient ensemble. Paco et Juan Manuel se plièrent aux règles de la collectivité.

Ils s'entraînèrent au maniement des armes, sous la lumière crue d'un soleil sans pitié, les espadrilles blanchies par la poussière sableuse de la caserne. Colmena-Ruiz enchaînait les ordres de sa voix cassée par le tabac et l'alcool :

- Arme sur l'épaule droite ! Présentez armes ! Arme au pied ! Garde à vous ! Repos ! Garde à vous ! Repos !

Ils repartaient à foulées rapides pour un énième tour de caserne. Le dos cassé par le poids de leur sac trop rempli. Le fusil en diagonale, tenu à bout de bras devant leur torse. Les ordres revenaient, impitoyables :

- En joue ! Feu ! En joue ! Feu !

Dociles, ils jouaient leur rôle, en appui sur leurs jambes lourdes, et pressaient les gâchettes qui percutaient le chien de leur fusil vide avec un bruit métallique stérile.

Cela dura une éternité, une semaine peut-être ou plus, ils ne s'en souciaient pas. Enfin, ils furent autorisés à sortir pour défiler dans Santiago vêtus d'un uniforme léger de toile blanche. Un baudrier de cuir leur ceignait le thorax et une ceinture leur entourait la taille, sur laquelle une cartouchière de toile était fixée. Un large chapeau de paille les protégeait du soleil. Ils paradaient, suscitant à peine la curiosité polie des habitants qui ne pouvaient exprimer leur hostilité à l'occupant.

Juan Manuel et Paco furent affectés au Bataillon Talavera sous les ordres du Commandant Muñoz. Ils quittèrent Santiago un matin brumeux et pluvieux de mars. Ils se trouvaient sur l'île depuis trois mois et leur connaissance de la guerre avait peu progressé. Pour l'instant, ils ne faisaient que l'imaginer. Deux régiments face à face se scrutant à l'infini avant de se ruer l'un vers l'autre, déchaînant des vociférations animales. Ils gardaient cette image à l'esprit, la redoutant, espérant ne jamais la vivre ici, à Cuba.

Ils ne voyaient rien des atrocités dont les vétérans friands de détails les abreuvaient. Ils marchaient des journées entières à travers des montagnes et des plaines, traversaient des fleuves, s'émerveillaient d'arbres inconnus ou d'animaux extraordinaires, sans jamais rencontrer la moindre trace du conflit.

Ils s'accoutumèrent au silence, aux cris des singes effarouchés, au caquètement des oiseaux, au vent agitant les branches. Cette musique, devenue familière, les rassurait. Ils cherchaient comment déceler les traces des rebelles redoutés sur le flanc des montagnes blanches qu'ils traversaient. Juan Manuel avançait.

Il se voyait perdu dans cette île, à la recherche d'ennemis désignés, des inconnus, des frères :

« Non, conclut-il, cette guerre ne me concerne pas, je suis l'instrument malheureux d'un destin. Si Dieu l'a voulu, qu'il en soit ainsi ! »

Paco cheminait à ses côtés, l'œil aux aguets et le fusil prêt à faire feu. Attentif au moindre frémissement de la végétation dense et drue. Attentif aux animaux, scrutant les reliefs alentours pour y percevoir à temps la silhouette ennemie qui le tiendrait en joue.

La plupart du temps, Juan Manuel priait, le regard lointain, perdu dans les souvenirs de son village, et les images de sa mère Dionisia, de son frère Francisco, de ses sœurs Francisca, Maria, Antonia et Anita.

La volonté de revoir les siens le protégeait de ce qu'il vivait à contrecœur. Il les imaginait prisonniers d'un quotidien semblable à celui des paysans de l'île, la guerre en moins.

Les pauvres miséreux qu'il croisait lui rappelaient ses parents. Ni plus heureux, ni plus malheureux. Comme eux, ces gens se battaient pour leur survie, pleuraient après l'argent, se déplaçaient à la recherche de travail, concevaient des enfants, et s'épuisaient de ne pouvoir les élever dignement.

Ces villages traversés par les troupes, se disait-il, sont peuplés de Pedro, de Dionisia, de Francisco, de Frasquita, d'Antonia, de Maria, de parents, de sœurs, de frères, d'amis.

Le fracas d'une détonation résonna à ses oreilles, puis des cris, Paco se jetait à terre, l'entraînant au sol :

- Réveille-toi, Juan Manuel ! Ton fusil, ton fusil, tire pour l'amour de Dieu !

Oubliant ses divagations, Juan Manuel se ressaisit. A plat ventre, derrière un monticule de terre, il porta la crosse de son fusil à son épaule, la joue collée au canon. L'œil droit fixé sur la mire, il visa les rebelles.

Choisissant une cible, il ajusta et tira, vidant le chargeur. Son Mauser tressautait à peine entre ses mains. Il le tenait fermement. Son épaule résista au recul de l'arme. La volonté de vivre le transforma en soldat. Il rechargea, prêt à faire feu à nouveau.

Les autres combattants de l'escouade s'étaient rassemblés autour de Paco. La puissance de feu de leurs fusils réduisit au silence ceux des rebelles.

Colmena-Ruiz regardait ses hommes, satisfait. Il se souciait des soldats tués et des blessés, pertes inévitables, mais se félicitait de la réaction spontanée des tireurs qui s'étaient regroupés autour de Paco. Il éprouva un sentiment de fierté. Ceux-là reviendraient. Ils réagissaient en guerriers. Juan Manuel, Paco, le rouquin et trois autres soldats composaient cette unité. Colmena-Ruiz leur cria :

- Bravo, les gars ! Restez vigilants ! Je veux un état des pertes chez l'ennemi. Paco, Juan Manuel et le Rouquin, exécution !

Au pied d'un palmier à l'écorce hachée par leurs tirs, quatre rebelles cubains portant l'uniforme Mambise[29] gisaient sans vie. Deux d'entre eux étaient touchés à la tête. Les tireurs espagnols avaient visé pour tuer.
Colmena-Ruiz les encouragea :
- Vous ne leur avez laissé aucune chance !
- Grâce à votre instruction caporal !
Renchérit le Rouquin, jamais avare de compliments pour s'attirer les faveurs de son officier et briller auprès de ses camarades de rang.
Juan Manuel ne disait rien. Paco imaginait le fatras des pensées encombrant la tête de son ami :
- Mieux vaut que ce soit eux qui tombent que nous, Juan Manuel, n'oublie pas, tu veux revoir Vera !
- Paroles sensées, ajouta le caporal. Enfoncez-vous ça dans le crâne. Vous n'aurez pas toujours la chance d'aujourd'hui.
Quatre tombes surmontées de croix de bambous furent creusées à la hâte dans une clairière à l'écart de la route. Une courte oraison funèbre, prononcée par Colmena Ruiz lui-même, permit de célébrer le courage dont les morts avaient fait preuve et la cruauté du destin qui les avait retirés à la vie. Le caporal nota ensuite les noms des victimes sur son carnet de route en y décrivant les circonstances de leur décès. Les blessés furent allongés sur des brancards de fortune faits de bambous coupés à la machette et de palmes tressées.
- A marche forcée jusqu'à Ciego de Avila ! hurla Colmena-Ruiz.

---

[29] Nom donné aux Cubains luttant contre l'envahisseur espagnol. Un mambi des mambises. L'origine du nom est incertaine et a trois origines possibles : un terme bantou (mbi), peuple majoritaire parmi les esclaves cubains ; le nom de Juan Ethonnius Mamby, un déserteur noir à Saint Domingue ; un terme amérindien désignant les rebelles luttant contre les caciques dans la forêt.

Les hommes repartirent, remontés à bloc. Prêts à en découdre à nouveau, mais l'occasion ne leur en fut pas donnée.

A Ciego de Avila, ils retrouvèrent la ligne fortifiée, la Trocha, qui traversait l'île du Nord au Sud, de Jucaro à Moron[30].

Le 52ᵉ d'Andalousie venait assurer la relève du régiment d'infanterie légère Barbastro N° 43 qui tenait cette position.

Depuis que la Trocha traversait Ciego de Avila, le village avait vu sa population croitre. Il était devenu un lieu de passage obligé, un véritable poste frontière.

Les insurgés mettaient à rude épreuve la vigilance de l'armée d'occupation, multipliant les escarmouches le long de la ligne pour détourner les soldats des véritables tentatives de franchissement. Soutenus par les paysans, les rebelles se jouaient de la fausse sécurité que donnait la Trocha.

L'escouade de Colmena-Ruiz fit une entrée remarquée dans la bourgade, arborant ses blessés sur des brancards, les yeux des soldats brillant encore de l'exaltation du combat.

Cela rappelait au caporal les campagnes de la guerre de dix ans, où s'étaient illustrés ceux du Barbastro N° 43, mettant les rebelles en déroute. Dix-sept ans après, il fallait remettre ça.

Juan Manuel et Paco laissèrent aux autres le soin de raconter leurs exploits récents. Ils ne partageaient pas leur fierté. Eux n'étaient pas là pour tuer, ils avaient simplement cherché à éviter de perdre la vie.

Paco parla le premier :

- Je te surveillais Juan Manuel. Tu rêvais encore !
- Non Paco, je n'étais pas loin d'ici ! Je regardais les miens, les malheureux, les pauvres.

En parlant, ils s'étaient approchés d'une cahute de bois recouverte d'un toit de palmes tressées. Une clôture de planches brutes, peinte en bleu vif, retenait une chèvre et trois

---

30 Ligne fortifiée construite autour d'une tranchée creusée du Nord au Sud de l'île pour empêcher les communications entre l'Est et l'Ouest de Cuba et les contacts entre les troupes rebelles.

poulets rachitiques. Une fillette jouait à même le sol. Juan Manuel la montra du doigt :

— Tiens, vois-tu la petite fille à la chevelure rebelle ? Elle ressemble à ma jeune sœur Antonia, la peau brune, les yeux noirs, les mains agiles. Et son rire, ne te fait-il pas oublier les raisons de notre présence à Cuba ?

— Oui, je te comprends, mais ses parents, tu crois que...

Interrompant Paco, une femme sortit de la baraque et morigéna l'enfant :

— Rentre ! Les soldats vont t'emmener ! Ne les regarde pas, sinon ils vont t'emmener !

La fillette se réfugia derrière les jupes de sa mère en pleurant.

— Tu vois, dit Paco, ne crois pas qu'ils t'aiment autant que tu les aimes. S'ils pouvaient te planter un couteau dans le dos, ils le feraient sans hésiter.

Juan Manuel ne partageait pas le réalisme pessimiste de Paco. Une prière muette, celle de sa mère Dionisia, l'aida à évacuer l'image morbide de son meurtre à l'arme blanche.

— Mon Dieu. Tu m'as conduit dans ce pays, permets-moi d'accomplir mon devoir selon Ta volonté et ramène moi auprès des miens. Protège-nous du mal. Amen !

Paco respectait la prière de son ami, même s'il ne croyait guère en Dieu.

Le clairon sonna la soupe. Le fort surplombait la Trocha qui s'étendait sur toute la largeur de Ciego de Avila. La vie militaire prenait ici un relief qu'elle n'avait pas dans la caserne de Santiago. Le long de la ligne de démarcation l'ennemi était partout, surgissant de nulle part. Ils effectuaient les patrouilles dans la crainte de l'embuscade qui ne venait jamais là où il l'attendait et se mirent à imaginer des ruses dont ils n'avaient pas idée.

Les jours et les nuits se ressemblaient. Ils s'entêtaient à ne pas mourir et continuaient à vivre pour eux-mêmes subissant la présence des officiers, se disant que c'était le seul objectif des missions de reconnaissance auxquelles ils les contraignaient.

Deux années entières s'écoulèrent et rien ne laissait entrevoir une issue au conflit. De nouveaux officiers, chargés d'exécuter des ordres différents, remplacèrent les anciens jugés trop conciliants. Des hommes faits d'une autre chair que celle des Colmena-Ruiz. Des loups assoiffés de sang.

Les rebelles se jouaient de la Trocha. Alors, les loups se mirent en tête de les débusquer parmi les paysans de la province de Camaguey qui les aidaient à franchir la ligne aux endroits sans surveillance. Le moindre péon devenait un dangereux terroriste, un complice.

Le général Valeriano Weyler y Nicolau, surnommé le boucher, héritait du commandement général des troupes espagnoles à Cuba. Il fit de l'armée l'instrument de sa stratégie de représailles contre les populations. Un matin de l'été 1897, les hommes furent réunis devant le fortin par leur nouveau Commandant, Armando Trujillo-Gonzalez :

- Soldats, le royaume espagnol est menacé. Depuis la mort de José Marti, le chef des rebelles, des traîtres comme le général Maximo Gomez, ancien soldat du Roi, devenu un renégat, ont rejoint les terroristes. Nous casserons cette résistance pour l'empêcher de s'organiser, la briserons à la source. Nous allons couper l'accès à la nourriture et au gîte en contraignant les habitants à ne plus en procurer aux rebelles. Je vous ordonne de les rassembler devant le fortin sur le champ, bagages et bétail compris, après avoir évacué les baraques.

Un murmure sourd parcourut les rangs.

- Les bâtiments seront incendiés, les récoltes détruites sur pied. Par détachements de vingt personnes, vous conduirez les habitants sous escorte armée vers le camp d'El Socorro pour les y enfermer.

Abasourdis, les soldats se regardaient. Certains retenaient leurs larmes. D'autres cachaient leurs émotions, le visage fermé. Les plus fanfarons souriaient crânement.

- Exécution immédiate !

Paco arrêta Juan Manuel dans son élan. Il fallait l'empêcher de contester les ordres. Il ne savait plus où aller. Peu d'alternatives s'offraient à lui, fuir vers la montagne et être abattu par ses camarades, exécuter les ordres et faire le dos rond.

Les deux amis rejoignirent le reste de l'escouade. Ils ne seraient pas les premiers, ni à sortir les paysans de leurs taudis, ni à porter les torches sur les murs de bois et les toits de palmes tressées.

Pourtant quelle différence existait entre eux et des assassins ? Aucune, et ils le savaient.

Paco se porta devant Juan Manuel pour le mettre à l'abri de la horde des soldats grondants. Ils se trouvaient devant le logis des paysans cubains, rebaptisés du nom de ses propres parents par Juan Manuel. Ceux dont la fille ressemblait à sa sœurette, Antonia.

Les soldats démontèrent la porte à coups de crosse et investirent la cahute en hurlant.

Paco connaissait la mère pour s'appeler Azuzena. Elle sortit la première, ses enfants derrière elle.

Ils ne criaient pas. Ne pleuraient pas. La femme fière, l'allure altière, portait une ample robe de tissu grège et un châle posé sur ses épaules carrées. Sa silhouette mince, finement découpée, semblait ne pas avoir souffert des offenses du travail et de la misère. Une masse de cheveux crépus auréolait son visage n'affichant que du mépris pour les soldats.

Elle avançait sans frémir sous les quolibets. Sa fille contre son sein, la tête abandonnée sur son épaule. Sa main immense protégeait des coups le crâne fragile.

Un baluchon en toile de sac aux mailles patinées par la crasse et la sueur battait contre son flanc. L'épaule cisaillée par la lanière en corde grossièrement tressée, elle semblait déterminée à supporter le poids de sa condition de déportée.

Derrière elle, un jeune garçon craintif, une baguette de caroubier à la main, essayait de conduire un improbable troupeau composé de poules décharnées, d'un coq agressif, d'une chèvre bancale et d'un cochon furieux.

Le père, parti aux champs, rentrerait le soir à la nuit tombée pour découvrir le désastre. Sa maison incendiée, les récoltes saccagées, sa famille disparue. Il courrait vers le fortin pour s'enquérir des siens et récolterait les rires et les moqueries de soldats avinés.

Las de le repousser, les soldats finiraient par le fusiller. Il aurait mieux fait de rejoindre les rebelles de la sierra pour revenir de nuit châtier les envahisseurs ivres de cruauté qui avaient expulsé sa famille.

Une tristesse infinie emplissait le regard de la femme. Elle avançait, telle une somnambule, au milieu des soldats, ignorant leurs insultes proférées pour l'atteindre dans ce qu'elle avait de plus secret.

Azuzena franchit sans crainte une haie de soldats féroces et, apercevant Juan Manuel caché par Paco, elle se tourna vers lui et après lui avoir craché au visage hurla, ses yeux contre ses yeux :

- Tu es pareil qu'eux, pire qu'eux, un lâche !

Paco s'interposa et rabroua la femme en lui répliquant durement :

- Qui es-tu, toi, pour juger cet homme ? Il n'a pas décidé de cette guerre. Il est là par hasard, comme toi et nous tous, ici !

Azuzena haussa les épaules et se retourna vers son logis, pour voir les soldats le mettre à sac, puis l'incendier à l'aide de torches enduites de poix. Sur son support de bois entouré d'étoupe, le produit s'enflamma en dégageant une puanteur écœurante. Les flammes se mêlèrent à la chaleur sans crépiter. Une fumée noire envahit le ciel, aussitôt happée par de maigres nuages et délavée par le soleil.

D'une maison à l'autre le feu gagna bientôt l'ensemble des quartiers pauvres de Ciego de Avila.

Les soldats prirent peur de l'incendie provoqué et se réfugièrent dans le fortin, à l'abri de la tranchée, celle-ci l'empêcherait de se propager. Ils buvaient du vin tourné à l'aigre sous l'effet de la chaleur et contemplaient le résultat de leur travail.

Il ne fallut pas plus de temps pour anéantir la vie de ces Cubains ! Ils ne possédaient plus rien !

La souffrance de Juan Manuel le dévorait. Il ne parvenait pas à éteindre ce feu intérieur. Un spectacle sinistre se déroulait. Devant l'habitation de « ses parents » cubains, un tas de cendres fumantes remplaçait la palissade de planches bleues : « Que me reste-t-il à moi ? Pas même l'honneur perdu aujourd'hui. Dieu va me punir de ne pas avoir porté secours à ces malheureux. Il m'empêchera de retrouver ma famille. »

Paco, comme s'il l'avait entendu, lui posa la main sur l'épaule :

- Tu ne pouvais rien faire, Juan Manuel ! Ils t'auraient tué, et peut-être les auraient-ils tués pour se venger de ta désertion.

Le commandant Trujillo-Gonzalez hurlait les ordres :

- Regroupez les prisonniers ! Par groupes de vingt ! Exécution immédiate !

Paco et Juan Manuel reprirent leur travail de soldats. Ils se joignirent à leurs camarades pour rassembler et obliger les paysans à se mettre en ordre de marche. Ils devaient parcourir dix kilomètres jusqu'à El Socorro.

Peu après Ciego, ils quittèrent la route pour s'engager sur un chemin de terre le long d'une rivière en bordure d'un bois d'arbustes inconnus.

Des oiseaux s'envolèrent à leur approche. La troupe s'arrêta et les officiers imposèrent le silence.

Les prisonniers tressaillirent, attribuant cet envol à une présence amie. Ils n'osaient crier face aux fusils qui les tenaient en respect. Leur espoir fut vain.

Les oiseaux revinrent se poser un à un. Colmena-Ruiz, attentif, épiait alentour, le visage tendu vers la forêt comme le museau d'un chien à l'arrêt. Le feuillage des arbres, immobile, sembla le rassurer. Il donna l'ordre d'avancer après un temps qui leur parut interminable.

A partir de ce moment, la tension provoquée par la peur fut palpable. Derrière le bruissement continu de l'eau, ils cherchaient en vain à percevoir les piétinements furtifs d'éventuels suiveurs embusqués. Si le rythme régulier du débit changeait, syncopé au passage de l'eau sur les blocs de pierre parsemant le lit de la rivière, leur angoisse s'accroissait, ils ne reconnaissaient plus les bruits de la forêt.

Les couleurs vives des fleurs, des fruits et des arbustes leur cachaient les dangers, auxquels ils donnaient l'image de rebelles capables des ruses les plus habiles. Ils s'imaginaient suivis depuis leur départ de Ciego et se tenaient prêts à combattre. Cette embuscade leur serait peut-être fatale.

Les déportés donnaient des preuves de courage. Ils supportaient leur état, forts de l'espérance fragile des victimes percevant de la panique dans les yeux de leurs bourreaux.

La haute taille d'Azuzena la distinguait des autres paysans. Elle portait sa fille et son balluchon difforme. Juan Manuel ne pouvait détacher les yeux de la femme humiliée.

Elle devenait sa croix et son calvaire. Il priait pour elle, demandant à Dieu d'intercéder en sa faveur. Sa lâcheté ne lui serait jamais pardonnée. Il redoutait d'être taxé de traître. « Est-il juste de la faire payer ? Mon Dieu, accorde-lui une longue vie. Protège-la de la haine de nos soldats. Rends-lui son mari. Préserve sa famille. »

Quand son regard croisait celui de Juan Manuel, Azuzena lui faisait sentir la haine qu'elle éprouvait pour les soldats venus les humilier.

Alors l'image horrible du couteau dans le dos, suggérée par son ami Paco, s'imposait et le ramenait à une réalité inhumaine et brutale. Il était un occupant, un barbare.

Après trois heures à marche forcée, ils atteignirent une vaste clairière dégagée au milieu des palmiers. Des fils de fer barbelés fixés sur les troncs des arbres en bordure délimitaient le camp que certains soldats baptisèrent en se moquant

Nuevo Ciego de Avila. Ceux-là riaient pour s'étourdir. Ils éprouvaient le besoin de baptiser les lieux de supplice qu'ils créaient, pour les rendre familiers, plus humains, et occulter leur brutalité sans nom.
Les villageois s'organisèrent, utilisant les arbres abattus et leurs palmes, pour ériger des baraquements sommaires. Privés de leurs machettes, ils travaillaient à mains nues. Ils ne s'abaisseraient pas à quémander leurs outils aux bourreaux. Ils bâtiraient leurs abris, les doigts en sang s'il le fallait.
Obéissant aux ordres, les soldats se déployèrent le long des barbelés.
Paco devinait les pensées de son ami lorsqu'il regardait Azuzena. Il tenta de le ramener à la réalité.
   - Ne pense plus à cette femme, lui ordonna-t-il. Oublie-la !
   Elle se joue de toi. De ta crainte de Dieu. Elle se réjouit de
   ta culpabilité.
Juan Manuel écoutait son ami sans l'entendre. Il connaissait la sagesse et la sérénité de Paco. Mais il aspirait à se punir, à se torturer. Il imaginait sa mère, seule à Vera, ses quatre filles en bas âge pleurant de faim. Francisco travaillait. Parvenait-il à faire vivre la famille ? Comment vivaient-ils ? Et lui, envisageaient-ils sa disparition, sa mort ? L'avaient-ils oublié ? Pourquoi leur imposait-on ce silence ?
La guerre avait fini par les rattraper. Pas celle qu'ils imaginaient, ni celle qu'ils attendaient. Pas une guerre de soldats.
Une guerre contre des voisins, devenus des ennemis par la force des circonstances. « Je n'y peux rien, se sermonnait Juan Manuel. Paco a raison. Cette femme, ses enfants, leurs semblables, ont une seule chose en tête : me tuer ! Et moi, je blâme la haine envahissant mon cœur. »
Leurs journées suaient la peur. Ils patrouillaient entre le fortin sur la Trocha à Ciego de Avila et le camp d'El Socorro. Plusieurs fois par semaine, à la relève de la garde, ils empruntaient à l'aller et au retour, le chemin de terre, responsable des angoisses de leur premier voyage.

Les rebelles les laissaient en paix. Pour le moment. D'autres ennemis plus sournois les menaçaient.

Avec la maladie, la peur gagna les troupes régulières. De nombreux soldats souffraient du manque de nourriture saine et d'eau potable. Leur état de santé les clouait à l'intérieur des fortins, le long de la Trocha. Incapable d'assurer les rotations de troupes d'un fortin à l'autre sur la ligne frontière, l'armée espagnole voyait sa stratégie s'effondrer. La Trocha devenait une véritable passoire.

Juan Manuel et Paco résistaient, s'imposant une discipline personnelle pour ne pas sombrer. Ils se forçaient à patrouiller entre le camp et le fortin, pour éviter l'enfermement et la folie qui étaient devenus le quotidien de la plupart de leurs compagnons.

Ils apprenaient à maîtriser leur crainte de la rivière. Le bois où elle coulait abritait de nombreux arbres fruitiers qui pourvoyaient à leurs besoins. Ils se nourrissaient de fruits frais qui les désaltéraient, évitant de boire l'eau. Ils savaient déjouer les pièges de la nature cubaine, ne la craignait plus, maintenant familiers de ce pays. En luttant pour survivre, ils se trouvaient en marge de cette guerre.

Sans nouvelles du commandement, ils se contentaient de réagir aux événements. Le commandant Trujillo-Gonzalez les avait abandonnés pour Santa Clara.

Les caporaux, dont Colmena-Ruiz, restaient fidèles au poste. L'adversité les avait rapprochés des hommes, et malgré leur attachement à la discipline ils faisaient preuve d'une grande humanité.

Ils ignoraient l'entrée en guerre des États-Unis d'Amérique aux côtés des insurgés. Le blocus imposé par la flotte américaine à Santiago de Cuba, la Havane et le long des côtes de l'île, empêchait le ravitaillement des troupes espagnoles. Ses ravages se firent rapidement sentir sur le moral de l'armée d'occupation.

Ils étaient abandonnés de l'état-major depuis six mois, s'occupant à faire la navette entre Ciego et El Socorro, sans voir un seul rebelle. Sous le regard accusateur des prisonniers. Ce calme ne les rassurait pas. Ils attendaient le pire. La mort devenait une réalité quotidienne. De nombreux hommes, atteints de fièvres malignes et de dysenterie, se vidaient sur le sol cubain. Juan Manuel et Paco résistaient. Colmena-Ruiz imposa des règles sanitaires strictes, ordonnant de procéder à l'enterrement des cadavres dans de la chaux vive. Chaque jour, il conduisait lui-même une cérémonie funèbre. Dans la débandade, l'aumônier les avait abandonnés pour suivre le haut commandement. Peu de soldats trouvaient la force de creuser le sol et de manier la chaux vive la tête entourée d'un linge mouillé pour se protéger des émanations. Colmena-Ruiz se montrait impitoyable avec ceux qui ne respectaient pas ses consignes.

Un matin qu'il ordonnançait les détails d'un nouvel enterrement devant le fortin, face aux ruines de Ciego, les soldats-fossoyeurs furent interrompus par des tirs d'artillerie légère venant du Nord de la Trocha.

Des cris succédèrent aux coups de feu. Puis des hommes sortirent des collines environnantes, dépenaillés, le visage couvert de barbe. Ils criaient en espagnol. Ils reconnurent les soldats du 43e Barbastro, qu'ils avaient relevés il y a une éternité.

Colmena-Ruiz réagit aussitôt :

-Vite, au fortin ! Armez vos fusils ! Pointez les mitrailleuses sur l'entrée Nord !

Entraînés par Paco et Juan Manuel, les hommes répondirent aux ordres. Les soldats du Barbastro se mirent à l'abri du fortin, un groupe de cavaliers Mambises sur leurs talons. Leur caporal vint au rapport :

- Les Américains ont débarqué des armes par la baie des Chiens, au nord de Chambas. Les rebelles sont armés jusqu'aux dents. Ils descendent le long de la Trocha jusqu'à Jucaro.

A peine ceux du 43e conclurent-ils leur récit, que des cavaliers Mambises passèrent au galop. Le fortin fut arrosé de rafales

de fusils à répétition. Plusieurs torches atteignirent le toit de palmes. Il s'embrasa aussitôt.
Sans attendre, les rebelles filèrent. Ceux du Barbastro, forts de leur connaissance de la situation au nord de l'île, pressaient Colmena-Ruiz et ses hommes de les accompagner vers le Sud et la côte jusqu'à Jucaro.
- Ils vont vous massacrer si vous restez dans ce fortin. Nous serons derrière eux, nous ne craindrons rien ! précisa leur officier.
- Mieux vaut rester à l'abri du fortin et attendre que l'arrière garde soit passée après la tombée de la nuit ! conclut Colmena-Ruiz.
Ses soldats se rangèrent à cette décision en regardant, le cœur serré, leurs compagnons du 43e poursuivre leur route.
Pour confirmer la justesse de ces propos, moins d'une heure après, le reste de la colonne Mambise surgit des bois. Les rebelles tiraient des affûts de canons et des armes lourdes.
Le fortin, son toit brûlé et ses combattants affaiblis, leur parurent peu dignes d'intérêt. Ils poursuivirent leur chemin en riant au passage des Espagnols impuissants face à l'incendie.
Paco et Juan Manuel échangèrent un regard en pensant aux soldats du Barbastro qui avaient maintenant ces rebelles sur leurs traces.
Combien de temps dura ce drôle de siège ? Ils ne comptaient plus les jours. Ils comptaient seulement le passage des colonnes Mambises destinées à les impressionner. A chacune de ces incursions, ils se voyaient mourir. Un coup de machette, une balle de Mauser, le feu. Chacun imaginait sa fin.
La nuit, l'obscurité s'emplissait de bruissements hostiles, de mouvements impossibles à identifier. Provenaient-ils d'animaux ou d'êtres humains, ils ne pouvaient le deviner ? La peur s'emparait d'eux. L'escouade de Colmena-Ruiz était réduite à cinq soldats. Il les réunit :

- Nous devons quitter le fortin. Personne ne viendra plus nous chercher ici, les rebelles contrôlent l'île. Notre salut se trouve à Santiago de Cuba.

Ces paroles suscitèrent autant d'espoir que d'effroi parmi les rescapés.

Le caporal exposa son plan :

- Si nous voulons arriver vivants, évitons les chemins tracés le long de la Trocha et la route. Nous couperons par les montagnes, c'est notre seule chance.

A la lumière de la lune qui dominait le ciel, ils quittèrent le refuge. Juan Manuel fut pris de regrets. Ils abandonnaient une relative sécurité pour l'inconnu, un voyage de près de deux cent kilomètres sans vivres, sans eau, et peu de munitions.

Il eut une pensée, qu'il ne pouvait refouler, pour Azuzena et ses enfants. « Qu'était-il advenu d'eux, avaient-ils été libérés par les Mambises ? Tués par des soldats ? »

Depuis qu'ils étaient retranchés dans le fortin, il ne cessait d'y penser. Paco l'avait empêché de mettre à exécution sa folle idée de la voir une dernière fois pour lui parler.

- Es-tu assez fou pour imaginer qu'elle t'écoutera ?

Juan Manuel préféra ne pas répondre, résigné. Il garderait le souvenir d'Azuzena sous les quolibets des soldats.

Le Caporal supervisa les préparatifs du départ.

- A marche forcée il nous faudra au moins 12 à 15 jours d'ici à Santiago, dit-il en leur montrant les distances sur sa carte d'Etat-Major. Allons, en route !

Marchant jour et nuit, le jour lorsqu'ils pouvaient se dissimuler sous la végétation, la nuit pour traverser les vallées où ils devaient progresser à découvert, ils avançaient lentement, en deçà des prévisions optimistes de leur sous-officier.

Les marécages les ralentissaient. Nénuphars et plantes aquatiques semblaient vouloir les piéger pour les livrer en pâture aux serpents d'eau en embuscade. Leurs sandales de cuir étaient pourries d'humidité. La toile légère des uniformes cédait sous les agressions des ronces et des arbustes épineux.

La chance les abandonnait, pas un seul arbre fruitier en vue, rien pour se nourrir ou se désaltérer. Les avocats et les pamplemousses semblaient avoir disparu de la surface de la terre. Ils eurent faim et les plus fragiles étaient rongés par la vermine et la douleur.

Ils marchaient en se vidant sous eux. La terre cubaine, avide d'être fertilisée, se nourrissait de la fumure venant des miasmes de leurs entrailles.

Seuls, Paco, Juan Manuel et Colmena-Ruiz continuaient sans faiblir en apparence.

Ce dernier leur avait montré comment tromper sa faim en mâchant les lambeaux de leurs ceintures de cuir. Ils gardaient dans la bouche un jus immonde au goût de viande faisandée, mêlant leur salive à la puanteur du cuir saturé par leur sueur. Colmena-Ruiz disait en essayant de rire :

   - Rien ne se perd, cela vient de nous et retourne en nous !

Paco avait parfois la force d'ajouter : « Amen ! »

Juan Manuel, lui, s'accrochait à la détermination farouche de ses deux compagnons.

Il avait vu son caporal boire l'urine du dernier cheval qui tenait encore debout et se résolut à faire de même. Ils n'en parlaient pas entre eux, soucieux de conserver une dignité que les circonstances de la débâcle leur avaient fait perdre depuis longtemps.

Lorsqu'il raconterait ce voyage en enfer à ses enfants, Juan Manuel dira souvent : « Il n'y a pas de mots pour raconter cela ! »

Et il préférerait garder pour lui cette souffrance indicible, s'attardant sur les rares moments de sérénité que lui offrit cette guerre.

Il était concentré sur la progression vers Santiago de Cuba, s'en remettant entièrement à Colmena-Ruiz. Aucun repère ne lui permettait de savoir où il se trouvait. Il se contentait de marcher, d'avancer, du moins espérait-il qu'ils avançaient. La boussole en main, le caporal semblait sûr de lui. Paco également. Juan Manuel ne comptait plus le temps.

Puis un matin, il perçut une sensation nouvelle dans l'atmosphère, une variation due à une brise persistante, peut-être un ciel plus lumineux. La douceur de l'azur fut plus forte que les douleurs de son corps. Il ressentit en lui un changement qu'il ne savait pas expliquer. Etait-ce de l'espoir ? Il ne voulait pas se laissait aller à le penser, préférant garder en lui cette étincelle qui le faisait chavirer.
« Je reverrai Vera » pensa-t-il regrettant aussitôt son audace.
Une autre voix lui disait :
« Regarde autour de toi ! »
Mais le frémissement de la certitude le gagnait. « Je vais revoir Vera ! » prononça-t-il à voix basse.
L'espace s'ouvrait sur une vallée. La petite troupe ne pouvait plus s'abriter des regards ennemis. Les sentiers de montagne quittaient la forêt. Le soir tombait. Ils décidèrent d'installer leur bivouac à l'abri de buissons hospitaliers.
Le ciel, déserté par les nuages, prenait la couleur intense de la nuit, d'un violet insondable. Paco se porta volontaire pour le premier quart. Colmena partit en reconnaissance. Les hommes s'allongèrent à même le sol, saturés de douleurs et d'angoisses. Juan Manuel resplendissait malgré la pâleur de son visage. Il souriait même. Il délire, pensaient ses compagnons. Au petit matin, après une nouvelle nuit de sommeil hantée par la faim, ils poursuivirent leur progression vers la baie de Santiago. Paco et Colmena semblaient savoir ce qu'ils faisaient. Ils étaient bien les seuls. Cette nouvelle montée vers les sommets de la Sierra de Cobre acheva les plus faibles d'entre eux, les plus valides ne s'arrêtaient même plus pour les épauler et les forcer à marcher. Chacun se préoccupait de sa propre survie. Quand ils virent la baie de Santiago sous leurs yeux, ils crurent défaillir. Ils étaient arrivés là où Colmena l'avait prévu.
Le port se trouvait devant eux, au pied des montagnes qui plongeaient dans la mer des Caraïbes. Un désordre de navires sabordés obstruait l'étroit chenal. Des bâtiments de guerre battant pavillon américain croisaient au large. Colmena-Ruiz

leur exposa son analyse de la situation. Le carnet de route sur lequel, jour après jour, il avait consigné le déroulement de leur marche forcée depuis Ciego de Avila ne le quittait pas.
Le militaire reprenait le dessus :

— Nous sommes aujourd'hui le 4 juillet 1898, précisa-il, Santiago de Cuba est aux mains des Américains. Leur drapeau flotte sur l'amirauté. Pour nous la guerre est finie, j'ignore si le Roi a ordonné la fin des hostilités et signé un traité de paix ou la reddition de son armée. Nous avons la chance d'avoir été épargnés mais devons faire en sorte de rester en vie. Nous allons nous redonner l'apparence de soldats de l'armée d'Espagne et rejoindre Santiago, sans nos fusils.

Après avoir demandé à ses hommes d'enterrer les Mauser encore rutilants. Colmena procéda à une revue de la troupe rescapée. Ils n'étaient plus que cinq sur les quarante recrues de Vera. Une bande de tissu sale, arrachée au pan d'une chemise, leur servirait de drapeau blanc.

Ces soldats dépenaillés arrivant sur les quais suscitèrent la haine des habitants de Santiago qui se mirent à hurler sur leur passage. Des soldats cubains, alertés par les vociférations, se précipitèrent et à la vue de ces hommes défaits, les mirent en joue, leur imposant de se coucher au sol. Après une fouille en règle, ils furent contraints par des cordes grossières et conduits vers une place où se trouvaient d'autres soldats espagnols. Ils étaient prisonniers. Le désespoir envahit de nouveau Juan Manuel. Après avoir échappé à ce qu'il pensait être le pire, il redoutait de mourir maintenant, de façon stupide, tué par un garde cubain prenant un de ses regards pour de la provocation.

Colmena-Ruiz, lui, se présenta aux soldats cubains. Il trouva la force de décliner son identité militaire avec une voix assurée :

— Caporal Bernardo Colmena-Ruiz, 52e régiment d'infanterie légère d'Andalousie.

« L'important est de quitter ce pays ! » pensait Juan Manuel.

Ils ignoraient alors que le roi d'Espagne avait signé la reddition le 1er juillet 1898 et que le cessez-le-feu avait été proclamé. Tant les Cubains que les Américains souhaitaient voir les troupes d'occupation quitter l'île au plus vite. Hélas, la flotte espagnole avait perdu la plupart de ses croiseurs et l'évacuation des troupes espagnoles était rendue difficile par les épaves qui obstruaient le port. Ils furent traités de la même façon que les habitants de Ciego de Avila regroupés au camp d'El Soccorro l'avaient été par eux.

Vera était devenue un rêve inaccessible ces trois dernières années. Allait-il de nouveau les fuir ? La faim les empêchait de dormir mais la mort les aurait pris s'ils avaient sombré dans le sommeil. Ils préféraient rester éveillés. C'est dans cet état de veille permanent qu'ils apprirent la nouvelle de leur départ imminent. Il n'y croyait plus, mais ils firent partie des élus autorisés à faire le chemin à l'envers. Ils songèrent à leurs compagnons restés sur la terre cubaine. Pourquoi avaient-ils été désignés ? Personne ne détenait la réponse. Ils s'embarquèrent sur un croiseur qui avait échappé au désastre. Soupçonneux et incrédules, ils refusèrent de quitter le bateau à l'escale du Cap Vert.

A Cadix, ils comprirent. Ils étaient arrivés. Un fourrier leur remit un pécule de 30 pesetas, pour solde de tout compte, et un billet de train pour Almeria. De là, ils rejoindraient Vera par leurs propres moyens.

Enfin, la patache se présenta sur la plaza del Sol. Le temps n'avait plus d'importance. Le soleil au zénith accentuait la blancheur de la poussière du sol. Les douze coups de midi retentirent. Les chevaux s'immobilisèrent juste devant le citronnier centenaire aux feuilles luisantes de chaleur. Le tronc rugueux comptait les rides craquelant son écorce. Personne ne les attendait.

En descendant, ils restèrent un instant à contempler cette place, la Taverna Alicantina et la boulangerie de Consuelo. Ils auraient pu pleurer, rire, ils en étaient incapables. Une fois dans le café, ils doutèrent. Quand il les vit, Santiago-Ramon laissa tomber un verre :

- C'est comme si j'avais vu le diable ! répétait-il sans arrêt, en les prenant dans ses bras, comme si j'avais vu le diable !

Il déboucha une bouteille de Jumilla, et servit trois verres. Les hommes s'observaient. Un étranger de passage penserait :

- Ceux-là n'ont rien à se dire !

Au contraire, ils cherchaient par où commencer. Métamorphosés par trois années de guerre, ils étaient à la fois enragés et blasés, décidés à reprendre leur quotidien interrompu.

Un étrange ballet se dansait dans le village. Au nez et à la barbe des deux soldats, des messagers anonymes relayaient la nouvelle de leur arrivée. De la plaza del Sol jusqu'aux arènes, puis sur le chemin du cortijo des Caparros jusqu'aux Cabezos Pelados, ils couraient en s'égosillant :

- Il est arrivé, Juan Manuel ! Il est revenu !

Maria, l'une des sœurs de Juan Manuel, binait la terre noire que les femmes avaient restituée à l'agriculture. Elle tentait de faire pousser des légumes dans le sol dévasté par la fureur minière. Le visage et les mains maculés de poussière, elle prit le temps d'écouter la clameur qu'elle avait d'abord pris pour le vent. Quand elle vit débouler Jacinto, le fils du cordonnier, époumoné, cherchant l'air dans la chaleur, elle comprit.

- Juan Manuel, eut-il le temps de dire, Juan Manuel, il est revenu !

Elle descendit en courant vers le village essuyant de son tablier de lustrine sa face salie par la sueur et le sable noir.

Calle Hileros, sa mère Dionisia avait reçu la nouvelle. Elle remerciait Dieu et le messager, Rodrigo, le père d'un garçon dont on attendait en vain le retour de Cuba. Elle répétait sans cesse en pleurant :

- Merci, mon Dieu, d'avoir rendu mon fils, tu nous as pris Pedro, tu ne pouvais pas aussi nous enlever Juan Manuel.

Arrivée sur la plaza del Sol, Maria reconnut son frère. Il sortait de la Taverna Alicantina. Elle s'approcha et l'entendit parler à son ami Paco :
- Viens, allons voir ma mère !
- Juan Manuel, je dois continuer vers Aguilas. Peut-être nous reverrons nous. A la grâce de Dieu !
Son ami se dirigea vers la patache.
- Adios Paco, Dieu te garde, tu seras toujours le bienvenu chez moi.
Maria douta un instant que cet homme amaigri flottant dans un uniforme trop large pour lui fut son frère. Elle ne retrouvait pas la carrure puissante du mineur des Cabezos Pelados. Lui resta un moment à regarder partir la patache. Elle ne bougea pas. Enfin, il sentit l'insistance d'un regard dans son dos et se retourna.
Il avait en face de lui une jeune fille de seize ans le regardant curieusement. Il reconnut aussitôt sa sœur préférée :
- Maria, Maria ! dit-il en tombant dans ses bras.

CINQ

À l'ombre des magnolias de la place Santa Maria de La Encarnacion, Flora et Florès, les deux sœurs Perez Urrutia, firent un signe à Enrique, l'huissier du cercle des anciens, lui demandant de dresser une table sous les arbres.
   - Nous y serons à l'aise ! dit l'une d'elle.
Coiffées de mantilles ouvragées dont les broderies entrelacées de fils rouges et violets resplendissaient au soleil de l'été naissant, elles bavardaient avec légèreté devant l'église. Leurs cheveux blancs chatoyaient dans l'air rafraîchi par un vent complice, parfumé des odeurs de jasmin et de bigaradier de la gloriette voisine.
La famille Perez Urrutia habitait les rues hautes de Vera, la calle del Mar et la calle del Tesoro, non loin de la Casa Orozco. Les habitants du centre historique ignoraient la plaza del Sol construite il y a moins d'un siècle. Son citronnier centenaire et les pulsations de sa respiration, la boulangerie et la Taverna Alicantina, ne les concernaient pas. Leur lieu de prédilection était la plaza de La Encarnacion, au pied de l'église fortifiée Santa Maria du même nom, vieille de trois siècles, et de la mairie.
Du point de vue des habitants de Vera, les deux femmes, veuves depuis plusieurs années, avaient été choyées par la vie.
Avant leur naissance, leur mère avait choisi des prénoms au prononcé mélodieux comme la caresse d'un vent chaud. Flora et Florès.
   - Elles se sentiront aimées en entendant leur nom, disait-elle, en exagérant le feulement feutré du F.
Durant leur enfance, on leur avait transmis la vision d'une société respectueuse des traditions.
Sous le regard bienveillant de nonnes attentionnées, les leçons de piano, les chocolats chauds, les promenades à dos de

bourricot guidés par les péons du cortijo, modelèrent le caractère des fillettes.

Dès leur adolescence, Florès et Flora s'étaient entichées de la petite Béatriz, la fille de la lingère Antonia Garcia Molina. Elle participait à leurs jeux tous les lundis, jour de lessive.

Devenues femmes, préparées au rôle de mère, elles virent en cette fillette une enfant prodige, les yeux noirs, la bouche rieuse, une frimousse délurée sous des cheveux bouclés d'un noir à rendre jalouse la nuit la plus sombre de l'hiver.

Béatriz s'était mis très tôt à la couture, puis était passée à la broderie avec la même agilité.

- Ta fille a des mains en or ! confiaient-elles à la mère Antonia. Suggérant qu'elle pourrait tirer avantage de son talent.

- Ne lui mettez pas de folles idées en tête ! Ma fille sera comme moi ! Pas comme vous, señoritas !

Elle accentuait le mot señoritas, se forçant à éviter le zézaiement Andalou. Les deux sœurs, sous la houlette d'un professeur madrilène, prononçaient le castellano avec un accent raide et linéaire, apanage des familles du village haut.

Très vite, Béatriz occupa une vraie place dans le cœur de ces futures doñas.

Devenues mères de famille, elles prirent Béatriz sous leur protection.

Elles louaient son intelligence, admiraient sa piété simple et sincère, s'émerveillaient de son habileté de brodeuse servie par une imagination capable des combinaisons de couleurs les plus audacieuses. Béatriz mesurait la distance qui la séparait de cette famille en même temps qu'elle s'imprégnait de tout ce qu'elle y apprenait.

Les deux sœurs se réjouirent en apprenant son mariage avec Bartolomé Núñez Segura.

Les deux femmes poursuivaient leur affable commérage à l'ombre des magnolias :

- Au village, Bartolomé passe pour un bon maçon, commença Flora.
- Et un brave homme, reprit Florès.
- Ils iront bien ensemble, dit la plus vieille des deux sœurs.
- Elle est un peu plus âgée que lui.
- Deux ans de plus, je crois.
- Pourtant, d'habitude les hommes préfèrent des femmes moins âgées qu'eux.
- J'espère qu'ils n'ont pas.....
- Florès, ne pense pas au pire !
- Tu sais, de nos jours, rien n'est certain !

Les deux veuves se regardèrent. Elles faisaient partie d'une génération bousculée par l'avènement inopportun du vingtième siècle. Leurs yeux clairs s'assombrirent le temps d'une respiration. Elles ne voyaient pas de raison d'espérer dans l'avenir.

L'évolution de leur village les dépassait. À leur grand dam, le corset de règles qu'elles avaient accepté avec abnégation et transmis à leurs enfants s'assouplissait. Elles ne comprenaient pas que l'on puisse s'affranchir de ces règles simples.

Leur famille avait bénéficié de l'essor économique de la mine. Voilà un siècle, la fortune était venue tambouriner à leur porte, et ils la laissèrent entrer. Cette chance, ils acceptèrent de la partager en donnant du travail aux pauvres les plus courageux et méritants. Lorsque ces derniers avaient imaginé pouvoir devenir leurs égaux, les relations sociales s'étaient tendues.

Elles exprimaient rarement ces pensées mais les partageaient. Un geste de la main, un haussement de sourcils, et les deux sœurs étaient en harmonie.

Jacinto et Almendro, leurs maris disparus, s'inscrivaient en filigrane de ces échanges intimes.

En épousant les deux sœurs, ces jeunes de la bonne société d'Almeria avaient été admis dans un cercle privilégié, et avaient mis leur connaissance de l'industrie métallurgique au service de leur belle famille. Avec eux, la bonne étoile s'était stabilisée dans le ciel, au-dessus de la maison Urrutia. Les deux jeunes ingénieurs, après plusieurs séjours en Angleterre, tutoyaient les dernières technologies de la transformation des minerais. Ils mirent leurs talents au service des sociétés Chavarri et Lecoq. L'arrivée des premières machines à vapeur sur les sites miniers fut possible grâce à des hommes comme Jacinto et Almendro.

Après leur mort, ils laissaient, en plus de la maison et du cortijo, de confortables revenus et des rentes foncières dont les deux femmes maîtrisaient mal les mécanismes. Elles attribuaient cette manne financière à la main de Dieu. Jamais il ne les avait abandonnés. Il leur procurait toujours de quoi vivre.

Cette croyance démontrait une grande humilité :

« Seigneur que serions-nous sans Toi ? »

Mais aussi une part considérable d'orgueil :

« Sois remercié de Ta bonté, Seigneur ! Je ferai le bien en Ton nom ! »

Flora et Florès ne s'encombraient pas de ces questions. Elles se contentaient des acquiescements du curé Don Roberto derrière les croisillons de bois du confessionnal et l'odeur de cire. Il hochait la tête, une façon de montrer sa compréhension du pécheur, et multipliait les signes de croix en mâchonnant des prières. Le claquement sec du volet sur le grillage les délivrait de leurs péchés et remontait le niveau de leurs certitudes à son étiage le plus élevé.

Un court instant, elles restèrent muettes, regardant les magnolias de la place taillés au carré, les troncs blanchis à la chaux et les feuilles au vert intense parsemées de fleurs blanches sur le point de faner.

Elles se dirigèrent vers l'église. Deux prie-Dieu, près de l'autel de San Cleofas, le saint patron de Vera, portaient leur nom sur des plaques de cuivre patinées comme leurs visages lisses, insensibles aux années.

Devant l'autel principal, le prêtre et le bedeau, Bernardo, s'affairaient sans précipitation. Don Roberto fit une vague bénédiction en direction des deux femmes agenouillées, les mains jointes entourées de leurs chapelets de nacre.

Devant chaque autel latéral, la lumière jaune de cierges adoucissait l'obscurité de la nef.

Flora se lamenta en ne voyant que quatre flammes devant la statue de San Cleofas. Elle se leva pour en allumer deux autres et déposa une offrande pour une messe votive à la mémoire de ses parents.

Sa sœur la regardait faire en pensant qu'après leur disparition l'autel ne recevrait probablement plus d'offrandes ni de cierges votifs.

Le prêtre ouvrit le tabernacle et y disposa le ciboire. Il se saisit d'une grande hostie et la plaça derrière la porte de verre de l'ostensoir. Enfin, il alluma le cierge pascal et, à reculons, fit une génuflexion en se signant devant l'autel.

Précédé du bedeau, il se dirigea ensuite vers la porte principale. Les deux hommes marchaient lentement, soucieux de paraître dignes de leurs habits d'officiant.

Le bedeau ouvrit le portail à deux battants. Les immenses panneaux de bois exotique aux ferrures noires se déplacèrent sans le moindre grincement sur les gonds parfaitement huilés.

La majesté du mouvement des portes impressionnait toujours le prêtre. Les vitraux filtraient la lumière blanche du dehors, colorant la nef. Sur le parvis, les deux familles et leurs proches amis attendaient.

Les conversations cessèrent à l'arrivée du prêtre. Sa silhouette se découpait devant l'arche de la porte. Il leva les bras en signe d'accueil et déploya sa chasuble parée de fils d'argent. Peu de fidèles assistaient à la cérémonie.

Le curé les regarda un à un. Il reconnut Melchior, le frère cadet de Béatriz. Déjà une tête brûlée à six ans. Récalcitrant, décidé, volontaire, il tenait de son père José Haro Léon. Ce dernier venait de perdre sa femme Antonia. Âgé de cinquante-deux ans à peine, il courbait le dos comme un vieillard. Le travail et le chagrin avaient eu raison de lui. Il conduisait Béatriz vers l'autel.

La future mariée portait le deuil d'Antonia. Ce choix ne recueillait pas l'assentiment de tous les habitants du village. Le curé, sollicité pour un avis, s'en était remis à la sagesse de la mariée.

Les commères défendaient la nécessité de respecter un délai, comparable à celui que la décence et la morale imposent à une veuve avant de pouvoir se remarier. D'après elles, une jeune fille ne pouvait se marier immédiatement après le décès de sa mère. Toutefois, elles restaient vagues sur la durée du temps à observer. Cela ouvrait la porte à l'interprétation et autorisait à prendre les circonstances en considération.

Bartolomé, orphelin de père, ne se voyait imposer aucune règle. Les hommes en deuil de leur père, épousant une orpheline de mère agissaient selon leur bon vouloir.

« Un mariage de pauvres et d'orphelins ! » songea le prêtre. « Des élus de Dieu ! »

Ses yeux revinrent sur Melchior. L'enfant portait un élégant costume gris anthracite. Béatriz avait hérité du talent de sa mère Antonia pour la couture, l'imagination en plus. Elle utilisait des bandes de tissus récupérées sur les coupons fournis par ses clients et les assemblait pour y tailler des vêtements aux enfants. Le costume du jeune Melchior offrait un camaïeu subtil de quatre nuances de gris qui s'atténuaient au soleil. Seul le regard exercé du prêtre pouvait distinguer les différences que l'habileté de la couturière avait masqué.

Cette élégance, Don Roberto l'appelait l'outrance des pauvres. Elle se nourrissait de charité et d'ingéniosité. « Une forme de vice » pensa-t-il à défaut de trouver un autre qualificatif. Rien de bon n'en pouvait résulter. Au mieux, cela les poussait à rechercher l'aumône. Compter sur les autres, telle était la philosophie des pauvres de Vera. Il jeta un dernier regard à chacune des deux familles.

Bartolomé donnait le bras à sa mère Lucia. Son mari, Sébastian, mort il y a trois ans, lui manquait en ce jour. Dans ses yeux on pouvait lire le tourment de la mère partagée entre la joie d'emmener son fils vers l'autel et le souvenir du disparu.

Damiana, la sœur de Béatriz, tenait Francisco Haro Sanchez, son grand-père, par le bras. Le vieillard arrivait à son quatre-vingt douzième anniversaire cette année et regardait sa petite-fille avec émotion. Dans sa famille, elle seule faisait preuve de compassion et de considération à son égard. Son fils José trouvait toujours à redire et lui-même, il se l'avouait, ne savait plus comment s'adresser, sans le heurter, à cet enfant pour qui il avait tout donné.

A vingt-et-un ans, Damiana gérait les affaires de la famille. Plus mature et plus lucide que l'aînée Béatriz, elle affronta le regard de Don Roberto sans détourner les yeux. Le prêtre s'en défiait, mais reconnaissait sa force de caractère. Elle était comme sa mère Antonia avec un caractère trempé et une lecture très personnelle de la religion. Bien qu'âgée de huit ans seulement, Rosa la troisième fille Haro Garcia, assumait sa part de travail auprès de ses sœurs, les assistant à la lessive et au ménage pour les bonnes familles de Vera.

Frasquito, harnaché dans son uniforme de garde civil, se dirigea vers l'entrée de l'église. Sa femme Maria se tenait à l'écart. Installés à Seron, ils se déplaçaient de moins en moins au village.

- Mes respects, Don Roberto !
- Frasquito ! Quel plaisir de te voir ici ! répondit le curé.
- Je ne pouvais pas manquer cet événement.
- Et ton père, comment va-t-il ?
- Il est usé par le travail, la fonderie.
- Il n'est pas souvent à l'église.
- Il a perdu la foi en Dieu.
- Ne blasphème pas ! La foi est éternelle !
- C'est la vérité mon père, voyez vous-même : que peuvent-ils espérer ici ?
- La foi sauve les croyants ! Mon fils, va en paix ! Je vais appeler les mariés.

Don Roberto se remémora leur confession recueillie la veille. Les commères propageaient la thèse du mariage décidé en catastrophe après la conception d'un enfant. Il naîtrait huit mois après la nuit de noces et passerait pour un prématuré. Les apparences, l'honneur et la morale seraient saufs. Les deux futurs mariés, anéantis par ces rumeurs, assuraient au curé se présenter sans souillures devant l'autel.

Le prêtre les écouta avec patience, les poussant à s'exprimer sans crainte. Il avait face à lui deux êtres peu épargnés par la vie et, désemparé de leur confession, il doutait depuis.

Interrogé sur ce qui le déterminait à épouser Béatriz, Bartolomé osa une comparaison :

- Nous nous ressemblons. Elle est la première personne capable de me comprendre. En la voyant assise sur la chaise à bascule de sa grand-mère, à broder, je lui ai demandé si l'ouvrage lui permettait d'oublier les tracas de la vie. Elle m'a répondu :

- Oui et non. Broder, est un état de grâce. Mes mains se mettent à travailler seules, indépendantes. Une ritournelle d'images m'enivre. Des gens passent. Des paroles prononcées. Mes grands-parents.

Ce que j'ai fait. Ce que je n'ai pas fait. Ce que je ferais plus tard. Ma noce. Les enterrements. Cela ne s'arrête jamais. Et je brode, je brode, pas pour oublier, pour accompagner ces pensées.

- Sur le coup, j'ai eu peur, M le Curé. Je suis dans le même état d'esprit lorsque je prépare du ciment. Je respecte l'enseignement de mon père. Aller vite, pour ne pas rajouter d'eau. Avoir l'œil. La bonne quantité de ciment et d'eau du premier coup. Alors mes bras manient la pelle et la truelle comme si j'étais un autre. Comme si j'étais mon père. Et la ritournelle s'emballe.

Don Roberto était loin d'imaginer la richesse de leurs sentiments. La sincérité avec laquelle ils en parlaient était émouvante. Avec des mots simples, parfois malhabiles, ils

ouvraient une porte sur leurs doutes et sur l'absence de réponses du ciel.
Le prêtre rendit grâce à Dieu : « Ils sont vierges de tous péchés mais vivent dans la crainte, protège les Seigneur, préserve-les dans cette innocence que Tu leur as donné, Amen ! »
Il sortit de ses pensées et de sa voix forte, appela les fidèles à entrer :
- Mes frères, rejoignez la maison de Dieu !
Puis, leur tournant le dos, il les incita à le suivre pour les guider vers l'autel.
Au passage il jeta un regard vers Flora et Florès agenouillées devant San Cleofas.
- Comment trouves-tu Bartolomé ? demanda Flora
- Il me rappelle un peu mon Almendro. Le pauvre, cinq ans déjà ! Ils ont la même moustache orgueilleuse, cirée et mise en forme chaque matin, et cette manière de regarder les gens sans en avoir l'air.
- À présent que tu le dis, je suis d'accord, ton Almendro avait la même mimique.
- Bartolomé porte un regard enjôleur sur les femmes. Elles sont souvent troublées en sa présence.
- Surtout au village, la plupart des femmes sont des saintes !
- Tu vas me faire croire ça ? Don Roberto en entend sûrement de belles, en confession !
- Ay ! Flora, moins fort, on pourrait nous entendre !
Florès se signa un nombre incalculable de fois après avoir trempé ses doigts au bénitier de pierre grise de San Cleofas.
- La rapidité de cette alliance a beaucoup fait parler au village !
- Je ne crois pas qu'ils aient fait une bêtise. J'ai interrogé Béatriz avec insistance. Quand je lui ai posé la question, elle n'a ni baissé les yeux, ni rougi. Crois-moi, cette fille est comme nous.

Les fidèles présents se retournèrent désapprouvant le sans-gêne des deux bavardes dont le chuchotement prenait de l'ampleur sous la voûte de l'église quasiment vide.
Elles cessèrent de cancaner et baissèrent la tête pour se recueillir. L'accalmie fut de courte durée :
- Finalement, elle a choisi de garder le deuil de sa mère
- Je le lui ai conseillé ! Cela me paraît préférable !
- Deux orphelins ensemble, quelle tristesse !
- Elle en noir !
- Lui, il lui reste sa mère. Les pauvres !
Bartolomé et Béatriz échangeaient de longs regards sans se soucier du prêtre. Elle avait souvent imaginé ce moment en brodant. Elle le voyait. Et elle le célébrait, aujourd'hui. Elle n'y croyait pas ! Lui non plus. Il n'avait pas imaginé pouvoir épouser cette femme somptueuse. Le prêtre mit un terme à leurs mimiques amoureuses en les fixant avec insistance.
Elle se souvenait des plaisanteries de ses parents sur la famille de Haro Cervantès, les clients de son père. Selon eux, elle finirait par épouser Juan Manuel, leur fils aîné, un garçon de son âge. Mais lui ne jurait que par Damiana, sa sœur cadette. Les deux sœurs riaient des projets des parents qui faisaient peu cas de leurs sentiments.
Le cœur de Béatriz s'éprît de Bartolomé, un jeune maçon venu travailler chez eux.
Tandis qu'elle ressassait ces doux souvenirs, Bartolomé souriait. Le prêtre psalmodiait dans sa barbe. Il voulait en finir, furieux de constater l'attention déclinante des fidèles.
Frasquito, le gendarme, brigadier de la garde-civile à Seron sur les premières pentes de la Sierra de los Filabres, vivait éloigné de Vera depuis bientôt cinq années. Il se sentait heureux, loin de sa famille, de la plaine et de la chaleur, loin de la fureur du soleil et de la poussière. Le village de montagne de Seron lui paraissait plus rassurant que Vera. Dans les ruelles en pente autour du château, il trouvait la quiétude qui l'apaisait et dont il redoutait de s'éloigner.

« Après la messe, un tour calle Inclusa, un verre, une empanadilla[31] et il aurait accompli son devoir » avait-il promis à sa femme.

Près de lui, son frère cadet Melchior et ses deux sœurs Damiana et Rosa le dévisageaient comme un étranger. Né deux ans avant Béatriz, il ne vivait déjà plus chez ses parents lorsque les cadets naquirent. Il appartenait à une autre génération. L'uniforme les impressionnait. Il en jouait. Il se demandait parfois comment il s'en était sorti. Grâce à l'école de Doña Orozco et aux Sœurs de Santa Maria de la Encarnacion, il savait lire et écrire. Encouragé par le curé du village, il s'était engagé dans la garde-civile et ne le regrettait pas aujourd'hui.

Les siens le mettaient mal à l'aise. Ils ressemblaient trop aux gens contre lesquels il devait protéger les valeurs de la bonne société. Melchior s'agitait. Il lui posa une main ferme sur la tête pour le forcer à porter son attention vers l'autel. L'enfant résista puis finit par se soumettre. Le prêtre fixait les moustaches du gendarme comme un point fixe au milieu de la tempête. Celui-ci s'en aperçut et baissa la tête. Il attendait la fin de la cérémonie.

Derrière lui, un oncle de Bartolomé, le boulanger, se posait les mêmes questions. Son frère Sébastian Núñez Martinez s'était tué à la mine, n'écoutant que son entêtement, refusant de suivre les conseils de sa famille. Ils auraient pu travailler ensemble au pétrin, leurs femmes au comptoir ou derrière la caisse, à faire les belles devant les clients. Elles étaient faites pour le commerce. Non, lui, refusait ce qu'il nommait de la charité mal placée. Il voulait être son propre patron, ne rien devoir à personne. Il paya son entêtement de sa personne. Epuisé par son travail, il disparut à cinquante-deux ans. Pauvre Lucia. Elle passait son temps à courir les ménages, des chemises à repasser, des chaussettes à repriser. Une

---

[31] Chausson fourré de viande, de poisson ou de légumes.

humiliation pour cette femme. De son vivant déjà, il disait souvent à son frère :
- Ta femme, tu ne la mérites pas !
Elle se serait épanouie derrière le comptoir de la boulangerie. Il soupira, assez fort pour être entendu. Ceux qui le virent secouer la tête et soupirer ne furent pas étonnés. Le différend opposant les frères Núñez Martinez était connu de Vera.
Le curé donnait sa bénédiction aux mariés. Les deux époux s'étaient juré mutuelle assistance. Ils descendirent la nef, sortirent de l'atmosphère confinée de l'église et se retrouvèrent au soleil. Il était quatre heures de l'après-midi. La lumière fit cligner Béatriz des yeux. Elle sembla vaciller un instant, éblouie par la brutalité du ciel inondé de bleu.
Les deux commères, Flora et Florès, s'étaient réfugiées sous l'auvent du marchand d'agua-limon face à l'église. Les magnolias ne bruissaient d'aucun vent. Les feuilles immobiles renvoyaient la lumière de l'été qui jouait de leur vert brillant. Elles ajustèrent leurs mantilles les mains s'attardant d'une caresse sur les broderies aux reliefs délicats.
Le gendarme et le boulanger prirent la tête du cortège. Il descendit la calle Mayor, tourna à droite et rejoignit la calle Inclusa.
Damiana remonta la procession, la clef à la main, et ouvrit complètement les deux battants de la porte donnant sur le vestibule. Avec l'aide de voisines, elle avait dressé une table sur laquelle des bouteilles de vin rouge, des empanadillas de poulet et des tortillas fraiches du matin attendaient les invités. Béatriz fut la première à lever son verre.
- Elle ressemble à la Vierge Marie, lança une femme.
- Bartolomé, tu es maçon, pas charpentier ! Personne ne t'appellera Joseph !
La famille rit aux éclats. Les moustaches du gendarme perdirent un peu de leur autorité.
- Ma sœur, je lève mon verre à ta future famille, des enfants, beaucoup d'enfants, ne fais pas comme moi et Maria.

Les convives applaudirent la bénédiction du gendarme. Ce disant, il pressa affectueusement l'épaule de Melchior :
- Toi, tu devrais venir plus souvent voir ton oncle et ta tante à Seron, ce n'est pas le bout du monde !
Damiana prit l'enfant contre elle. Il craignait son grand frère, un gendarme, n'hésitant pas à charger les mineurs en grève aux puits de Bedar.
Quand leur père racontait cette histoire il concluait toujours par :
- Mon fils aîné faisait partie des troupes qui ont lancé leurs chevaux contre des ouvriers manifestant pour être justement payés. D'y penser, il me vient des aigreurs.
Frasquito et José se regardèrent. Ces dialogues d'une violence contenue mais réelle avaient dressé des barrières entre eux. Ils ne voulaient pas que ces souvenirs ternissent la fête, mais pouvait-on le leur demander ?
José pleurait de joie mais son chagrin, au souvenir de sa femme Antonia, morte d'une attaque cérébrale l'année précédente était visible. Elle ne verrait pas sa fille se marier. Lors de sa dernière visite, longtemps différée par souci d'économie, le docteur s'était montré soucieux :
- José, Antonia a trop de soucis en tête. Sois prudent, la maladie la guette !
Comment alléger le tourment de son épouse, lorsque l'on est soi-même persécuté ? Personne ne semblait comprendre. Ses amis le fuyaient comme si la misère était une maladie contagieuse :
- José, les temps ont changé, tu ne peux plus continuer. Arrête de t'entêter, lui disait Antonia. Il ne l'écoutait jamais.
Il ne renonçait pas à se battre. Béatriz mariée, Damiana presque partie, il lui restait Rosa et Melchior à élever. Il ne fallait pas renoncer. Au moins pour ces deux gosses innocents.
La fête terminée, les jeunes mariés se retrouvèrent seuls, étourdis par le calme de la maison louée calle Hileros, près de

leurs familles. Les murs, blanchis à la chaux par Bartolomé, sentaient le neuf. Le sol de terre battue, piétiné par les occupants précédents avait été rafraîchi par Béatriz. Plus tard, il y poserait des carreaux de ciment coloré.

Le lit attendait les nouveaux époux, paré des draps du trousseau de la mariée, brodés aux initiales des époux. Un monogramme rouge et bleu foncé, constitué du B de leurs prénoms enlaçait le H et le N des Haro et des Núñez.

Le mariage ne modifia guère le cours des événements. Le couple y voyait une nouvelle étape. Leur communauté de vie et la naissance attendue d'un petit Sébastian qui serait baptisé du prénom du grand-père décédé, les poussaient à vouloir atteindre cette sécurité matérielle dont leurs familles avaient manquée.

Son métier de maçon renvoyait Bartolomé à l'image du père. Combien de temps passait-il, enfant, à observer cet homme, une pelle à la main, courbé près d'un tas de sable auquel il mélangeait l'eau et le ciment ? La pelle allait et venait, sans relâche, ramenant l'eau vers la matière qu'elle agglomérait peu à peu pour former un mortier plus ou moins fluide, de la consistance voulue pour jointoyer des pierres ou enduire une façade selon le choix de l'homme de l'art.

Le père regardait son fils tout en travaillant. Il sentait le gamin captivé par les mouvements de la pelle autour du tas de sable. Ballet silencieux, troublé par les chocs intempestifs du plateau d'acier de l'outil sur le sol pierreux, signalant les moments de relâchement de l'attention. La voix du père accompagnait son travail :

- Pour réussir une gâche de mortier, tu ne dois pas y revenir. Travaille à l'œil ! Le sable, le ciment ou la chaux, et l'eau ! Tu dois les mesurer à l'œil, éviter de rajouter l'un ou l'autre. Regarde, répétait-il alors. Regarde !

La pelle voletait, aérienne, ramenant sans arrêt l'eau vers le sable et le ciment jusqu'à obtenir la consistance recherchée.

L'homme remplissait une vieille auge carrée, faite de planches grossières, du mélange prêt à l'emploi. Puis, délaissant la pelle pour la truelle, il vérifiait une dernière fois la fluidité du mortier. Il posait la gâche sur sa hanche gauche et, de la main droite, il imprimait un mouvement ample et délié à la truelle pour projeter l'enduit sur la façade. Ces gestes, répétés à l'infini, avaient rythmé la vie de son père et borderaient la sienne.

Il les accomplissait sans se poser de questions, sous le regard fasciné des clients, de leurs femmes ou de leurs enfants. A son tour, il donnait l'image emblématique d'un maçon magicien, maître des éléments, créateur, esthète et virtuose. Pour que le charme opère, ses mouvements devaient donner l'apparence de la facilité :

- Bartolomé, tu joues ! Tu ne travailles pas, tu joues, le ciment est un jeu !

Lui ne disait rien, souriant, énigmatique. Il ignorait l'existence du terme dilettante, sinon il l'aurait utilisé pour qualifier sa relation particulière au travail.

L'univers de la gâche était son quotidien. Le bonheur naissait-il de la répétition des gestes, de l'accumulation des tâches ? Cela donnait des heures puis des journées, des semaines, des mois, des années et finalement une vie entière.

Le vertige le prenait lorsqu'il traduisait cette vie en seaux d'eau, en tas de sable, en sacs de ciment, en coups de pelle, de truelle. Et la tenue de cette comptabilité triviale, jamais apurée, donnait un sens à sa vie.

Sa vie. Une énorme gâche de mortier, des tonnes de briques rouges, des kilomètres de façades enduites, des murs de plâtre.

La recherche de la perfection le poussait plus loin. Il observa les constructions anciennes, interrogea les vieux du village.

Il s'appropria les recettes locales du ciment coloré, du glaçage des surfaces s'offrant au plaisir des caresses, une fois sèches, des carreaux au décor mauresque. En un nombre réduit de coups habiles de truelle, il transformait des mortiers ocrés, truffés de galets aux couleurs sélectionnées avec soin, en des faux bois veinés aux nœuds torturés comme des arbres de pays exotiques.

Où trouvait-il l'inspiration ? Il l'ignorait. Son visage devenait grave lorsque, d'aventure, un client curieux ou un étranger de passage l'interrogeait sur cette boulimie inventive. Il ne savait pas. Il parlait de son père, de son envie, de Béatriz, de son village.

- Un don, s'exclamaient certains.
- Une malédiction, aurait-il pu répondre, mais il ne possédait pas cette ironie facile et convenue que donnent la connaissance et l'éducation.

C'était un homme simple. A l'image de son travail. Bien fait. Lisse. Sans complexité aucune. Béatriz et Bartolomé ne se plaignaient pas, ils s'aimaient.

Lui, on le recherchait pour ses innovations, elle, brodeuse habile de ses doigts, coiffait de mantilles noires, rouges et violettes aux motifs recherchés, tout ce que Vera comptait de Doñas, y compris Doña Emilia Caparros, la fille des vendeurs de tissus du magasin la Catalana. Elle y exerçait la fonction de lingère, comme sa mère avant elle.

Ils connurent dix ans de bonheur et mirent au monde trois enfants. Après Sébastian, José-Antonio et Lucia arrivèrent à la vie. L'aîné, il était le préféré, ressemblait à son père. Élégant, superficiel et rieur, mais taiseux lorsque cela lui convenait. José, le deuxième, le portrait de sa mère, avait un regard acéré. Rien ne lui échappait. La dernière, Lucia, âgée de trois ans, singeait Béatriz, joyeuse et coquette, insaisissable.

La prospérité des autres leur donnait du travail. Ils l'ignoraient. L'auraient-ils su que cela n'aurait rien changé à leur condition. L'industrie minière qui faisait vivre la région commençait à se préparer à la guerre qui s'annonçait en Europe. Les concentrations s'accéléraient, les exploitations individuelles disparaissaient. Les clients se faisaient de plus en plus rares. Bartolomé en prit conscience et chercha un autre chemin.

Après des mois de doute, il ne saurait expliquer par quelle fortune, il s'était assis face à Béatriz, fier d'exhiber un contrat de plâtrier chez Weiss y Freitag, à Buenos Aires. Pourquoi l'Argentine ? Peut-être par volonté de se démarquer des autres, ceux qui choisissaient Barcelone ou l'Algérie, trop proches, trop faciles, trop communes. Il voulait démontrer que le maçon habile qu'il était pouvait faire différemment, faire mieux. Un choix d'esthète pourrait-on affirmer.

Elle ne disait rien. Lui désirait se justifier mais il ne trouvait pas les mots justes. Il attendait d'être sur place pour prouver ce qu'il aurait voulu démontrer maintenant devant sa femme. Tant pis, il n'y parvenait pas, mais il ne pensait pas à mal. Les enfants dormaient.

Il imaginait la façon dont il allait s'y prendre pour être engagé, comme soutier, sur un navire de la compagnie Granada et rejoindre Buenos Aires. Les bateaux partaient d'Almeria. Beaucoup d'habitants du village s'étaient embarqués vers cette destination.

Il se voyait déjà sur le pont du navire, regardant les voyageurs déterminés à faire fortune et à s'en retourner au pays. A ce moment-là, il ne pensait pas au retour. Trop tôt pour le faire. Il devait d'abord partir.

Qu'allait-il devenir ? Trop tard, son bateau partait d'Almeria le lendemain.

Pour s'empêcher de pleurer, il couvrit son visage de ses mains. Béatriz le connaissait. Elle vint près de lui.

- Ne t'en fais pas, je me débrouillerai. Promet-moi seulement de revenir. Riche ou pas, peu importe, promet-le moi.

« Cette promesse, pouvait-il la faire ? » Il se contenta de serrer Béatriz contre lui, incapable de prononcer une seule parole.

Il partit l'après-midi avec quatre hommes du village jusqu'à Lorca, gare de départ du train pour le port d'Almeria. Béatriz y pensait sans arrêt et se mit au travail pour effacer les images qui lui venaient. La journée se prolongeait sans mettre un terme à ses divagations. Les broderies usées de deux chasubles et d'un amict de l'église qui devaient être restaurées pour le dimanche suivant y passèrent. Elle s'était démenée afin d'obtenir ce travail pour lequel la gouvernante du presbytère, Doña Elena, lui fournissait au compte-gouttes les fils d'or et d'argent. Les commandes ne manquaient pas. Sur son établi de couture, le tissage du châle pour Doña Emilia, tendu sur une lisse grossière, laissait voir le surfilage de quatre roses rouges dessinées sommairement et prêtes à être brodées. Plusieurs mantilles, enveloppées de papier brun, attendaient d'être livrées. Tout cela lui semblait vain maintenant, mais elle s'y remit avec rage.

Elle ne redoutait pas l'avenir, affichant une étrange sérénité. Son mari s'était embarqué dans l'après-midi pour Buenos Aires.

Dans le village, on s'épuisait en médisant :

« Et après ? J'en ai déjà entendu d'autres ! » se dit-elle.

Les commérages sur les motivations de leur mariage n'avaient pas manqué à l'époque, puis cela s'était calmé. Avec l'Argentine, leur couple était à nouveau le sujet préféré des cancans. Il n'était d'ailleurs pas le seul.

Près d'elle, sa jeune sœur Rosa préparait la coupe d'un pantalon dans une pièce de velours bleu-marine, reportant habilement sur l'envers du tissu, d'un trait sûr de craie magenta, le patron établi à partir des mesures. Béatriz regardait fièrement sa sœur cadette.

- Ma fille, ne fais pas confiance aux hommes ! Ils ne renoncent jamais à suivre leurs instincts ! Pourquoi choisir l'Argentine ? Son beau-frère Juan Manuel fait la golondrina[32] en Algérie, trois mois par an de juillet à octobre. Elle a de la chance, Damiana. La pauvre, elle le mérite ! Une sainte ! Et regarde Mercedes, notre cousine, son mari est allé travailler au port de Barcelone. Tandis que Bartolomé, il a ça dans le sang ! La borgne, la cousine

---

[32] Surnom donné aux migrants saisonniers d'Almeria vers le Maroc ou l'Algérie.

du malheureux Pedro de Haro Simon, paix à son âme, me le rappelait souvent : « Les Núñez sont des grands voyageurs ! » Je le savais. Je ne vais pas m'en plaindre maintenant.

Rosa continuait à tracer le patron, en levant de temps à autres les yeux sur Béatriz. Elle la trouvait blanche, les yeux cernés, fatiguée.

- Si nous restons ensemble, nous ne craignons rien, lui dit-elle.

Béatriz soupira :

- Tu as raison, ma fille. Nous, les femmes, nous sommes plus courageuses ! Nous ne craignons pas les épreuves ! Je m'inquiète davantage pour Melchior. J'ai bien fait de le pousser à cotiser à la société des marins de Garrucha la Luz y la Precisa. Le travail est dur, mais il est encadré par des personnes responsables. Pedro Chinchilla, le Président, nous donne régulièrement de ses nouvelles.

- Il va à la messe le dimanche ?

- Oui, Pilar, la cousine de Pedro Chinchilla, m'en parle lorsque nous nous rencontrons.

- Elle va se marier Pilar, non ?

- L'année prochaine. Elle rejoindra son fiancé à Barcelone.

- Il parait que Melchior couche sur le port, pour être le premier le matin à l'accostage des bateaux !

- Oui, elle me l'a confirmé.

Prise par la conversation, Béatriz oublia le bateau pour l'Argentine. Elle n'oubliait pas son mari, mais élever ses enfants, ici, à Vera, était sa priorité.

Rosa la regardait en l'écoutant parler. Elle se rongeait les sangs pour elle.

Sur le port d'Almeria, Bartolomé se préparait à son voyage vers l'Argentine. Il s'était imaginé voyager à la façon de ses clients d'autrefois, « les montagnards », ces migrants venus de la Sierra Cantabrique, des Asturies, de Léon, du Portugal, pour tirer profit de la fièvre minière en Andalousie. Eux n'auraient jamais accepté de voyager comme soutiers. Ils auraient passé la traversée sur le pont, fumant le nez au vent, vêtus de costumes clairs, les femmes coiffées de chapeaux extravagants doucement chahutés par la brise.

Comme des criquets pèlerins ils s'étaient établis à Vera et dans les environs. Ils vendaient du vin en gros, de l'huile, du riz, et aussi une liste impressionnante de matériel pour les mineurs, de la corde, des clous, des marteaux, des pelles, des pioches, du cordon Bickford et de la dynamite. Il paraissait impensable de se passer d'eux.

Bartolomé était devenu le maçon attitré de ces montagnards, rivalisant d'imagination pour la construction de leurs habitations, palais mauresques, chalets suisses, maisons basques. Il allait au devant de tous leurs fantasmes immobiliers.

Bartolomé se souvenait des vasques et des baignoires en ciment coloré de vert, imitation marbre, réalisées à la demande pour ces clients tombés du ciel. Il se revoyait lisser le ciment, le glacer jusqu'à obtenir l'éclat d'une chaussure lustrée après avoir été cirée.

Hélas, les investissements des montagnards s'étaient taris au fil du temps. Il en subit les conséquences avant de le comprendre. Au moment où eux commençaient à vivre de leurs rentes, lui devait continuer à travailler.

Personne ne choisissait le métier de maçon pour s'enrichir. Il l'ignorait. Lui, il l'exerçait par plaisir.

Lorsqu'il annonça sa décision de partir pour Buenos Aires, Béatriz n'avait pas sourcillé, elle savait qu'il préparait quelque chose et le village en parlait déjà :

- Perdigon le fils du cordonnier, et Romero l'ancien boucher, partent en Argentine avec Bartolomé !
- Sans leurs femmes et leurs gosses, rajoutaient d'autres en contrepoint.

Quelques mois plus tard, il pelletait du charbon, avec facilité, abruti par le bruit féroce des machines et alimentait la gueule de la chaudière, souriant à Perdigon son coéquipier désabusé.

Sur le port, une famille de Murcia, un couple de leur génération, parents de trois filles entre six et douze ans, leur avait adressé la parole.
Eux, ils partaient ensemble. Bartolomé éprouva le besoin de se justifier, d'expliquer sa séparation temporaire. Il s'était assuré d'un travail, il aviserait au moment opportun, puis les ferait venir à leur tour, une fois sa situation stabilisée. Le regard de l'homme exprimait un semblant de pitié, de compassion aussi. Il aurait préféré y voir de l'envie, de la jalousie, un sentiment mauvais. Déçu de ce qu'il inspirait à l'autre, il se sentit misérable.
Il se vengea sur le tas de charbon. Perdigon le regarda, et lui fit un clin d'œil signifiant : « Ne te tracasse pas ! »
Sous la chaleur des lampes artificielles, privées de la lumière du ciel, les soutes du bateau rappelaient la mine, cause de tous leurs malheurs. Le souvenir de la malédiction de Vera les rattrapait.
Bartolomé voulait arriver. Sortir de ce trou noir. Voir la lumière de Buenos Aires. Respirer ce bon air. Et gagner La Plata, l'argent, son unique but.
Perdigon et lui ne se quittèrent plus de tout le voyage. Ils exécutaient leur plan à la lettre. Les nuits, lorsqu'ils n'étaient pas à la corvée, il leur arrivaient de monter sur le pont. Le visage noirci par le coke, ils étaient invisibles. L'obscurité complice des coursives leur permettait d'atteindre la lumière des étoiles sans attirer l'attention. Là, ils restaient assis à l'air. Le mouvement félin de l'étrave du navire, contre la masse de l'océan, les soustrayait à la cacophonie excentrique des vilebrequins, entraînant les bielles à des cadences acharnées. Ils accédaient au paradis et le quittaient, avant d'en être chassés par un quartier maître belliqueux.
Le temps du voyage se partagea ainsi. Le jour, ils dormaient. La nuit, ils passaient, au rythme des quarts, du noir sombre de la salle des machines au noir lumineux du ciel étoilé.
Enfin Buenos Aires. Que dire de cette ville ? Ils venaient y travailler sur les nombreux chantiers vantés par les rabatteurs

de main d'œuvre, auxquels ils avaient accordé leur confiance à tort. Buenos Aires n'était qu'un énorme chantier.
La ville assiégée par la mer cherchait à se construire vers l'intérieur en canalisant les nombreuses échappées de l'eau sur son territoire. Le Riachuelo au Sud se montrait, mais le ruisseau Maldonado et le Cildanez étaient canalisés en partie sous les rues de la cité. Dans le quartier des Abattoirs, Mataderos, on déversait le sang dans les eaux de ce canal qui se colorait de rouge une grande partie de la journée.
Buenos Aires cherchait à multiplier les ponts entre les rives du fleuve, la rivière comme l'appelait ses habitants. La Costanera, l'avenue qui longeait les rives se bâtissait à grande vitesse. La main d'œuvre venue du monde entier n'y suffisait pas. Bartolomé et Perdigon en étaient. Ils devaient se présenter ensemble chez Wayss y Freitag, l'entreprise allemande de béton armé. Bartolomé avait entendu parler de cette nouvelle technique pour renforcer le ciment afin de le contraindre. Cela le dépassait, il ne comprenait pas comment c'était possible. Il regardait travailler les bétonnières, rassuré de constater la même exigence d'équilibre entre l'eau, les graviers, le sable et le ciment. La manipulation de la ferraille et l'art du coffrage laissaient une part importante au savoir-faire des maçons.
Il passa les deux premières années au quartier de la Boca, le quartier des voyous de Buenos Aires. Lui-même n'en était-il pas un aux yeux de ceux qu'il avait abandonnés ? Il ne se posait pas la question, mobilisé à déverser des tonnes de ciment pour réaliser les fondations du pont roulant entre les deux rives du Riachuelo.
Se souvenait-il encore du visage de Béatriz, de ses yeux, de ses cheveux, de la douceur de ses bras ? Rien n'est moins sûr ! Ils n'échangeaient pas de lettres, ils restaient sur les souvenirs qu'ils avaient l'un de l'autre. Une vision lointaine de la réalité. Les rues de Vera où ils avaient marché ensemble, la maison, les enfants, ramenaient Béatriz à Bartolomé, chaque jour. Mais lui, dans cette ville étrangère, comment pouvait-il retrouver l'image de celle qu'il avait abandonnée ?

Ce jour-là, il guidait des poutrelles métalliques pour les encastrer dans les regards réservés à la surface d'énormes piles de béton. Une routine, il avait la tête vide.
Son contremaître, Oswaldo Latarda, lui posa une main sur l'épaule, Bartolomé le regarda, étonné de ce geste inhabituel. Aussitôt, il ordonna au grutier de tout arrêter, agitant les bras au-dessus de sa tête comme un désespéré. La poutrelle qui descendait fut immobilisée dans les airs. Bartolomé la voyait se balancer, inquiet. Oswaldo parla :
  - Bartolomé, j'ai une mauvaise nouvelle pour toi, ta femme Béatriz, il n'osait continuer et se résolut après un moment de silence, je viens d'apprendre son décès.
La nouvelle le saisit à froid. Imaginait-il que sa femme pût mourir. Non, il n'y pensait jamais, il gardait le souvenir de la brodeuse affranchie et énergique, brave, résistante, une femme résolue.
La grue à vapeur relâchait de gros jets de fumée blanche. Il se retint à un pilier.
Le contremaître s'approcha de lui, demandant à l'un des ouvriers de prendre sa place. Il le conduisit à l'écart. L'homme, un argentin bedonnant, pensait être allé au maximum de la compassion. Désemparé, ne sachant comment se dépêtrer de cette situation, il accentua la pression sur les épaules de Bartolomé et lâcha d'une voix neutre :
  - Bartolomé ! Tu comprends ? Ta femme est morte !
Un pli, porté par le vaguemestre du consulat d'Espagne à La Plata, était parvenu dans la matinée à la pension de Bartolomé, calle Quesada au milieu des ruelles du barrio[33] Núñez.
Perdigon observait la scène, il arrêta la bétonnière qu'il conduisait. La grue, indifférente, continuait à dégueuler sa vapeur dans le ciel. D'un signe de tête il fit comprendre à Oswaldo qu'il s'occupait de Bartolomé.

---

[33] Quartier.

Le gros homme les abandonna, soulagé, et rugit vers les autres maçons :

- Au travail, nous ne sommes pas payés à ne rien faire !
- Bartolomé, commença Perdigon, viens, ne reste pas là !

Ils quittèrent le chantier pour marcher en direction de la Pension Florès où ils habitaient tous les deux. Bartolomé semblait ailleurs. Perdigon imaginait se trouver à sa place et cherchait des mots justes.

- Y-a-t-il des mots appropriés ? se demandait-il.

Les deux hommes marchaient au hasard des rues de la ville. Ils n'en avaient jamais eu l'occasion un jour de semaine au milieu de la matinée. Perdigon opta pour le silence, jugeant sa présence suffisante pour soutenir Bartolomé. Des draps séchaient sur une rive du Riachuelo, étendus sur les galets. Ils s'attardèrent un instant à regarder les lavandières agenouillées. Leurs dos musclés ondulaient au rythme soutenu des battoirs. Sur la rive opposée, un âne se mit à braire violemment puis inclina sa tête vers l'eau fraîche du fleuve.

Bartolomé se tournait vers Perdigon l'interrogeant du regard. Ce dernier, toujours muet, hochait la tête, une expression désabusée sur le visage pour faire comprendre à Bartolomé que la lettre partie d'Espagne depuis des semaines, enfin arrivée ce matin à destination, contenait bien la nouvelle atroce délivrée par Oswaldo.

Bartolomé comprit. Il maudit ceux qui avaient acheminé le pli. Cette mort l'anéantissait, mais il ne pouvait cesser de penser aux poutrelles métalliques qu'il avait laissées en plan. Il se raccrochait à l'idée d'une obligation dont il ne pouvait s'affranchir.

Son compagnon le poussa à continuer vers la pension. Il ne se voyait pas refaire ce chemin, à l'envers, de Buenos Aires à Vera. Cela l'épuisait moralement. Il appréhendait de revoir ses enfants.

Il se retrouvait confronté à sa propre responsabilité. S'il était resté, sa femme serait-elle morte ? S'il répondait non, c'en était fini de lui. Il opta, sans le savoir, pour une vision fataliste des choses, ma femme devait mourir chercha-t-il à se convaincre. Pourquoi tout semblait-il se défaire dans ses mains après ces dix années de bonheur ? Ces questions obsédaient Bartolomé. Il les formulait à sa façon, incapable d'y apporter l'ombre du moindre début de réponse.

« Ma femme est morte ! » Cette phrase l'obsédait. Il croisait des promeneurs, des femmes et des enfants, il ne supportait pas leurs regards accusateurs. Leurs yeux semblaient le voir comme l'assassin de Béatriz.

Arrivé à sa pension, il eut la force de parler à Doña Serena y Fuentes qui lui présenta ses condoléances. Perdigon s'éclipsa non sans avoir serré Bartolomé dans ses bras. Ses maigres bagages et sa note étaient prêts.

Il pouvait quitter ce pays.

L'Argentine entière voulait le faire partir. Il l'accepta tout en craignant de revenir à Vera, sans rêve argentin, tenu par ses responsabilités de père.

Le voyage du retour le plongea dans cet état où le corps dépasse ses limites à force de volonté. Il devait pelleter du charbon pendant la durée de la traversée avant d'arriver à Vera. Il débarquerait à Cadiz puis, de là, prendrait la route jusqu'à chez lui.

Imprévisible revenant, il se cachait la disparition de sa femme et l'existence de ses enfants livrés à eux-mêmes au village. Il voyait des images de lui arrivant à Cadiz, partant en courant pour Malaga, puis vers Almeria et enfin Vera. Une fois sur place, il n'osait imaginer la suite. Il ne savait pas.

Finalement, vers la fin du mois de janvier 1914, il se présenta devant le numéro 19 de la calle Hileros. La façade était vierge des tentures noires qui avaient été maintenues autour de la porte longtemps au-delà des conventions. Lassé d'attendre son retour, on les avait finalement retirées. Sur le côté droit d'une des fenêtres, une affichette toujours collée au mur annonçait le décès de Béatriz. Il put y lire les formules habituelles sur la mort, qui nous rend tous égaux, comptables de notre seule vie.

Il était planté là, devant sa propre demeure, sans oser en franchir le seuil. L'envie de fuir dominait le fracas désordonné de ses pensées.

Rosa apparut sur le seuil. Bartolomé la vit face à lui, frêle, habillée de noir, les cheveux frisés sous une mantille brodée pour les fêtes par sa défunte sœur. Ses traits, habituellement lisses, étaient creusés par le chagrin. Il eut la force de dire :

- Rosa, c'est toi !

Elle ne répondit rien, regardant cet inconnu sale, hirsute et vêtu de hardes fripées. Il portait un sac de marin qu'il laissa tomber de son épaule.

Il voulut l'enlacer lorsque la petite Lucia sortit et se mit à pleurer en voyant cet homme approcher sa cha-cha[34] :

- Rentre, lui dit la femme, tu ne dois pas avoir peur de ton père !

Ses pleurs redoublèrent de violence. Elle ne voulait pas de ce père.

- José-Antonio et Sébastian sont-ils là ? Eut-il la force de demander.

- Au travail. José-Antonio est apprenti boulanger, chez son oncle et Sébastian coiffeur, calle Mayor.

Bartolomé fut rassuré, ils allaient bien. Il s'avança vers le seuil, faisant reculer Rosa.

Ce qu'il vit le changea de sa chambre à Buenos Aires, du vacarme du bateau, du chantier du pont roulant. Un court moment, il se résolut à rester, aussitôt harcelé par le démon du départ, qui lui démontrait de façon obsessionnelle les limites de ce monde étriqué en comparaison de celui qu'il venait de quitter.

Un homme sensé aurait compris que ces deux mondes se valaient en misère et en renoncement. Rien ne les opposait, au fond.

---

[34] Déformation de Tia, tante, par les enfants.

Il s'assit à la table de la cuisine et regarda sa belle-sœur. L'idée de l'épouser lui vint-elle à ce moment-là ? Personne ne le saura jamais. Ni lui, ni elle.

Le printemps arriva puis s'installa. Bartolomé vivotait, insatisfait. Il contribuait à l'économie de la famille. Les pesos argentins ramenés de son séjour lui donnèrent quelques mois de répit.

Les commères du village prirent moins de temps pour épiloguer sur la situation de cet homme veuf accueillant sa belle-sœur sous son toit, une jeune femme de seize ans sa cadette.

Ils décidèrent de se marier en mai, le mois de Marie. Était-ce par provocation ? Rosa se maria en noir par respect pour le deuil de ses parents et de sa sœur. Seuls Don Roberto et les mariés savaient cette union sans tache. Rosa se présenta à l'autel vierge de tout homme ! Le Curé de Vera ne s'opposa pas à l'union, pourtant réprouvée par la plupart des habitants du village. Les anciens glosèrent sur ce sororat.

Don Sébastian Morales y Martinez, le sage et l'érudit, disait à qui voulait l'entendre :

- C'est une coutume de Juifs, Núñez est un patronyme de Marranes[35].

Au cercle de la plaza Santa Maria de La Encarnacion, les anciens hochaient la tête en se raclant la gorge pour approuver cette analyse imparable.

S'aimaient-ils ? Eux seuls auraient pu le dire et ils ne le voulaient pas. Ils n'en voyaient pas l'intérêt.

Les enfants s'habituèrent-ils à cette situation ? Personne ne le leur demanda ni ne s'en soucia. De parents orphelins, disait-on, ils avaient la chance de retrouver une mère. Leur tante Rosa. Cette dernière pouvait-elle refuser cette alliance faite au profit des enfants ? Personne ne sembla s'en inquiéter.

---

[35] Il se référait à l'histoire des Marranes, (juifs clandestins restés en Espagne après 1492, embrassant faussement la religion catholique pour échapper à l'Inquisition), mais aussi à la tradition séfarade du sororat.

Seul Bartolomé détenait des réponses. Ses réponses. Mais il se gardait de les partager. Le démon du voyage le taraudait. Au village, la Borgne lui lançait des imprécations, maudissant sa soif de grand large. La malédiction des Núñez. Se remémorant des histoires connues d'elle seule, elle évoquait les conquistadores Núñez de Balboa, Cabeza de Vaca, qui liaient ce nom aux grandes découvertes.

Moins d'un an après son retour à Vera, Bartolomé allait à nouveau semer le désespoir. Pouvait-il abandonner cette jeune fille de vingt ans devenue sa femme, lui léguant de fait la charge de trois enfants, ses neveux ?

Il se posa la question devant la chaudière du cargo le ramenant à Buenos Aires. Ses pelletées rageuses ravivaient la braise rougeoyante du foyer. Sans doute imaginait-il accélérer la vitesse du vapeur et s'éloigner plus vite de Vera et de Rosa ; atteindre plus facilement cette ville où il pourrait oublier, sans culpabiliser.

Les retours sont chargés de regrets. Rien n'étant immuable, rien ne vous attend. Et rien, signifie hélas, personne ! Ce fut la déconvenue de Bartolomé.

A la pension Florès, de nouveaux convives avaient retenu l'attention de Doña Serena y Fuentes. Il découvrit que la compassion et les sentiments de cette femme boulotte se nourrissaient de spéculations financières. La confidente avait disparu. Les prostituées de la Boca montraient parfois plus de respect pour leurs clients. Il en devint un habitué.

L'entreprise Wayss y Freitag, avide de main d'œuvre, l'accueillit à bras ouvert. Toutefois, parti maître-maçon il revint en aide-maçon. Une blessure pour sa fierté de professionnel émérite. On ne lui laissa pas le choix. Il accepta.

Du chantier du pont roulant du Riachuelo, achevé le temps de son absence, il passa à celui du centre de traitement des eaux du nouveau quartier, Villa Devoto. L'italien Antonio Devoto et son ingénieur Juan Antonio Buschiazzo voulaient en faire le lieu de villégiature des riches de Buenos Aires. Tous deux l'étaient.

Bartolomé travailla à la construction de ce bâtiment fait pour recevoir une structure métallique interne permettant de supporter douze réservoirs en acier contenant soixante-seize-mille mètres cube d'eau.

Pour masquer sa destination finale, ce palais singeait le style français, néo-renaissance. Les façades en imitation pierre, les fausses mansardes et les quatre coupoles abritaient en fait un château d'eau.

Bartolomé lissa le ciment des murs comme s'il y allait de sa survie. Les autres le surnommèrent « l'Andalou prodigieux ». Alors, il se surpassa, imitant avec précision les pierres rectangulaires pour donner aux façades l'apparence de ce qu'elles n'étaient pas.

Le bâtiment fut inauguré en 1917. Il en était satisfait et se considérait comme l'égal des créateurs. La vacuité de ce bâtiment, prétentieux pour un simple château d'eau, représentait ses propres travers. Bartolomé ressentait ce vide en lui.

Il renonça à l'idée de quitter Buenos Aires pour se dédier entièrement aux projets de construction de Wayss y Freitag. Il fut de tous les travaux, dont le Passage Barolo, cette excentricité d'un industriel du textile dévorant trois millions de briques, soixante-dix mille sacs de ciment Portland et près de sept cent mille tonnes d'acier. Mais aussi impliqué dans la construction de l'hôtel des Immigrants destiné à recevoir les milliers d'étrangers venant chercher du travail, les silos et les ponts de chargement de Puerto Madero, la Banque d'Allemagne, ou encore du Marché aux fruits sur les quais du faubourg du Tigre, et du bâtiment Duperial.

Buenos Aires se développait de façon tentaculaire et comptait près de six millions d'habitants.

Beaucoup d'européens, des Allemands, des Français, des Italiens, des Espagnols. La fin de la première Guerre Mondiale redonna un coup de fouet à ce développement, un temps ralenti par les hostilités en Europe.

Sept années durant, Bartolomé promena sa folie de maçon andalou de chantier en chantier, parcourant les quartiers de Buenos Aires. Cette avidité le ramenait sans cesse aux contes de la Borgne. A défaut d'être des navigateurs, les Núñez, lui avait-elle mis en tête, descendaient de familles de héros et de constructeurs. Elle débitait sa litanie dès qu'elle le voyait :
- Trois braves capitaines délivrèrent Vera des sarrasins, Garcia, Léones et Núñez ! Après le tremblement de terre, ils ont reconstruit la ville, l'église fortifiée Santa Maria de La Encarnacion et les remparts ! Ton père a construit les arènes de Vera ! concluait-elle sur un ton dramatique.

Retournant vers lui sa main aux doigts tremblotants, elle esquissait ensuite un simulacre de bénédiction et s'enfuyait alors en chuchotant ses imprécations.

Son sacerdoce de maçon l'avait conduit en Argentine. Il s'acquittait d'une dette héritée de ses ancêtres. Elle l'éloignait de Vera, de Rosa et des enfants. Il pensait à eux sans regretter de s'en être éloigné, trouvant une forme de bonheur dans cette situation.

Un matin de juin sans travail, tandis qu'il fumait dans sa chambre, la tête pleine de complications, sa logeuse, Doña Serena y Fuentes, lui tendit une lettre expédiée de Vera, depuis déjà plusieurs semaines. Elle mit un terme à sa fuite perpétuelle. Rosa est morte, disait le courrier. Elle aussi, ajouta-t-il pour lui-même.

Écrite par le juge de paix de Vera au nom de ses beaux-frères Frasquito et Melchior, la missive lui laissait peu d'alternatives. Il fallait quitter Buenos Aires. Une malédiction. Ses femmes l'empêchaient d'assouvir son désir d'ailleurs. Bartolomé se vit faire, à nouveau, ce parcours infernal jusqu'au village. Il le redoutait, tout en l'espérant comme une délivrance.

A huit années d'intervalle il dut reprendre le chemin du consulat, puis celui du bureau de police. Ces démarches lui demandèrent près d'un mois. Le cuisinier de la pension Florès, Simon, un espagnol qui par miracle savait lire et écrire, l'assista.

Bartolomé connaissait la signification de l'inscription portée sur les documents officiels, au-dessus de la croix tracée maladroitement près de la signature baroque d'Antonio Carpon, le vice-consul :

- Dijo no saver firmar[36].

A la capitainerie du port on le reconnut malgré le temps passé. Il présenta ses papiers de Cartagena.

Son inscription sur la liste des marins du port de Garrucha remontait à 1903. Cela l'autorisait à exercer la totalité des métiers de la navigation. Par chance, un cargo français appareillait cette semaine et cherchait des hommes d'équipage. Il accepta les conditions posées par le quartier maître.

La veille du départ, après avoir réglé ses comptes auprès de Doña Serena y Fuentes, il hanta le port, ses avoirs serrés contre lui au fonds d'un sac marin.

A deux heures du matin il rejoignit son bord. Les larmes qu'il n'avait versées ni pour la mort de Béatriz ni pour celle de Rosa, vinrent à ce moment.

Et de ce chagrin sans nom, il ne pouvait dire s'il pleurait Buenos Aires, qu'il allait perdre à jamais, ou les deux femmes qu'il avait épousées et laissé mourir.

---

[36] Il a déclaré ne pas savoir signer.

SIX

- Maman ! Maman ! Juan Manuel !

Damiana se réveilla en sueur. Elle eut beau se torturer l'esprit, rien d'autre ne lui restait des images de sa nuit qu'une sensation oppressante de désarroi. Troublée par le chuintement obsédant de la pluie de cabañuelas, elle ne parvenait à se remémorer ni les scènes ni les personnages de son rêve.

Dans l'obscurité, les volets de bois vibraient sous les bourrasques de vent qui poussaient des paquets d'eau entre les vitres et les persiennes.

Son cœur battait à tout rompre. Elle s'assit pour tenter de mettre de l'ordre dans sa tête, en vain, elle ne parvenait pas à se concentrer.

La veille, Juan Manuel avait parlé de leur mariage, mais très vite il en était venu aux difficultés de sa mère, Dionisia.

La veuve ne pouvait constituer la dot et le trousseau de ses filles, Antonia et Maria, placées chez les Caparros. Son fils cadet, Francisco, épris d'une jeune pensionnaire du couvent des sœurs de La Encarnacion, Manuela, était au cœur d'un scandale. Les deux amoureux se rencontraient en secret plusieurs fois par semaine dans la crypte du couvent. Leur projet d'enlèvement et de fuite pour Almeria avait été éventé par les nonnes et les complices des amoureux, des novices pour la plupart, avaient été exclues. L'honneur des de Haro Cervantès était en jeu, Manuela et Francisco devaient se marier au plus vite et l'aîné, Juan Manuel, devait trouver une solution. Il sacrifierait une part importante de ses économies pour financer le mariage et payer le trousseau de la jeune promise.

Damiana craignait que leur projet d'union ne s'en trouve compromis.

Elle faisait confiance à Juan Manuel, mais ne pouvait raisonner son angoisse. Elle toussa puis s'en empêcha, craignant d'éveiller son père José et sa jeune sœur Rosa.

Elle posa ses mains contre ses oreilles pour ne plus entendre les souffles rauques du vent sur les fenêtres. Rien n'y fit, le staccato obstiné des volets continuait de résonner dans sa tête. L'humidité et le froid s'immisçaient partout dans la maison. Pourtant, elle ressentait une moiteur désagréable sur son corps. La fièvre. Elle se laissa porter par le chant de la pluie et s'efforça de faire le vide dans sa tête. Dans un éclair de lucidité elle se souvint d'une partie de son rêve de la nuit. La mort de sa mère Antonia. Ce jour-là, la vieille femme était revenue en nage du cortijo des Caparros :

« Toute la journée au lavoir, j'ai pris froid ! »

- Maudite cabañuelas, frissonna Damiana.

« J'ai mal à la tête, la fatigue du travail, ne vous inquiétez pas je vais me coucher. »

Un peu plus tard dans la soirée, la mère les avait fait venir près de son lit :

« Ne vous inquiétez pas, Dieu me rappelle à lui ! »

Rosa et Melchior, les deux derniers âgés de cinq et sept ans, regardaient leur mère avec effroi. On ne trouvait pas les mots pour apaiser leurs craintes.

Béatriz était absente, elle passait de plus en plus de temps avec Bartolomé. Le père, José, installé à la table, avait demandé un verre de vin rouge et le contemplait sans y toucher. Depuis la chambre, Antonia la demanda une fois de plus :

« Viens ma fille ! Viens ! »

Damiana s'approcha du lit, redoutant la disparition de sa mère. Elle regardait cette femme alitée qui ne se souciait plus de son apparence, ses cheveux défaits, plus longs qu'on ne pouvait l'imaginer quand ils étaient ramenés en chignon. Son visage aux yeux cernés parlait pour elle.

« Viens ma fille ! N'aie pas peur, viens ! »

Elle lui prit la main et la regarda dans les yeux :

« Ma fille, tu vas me remplacer. Béatriz va bientôt épouser Bartolomé, promets-moi de terminer son trousseau. A part la broderie et sa personne, rien ne l'intéresse. Promets-moi ! Ton père est vieux il ne me survivra pas bien longtemps, veille sur lui. Il s'est tué pour nous à la mine, ne l'oublie jamais !
Veille sur ta sœur Rosa ! Et Melchiorico ton frère, il se croit devenu un homme ! Surveille-le ! Il ressemble à son père, tête brûlée, toujours prêt à se battre pour un oui pour un non ! Cela ne l'empêche pas d'être un bon fils, et un frère fidèle ! J'ai parlé à Doña Caparros, tu pourras me remplacer chez eux. Ce sont des gens charitables. J'ai eu ce travail grâce au curé. Il est au courant. Va à la messe le dimanche. Tu te souviens des prières du Vendredi Saint ? Fais-en bon usage. Uniquement pour le bien. Je veillerais sur toi, depuis le ciel, en compagnie du Seigneur Jésus, de la Vierge et de tous les saints. »
« Moi aussi, je pourrais mourir comme ça ! » pensa Damiana, immobile, allongée sur le dos, les mains comprimant ses oreilles. La pluie tenace ne renonçait pas. Elle avait emporté sa mère voilà sept ans. Sept ans déjà ! La même nuit, perturbée des mêmes sensations, le vent, le froid, l'humidité, l'angoisse. Comment avait-elle fait pour vivre, depuis ?
Les souvenirs revenaient maintenant, très précis. Damiana se débattait entre rêve et réalité. Elle restait éveillée puis le sommeil la terrassait jouant avec sa volonté.
Ce Vendredi Saint, avec sa mère, elles avaient quitté la maison avant le lever du soleil. Elles marchaient côte à côte sur la route de Garrucha face au levant. Le vent soufflait de la mer. Antonia tenait sa fille par la main. A travers le tissu de son tablier, elle vérifia la présence du couteau et des ciseaux dont elle s'était munie.
Le soleil s'imposa, surgissant de l'horizon. Sa mère récitait des prières puis se tournant vers Damiana :
« Répète après moi : el dulce nombre del buen Jésus[37] ! »

---

[37] Le doux nom de Jésus, si bon.

Tu devras te souvenir de ces prières. Celle-là « enlève le soleil[38] », tu m'as vu faire ? La poêle remplie d'eau, tu y renverses le bol, une croix en bois d'allumette dessus. Tu dois réciter cette prière en faisant bouillir autant de fois que nécessaire pour la faire pénétrer sous le bol.
Damiana répétait, encouragée par sa mère :
« El dulce nombre del buen Jesus ! »
Tandis qu'elle récitait, elle revoyait sa mère enlever le soleil aux voisines ou aux enfants du quartier, elle pensait ne pas pouvoir y arriver et se concentra, elle termina enfin, « el mal donde lo pusistes[39] ! »
L'épreuve fut répétée quatre fois. Après la prière contre le soleil, il y eut celle contre le mauvais œil, « el asiento, el aliacan, la desipela[40] », aucun de ces maux ne résistaient aux incantations apprises ce jour. Elles se transmettaient de mère en fille.
Damiana tremblait de froid malgré la chaleur. Elle marchait droit devant elle, s'agrippant au bras de sa mère. Le soleil la frappait durement. Elle ne savait plus. Antonia lui parlait tendrement :
« Ne pense plus à ces prières. Elles ne sortiront plus de ta tête. Viens, retournons chez nous ! »
En lui apprenant ces prières, sa mère préparait Damiana à son départ.

Plaza del Sol, la boulangère, Consuelo les apostropha depuis le seuil de sa boutique :
« Antonia, j'ai fait une mona[41], spécialement pour Damiana. Elle est cuite de ce matin, vous pourrez la manger le jour de la résurrection ! »

---

[38] Don qui s'apparente à celui des « coupeurs de feu ».
[39] Le mal où tu l'as placé.
[40] Indigestion, jaunisse, eczéma.
[41] Brioche de Pâques.

D'autres personnes qu'elle ne connaissait pas les épiaient du pas de leur porte. Les deux femmes se hâtaient. Elles empruntèrent la rue Hileros et passèrent devant la demeure des parents de Juan Manuel.
Antonia incita sa fille à ne pas s'arrêter, elle connaissait ses sentiments pour Juan Manuel. « Elle a tout juste vingt ans, ils attendront le temps qu'il faut. » pensait-elle.
Une fois à la cuisine, elle lui dit :
« Je vais te préparer une infusion. Tu vas dormir. Repose-toi. J'ai connu ça, moi aussi. Désormais, tu es prête. »
De la poche de son tablier, Antonia sortit les herbes coupées au lever du soleil. Elle porta de l'eau à ébullition sur un réchaud à alcool et les y plongea. Les feuilles plièrent sous l'effet de la chaleur, une odeur mêlée de verveine, de camomille, et de menthe emplit la pièce. Antonia arrêta le feu et laissa infuser la décoction. Elle regarda sa fille, lui posa une main sur le front.
« Tu as la fièvre, dit-elle, bois d'un seul trait et vas te coucher je reste près de toi. »
Damiana sombra dans des rêves absurdes. Sa mère attendait « el aliacan[42] » au bord du fleuve Jourdain, des ciseaux à la main, un monstre passait, dirigeant une barque sur l'eau calme, et criait au passage :
- Je vais chez Juan Manuel. Antonia lui répondait :
- Je détruirai tes rames !
Et, sortant trois morceaux de tissus un rouge, un jaune et un blanc, elle en coupa des bandelettes qui s'échappèrent au vent pour entourer le mal. Les rames disparurent et le bateau se mit à tournoyer entraînant le monstre dans un tourbillon.
La nuit cédait peu à peu la place au jour. La fine pluie avait cessé. Damiana s'agitait toujours, elle se demanda si elle avait véritablement dormi. Les bruits du village n'étaient plus masqués par le chuintement obsédant de l'eau. De la lumière filtrait à travers les jalousies. L'odeur mouillée de la pluie était

---

[42] Voir note N° 40.

partout, mais derrière elle on sentait le début d'une journée chaude et sèche.

Damiana commençait tout juste à se remettre de ses angoisses. Le souvenir de sa mère la rassurait, elle y trouvait sa force et son courage.

Son avenir semblait maintenant tracé comme une voie qu'elle allait suivre sans s'en détourner. La première étape de ce chemin serait son mariage avec Juan Manuel.

Un nouveau rêve l'emporta dans le sommeil lourd que la fatigue parvint à imposer, des images troublantes et floues.

Sa famille réunie est en train de prier à la cure. Les voix bourdonnent. Celle de Don Roberto, le curé, s'élève, grave. Il a donné son accord pour une bénédiction à la chapelle de l'Archange Saint Michel, calle del Clavel. Damiana ne voulait pas se marier à Santa Maria de La Encarnacion, l'église des riches du village. Dans cet oratoire caché dans un dédale de venelles, non loin de leur domicile, elle se sentait plus proche de Dieu.

Ils étaient maintenant devant la petite église. Les pierres orangées des murs reflétaient la lumière et l'unique cloche tintait avec allégresse en dépit de la chaleur qui anesthésiait tous les sons.

Le bedeau tirait sur la corde en y mettant du cœur. Il cherchait à imprimer un rythme alerte au battant.

Peu à peu, le gong se surprit à rebondir avec vivacité sur le bronze et à sonner un angélus invitant plus à la fête qu'à la prière.

Les passants surpris prenaient le temps d'écouter, essayant de deviner les raisons de ce carillon alerte. Des nuages bleus, absurdes, couraient dans un ciel blanc. Il n'y avait pas de vent.

Don Roberto, debout sur le parvis, attendait les futurs mariés. Deux orphelins se donnant mutuellement à la vie. Damiana cherchait dans son rêve, elle ne vit ni son père ni sa mère, ni le grand père Francisco. Elle voulait fuir. Juan Manuel la rattrapa. Antonia et Maria pleuraient. Rosa et Melchior riaient, moqueurs.

Don Roberto l'appela depuis le confessionnal. Elle s'entendit avouer des fautes qu'elle n'avait jamais commises. Le curé soupira.

Il lui reprocha d'imiter sa mère Antonia et parla longtemps des bons et des mauvais chrétiens. Il se pencha vers elle :

« Il ne faut pas t'accuser par crainte de Dieu, lui seul voit ce que tu fais de ta vie ! »

Damiana s'enfuit de l'église passant devant les invités furieux. Les nuages filaient toujours très haut dans le ciel éclairé, plus absurdes et plus bleus. Il faisait très chaud, et toujours pas de vent.

Don Roberto sortit, parvint à rattraper Damiana, et prenant Juan Manuel par le bras les invita :

« Approchez ! Approchez mes enfants ! Entrez dans la maison de Dieu ! »

Melchior arborait une mine d'enterrement en cette journée de fête. Ce mariage allait le priver de sa sœur préférée. Le curé s'approcha de lui pour le morigéner sous les rires. Lui posant une main sur la tête, il lui dit :

« Entre Melchior. Respecte Dieu ! Il t'entend et te comprend. Tu as été baptisé en son Nom, que tu fasses le bien ou mal il le voit pareillement. »

Melchior protestait, le curé insista. Melchior se rebellait :

« Mes sœurs, obligés de travailler sans répit, sans se prélasser à l'école comme les enfants des Caparros. Mon père m'a chargé de les protéger contre des gens comme vous Don Roberto ! J'ai travaillé avec lui à la fonderie, Il suait à la chaleur des fours et toussait, la gorge rongée par la fumée du plomb en fusion. Quand il invoquait Dieu, en le maudissant, Dieu comprenait sa colère. Un Dieu de miséricorde, pas le vôtre. »

Damiana se réveilla en sueur, le blasphème de Melchior résonnait avec force dans sa tête. Les images de son rêve revinrent et sa peur avec elles.

Elle se leva et sortit, traversa le vestibule pour ouvrir la porte sur la calle Inclusa. Le jour blanc était désert, le froid du matin la fit frissonner.

La toux persistante de son père José ne le quittait plus, transformant ses nuits en cauchemars. Ses poumons, atrophiés par la fumée et la chaleur des fours, lui permettaient à peine de respirer. D'une voix enrouée et sifflante il parvint à lui parler :

- Damiana ! Je ne suis pas bien, je me sens partir, je vais rejoindre ta mère.
- Père, ne parle pas de malheur ! Tu me fais de la peine.
- Désormais, tu as la charge de la famille. Tu vas bientôt épouser Juan Manuel, un garçon solide. Il tient de son père, travailleur et honnête. Je vais me lever une dernière fois, emmène-moi voir les mineurs qui partent pour les puits. Nous étions heureux dans notre sierra, libres, fiers, indépendants. Les Siret, les Orozco ont volé notre liberté ! Ils ont fait de nous leurs esclaves ! Je veux aller voir, une dernière fois, mes frères de misère partir pour le travail.

Damiana pleurait doucement en aidant son père à se lever. Elle le laissa s'habiller, puis le soutint jusqu'à la porte d'entrée. Elle lui tendit sa canne en bois de gaïac. Péniblement, ils avancèrent jusqu'à l'entrée du village sur la route de Garrucha.

Des dizaines d'hommes et d'enfants se rendaient au port pour travailler au chargement du minerai sur les bateaux. Le chemin de fer et le téléphérique les avaient terrassés, maudissait souvent son père. Elle eut une pensée pour son frère Melchior, condamné à dormir sur la plage, pour se trouver parmi les premiers à l'ouverture des bureaux d'embauche des deux seules sociétés minières exploitant dorénavant les filons de la Sierra Almagrera. Leur Sierra.

Le retour fut entrecoupé de violentes quintes de toux. Il fallut s'arrêter pour laisser le père reprendre son souffle. La boulangère Consuelo sortit pour l'aider. Les deux femmes

prirent José chacune par un bras et le conduisirent doucement vers son logis.
- Ay, le pauvre ! s'écria Consuelo, il va rejoindre Antonia !
José ne parlait plus. Il regardait les deux femmes, les yeux humides et fiévreux. Ses derniers mots furent pour Damiana :
- Pense à ce que je t'ai dit, ne nous oublie pas, nous prierons pour toi !
C'était fini. Consuelo la serra contre sa poitrine :
- Ma fille, sois forte, pense à Rosa.
- Elle dort, répondit Damiana, réprimant un sanglot.
- Je vais chercher le curé, repose-toi, je ferai sa toilette.
Consuelo partie, le chagrin envahit Damiana. Elle se sentait coupable de la mort de son père aujourd'hui. Il était absent du rêve de son mariage. La prémonition se réalisait.
Elle alla réveiller Rosa, la pria de s'habiller en silence. La petite chantait souvent dès le matin, faisant la joie de son père. Aux silences de Damiana, elle comprit :
- Où est papa, demanda-t-elle, il est parti ?
- Oui, il est parti rejoindre maman.
Rosa ne pleura pas. Elle ferma les yeux et attendit. Rien !
Depuis le mariage de Béatriz, leur père se trainait, épuisé. Sans aucune envie de lutter. Très souvent, il répétait : « Mes enfants, c'est à votre tour dorénavant ! »
Damiana reprit :
- Reste près de lui. Consuelo est allée chercher le curé, elle va revenir. Je vais prévenir Juan Manuel.
Elle sortit sous la pluie fine qui saturait le ciel. Le matin grisonnait. Son fichu sur la tête, elle se dirigea vers la plaza del Sol, puis sortit du village sans un regard pour les voyageurs attendant la première patache. Le citronnier luisait sous la pluie, ses jeunes feuilles détrempées. Elle prit la route de Garrucha, marcha jusqu'aux arènes et bifurqua à gauche sur le sentier du cortijo de Doña Emilia Caparros. L'eau des nuages ne parvenait pas à pénétrer durablement la terre jaunie par la sécheresse. L'humidité ambiante de l'air ne

suffisait même pas à mouiller les mottes friables après des mois sans une seule goutte.

Le chemin s'élevait peu à peu et la femme vit apparaître le sommet des Cabezos Pelados. Sur sa droite, la mer au loin, vers Garrucha perdue dans la brume, reflétait la masse argentée du ciel. Le chuintement blanc de la pluie l'emplissait entièrement. Le chevalet de bois, au-dessus du puits, apparut enfin. L'âne de Juan Manuel tirait sur sa bride. Elle s'approcha du bord de la fosse, se tenant à la main courante de chanvre solidement fixée sur l'un des montants. Elle appela :

- Juan Manuel, c'est Damiana !

Le vide lui répondit. Autour du puits des Pelados, les tunnels d'aération et les cheminées de briques qui les parcouraient semblaient abandonnés. Elle appela de nouveau.

Du fonds de la mine, un mouvement fut imprimé à la corde posée sur une poulie. Instinctivement, elle tira pour remonter le seau rempli de terre noire.

Le poids la surprit et elle redoubla d'efforts. La charge à peine posée à terre, elle entendit la voix de Juan Manuel :

- Je remonte !

Le puits descendait à près de deux cents mètres de profondeur. Il revenait de ces journées de terrassement le visage et les poumons noirs de crasse. Maudissant ses ascendants, son grand-père Albarracin et son père Pedro. Il s'emportait alors :

« J'étais mille fois plus heureux à Cuba ! »

Arrivé à la surface, il prit la main de Damiana :

- Que se passe-t-il ?
- Juan Manuel, mon père vient de passer.
- Ce matin ?
- Oui, ce matin.

Il ne lui dit rien du pressentiment qui le hantait depuis la veille. Elle non plus. Elle regarda cet homme auquel elle désirait s'unir de toutes ses forces. Honteuse au moment où ces pensées l'assaillirent. Il baissa le regard et caressa le museau de son âne. L'animal lança un braiement de bonheur repris par ses semblables de puits en puits. Ils se tenaient face à face, minces silhouettes noires dans l'atmosphère trouble. La montagne ne disait rien. Elle pleurait sa chevelure d'eucalyptus, verte et dorée, et subissait, inerte, l'acharnement des hommes fouaillant ses entrailles. Ils l'abandonneraient couverte de chevalets de bois sec et de constructions grossières de briques jointoyées à la hâte de mortier bâtard, ses pentes souillées de déjections de cailloux noirâtres, stériles.

Le couple ignorait la colère de la montagne. Eux, ils n'attendaient d'elle qu'un peu de générosité. Ils n'espéraient pas la fortune, juste le nécessaire pour vivre avec dignité. Mais cela, les Pelados l'ignoraient.

Juan Manuel parla le premier :

- Si tu le veux, nous allons nous marier, tout de suite après l'enterrement.

Elle ne s'attendait pas à cet engagement de Juan Manuel. Elle l'espérait, regrettant toutefois son expression retenue.

« Y croit-il vraiment ? » se disait-elle.

La question des enfants revenait, obsessionnelle. Pas leurs futurs enfants, mais leurs frères et sœurs, Rosa et Melchior pour Damiana, Antonia, Maria, Francisca et Anita pour Juan Manuel. Ils ne pouvaient les abandonner. Leur union se ferait à cette condition. Orphelins eux-mêmes, ils deviendraient des parents.

- Je vais en parler au curé, dit Damiana, sans attendre de réponse.

Puis, laissant là le pauvre Juan Manuel, noir de s'être frotté à la terre des Pelados, elle redescendit vers Vera. La matinée était bien avancée, le soleil luttait derrière les nuages. Un arc en ciel timide, prisonnier d'une barrière de pluie, imposait ses couleurs avec difficulté.

Damiana se demandait pourquoi Dieu les éprouvait de la sorte. La lumière orangée du soleil finit par submerger le jour. Elle accompagna Damiana jusqu'au village.

Le défunt reposait sur son lit et Consuelo terminait sa toilette. Il montrait un visage avenant, délivré de la douleur. Rasé de près, les cheveux soigneusement peignés en arrière, il attendait. Damiana s'approcha pour déposer un chaste baiser sur son front, comme il le faisait pour leur souhaiter une bonne nuit.

La petite Rosa, agenouillée au pied du lit, montrait le courage d'une femme accomplie. Damiana lui lissa les cheveux et l'embrassa sur le dessus du crâne.

Melchior, revenu de Garrucha avec la charrette de Pedro Chinchilla, pestait contre la perte de sa journée de salaire.

Damiana leur annonça :

- Je vais épouser Juan Manuel ! On vivra tous ensemble, ici.

- Il va me faire travailler aux Pelados, se rebella Melchior.

- Il n'en a pas l'intention !

- Je connais les De Haro Cervantès ! Papa disait d'eux : tu vois, mon fils, nous sommes différents. Nous, nous sommes des pauvres !

- Quelles bêtises, mon frère, plus grosses que toi ! Les parents et les grands-parents, oui, ils étaient riches ! A la différence, les sœurs de Juan Manuel, travaillent avec moi chez les Caparros, au cortijo, à laver le linge et à torcher les gosses.

- Moi aussi, je travaille au cortijo, renchérit Rosa.

- Je sais de quoi je parle, reprit Melchior, l'air buté.

Le père et lui s'échauffaient souvent dans des discussions sans fin. Au fond, sa disparition ne changeait rien. Melchior assurait la relève. Damiana se surprit à regarder le visage étonnamment glabre du défunt. Elle percevait une ombre de sourire sur ses lèvres fermées, une tendresse pour son fils avec lequel il partageait ses idées. De son vivant il avait dissimulé l'immense admiration qu'il portait à sa fille. Elle se tourna vers les deux petits en se demandant si, eux aussi, voyaient ces sentiments fugitifs effleurer le masque éteint. Leurs visages n'exprimaient rien d'autre que de l'inquiétude.

Faisant l'homme, Melchior s'éclaircit la voix pour dire :
- Je dois retourner à Garrucha. Le chargement d'un bateau nous attend au port. Pedro Chinchilla va repasser d'ici une heure.
- Je vais lui parler, Melchiorico ! Ne t'inquiète pas !
- Mon porte-monnaie, lui, va s'inquiéter, répondit-il avec l'aplomb de ses 12 ans.

Damiana soupira. Elle avait en tête le compteur des morts qui, selon l'expression de sa mère, tournait à grande vitesse. Maman, il y a sept ans, Papa aujourd'hui, sans compter tous les autres !

Consuelo accompagna le curé auprès du mort. Elle prit Damiana à part et lui rappela les promesses faites à sa mère le jour de la Semaine Sainte 1901 : « Respecte les disparus Damiana, mais ne les laisse pas t'envahir, pense à la vie, seulement à la vie ! »

Le curé demanda à l'enfant de chœur d'allumer un cierge devant le lit du défunt. Puis il passa plusieurs fois un encensoir fumant au-dessus du visage du mort. La pièce s'emplit de l'odeur épicée du bois saint qui brûlait.

Les voisins se succédaient un à un. Damiana distinguait à peine leurs visages. Elle les remerciait, absente. A la fin du jour, Juan Manuel, son frère Francisco et ses sœurs se présentèrent.

Les femmes restèrent entre elles, dans le vestibule, abandonnant la chambre du défunt aux deux hommes. Malgré les circonstances, elles ne pouvaient dissimuler leur bonheur, heureuses du prochain mariage de leur frère et de Damiana, leur compagne du cortijo. Cette union annoncée, elles l'attendaient, lasses d'être des orphelines errant de maison en maison, réduites peut-être un jour à quitter le village qu'elles chérissaient. Une fois Juan Manuel et Damiana unis devant l'église, la famille gagnerait en stabilité.

Elles s'embrassaient, s'enlaçant mutuellement, riant et pleurant à la fois. La mort n'aurait pas le dernier mot.

Damiana, laissant ses sœurs à leur félicité, rejoignit les deux frères veillant le défunt. Elle remercia Francisco de s'être déplacé :
- Ca fait si longtemps que tes sœurs sont les miennes.
- Nous sommes réunis par la mort de nos pères, répondit-il.

Juan Manuel voyait avec bonheur la complicité s'installer entre sa future femme et sa belle-famille. Francisco fut le premier informé de leur projet. Il s'était récemment marié avec la jeune Manuela Salmeron, la novice coupable chassée du couvent, l'amie de Damiana.

Les futurs mariés se retrouvèrent seuls. Melchior parti pour Garrucha en compagnie de Pedro Chinchilla, Rosa endormie, ils veillèrent le corps à la lumière du cierge.

A la moitié de la nuit, Consuelo vint les rejoindre et ils prièrent jusqu'au matin. La pluie, satisfaite d'avoir obtenu son dû, s'arrêta. Le soleil se levait sur la plaza del Sol. Attelés à la première patache, deux hongres nerveux soufflaient bruyamment en grattant le sol de leurs sabots ferrés. Le printemps se montrait enfin.

Le cocher impatient attendait de pouvoir descendre son premier verre de vin. Il suait à grosses gouttes.

Santiago-Ramon ouvrait son bar en chantant une buleria[43] de sa composition, une femme adultère jetait l'œillet offert par son amant infidèle dans un puits.

Il était heureux depuis qu'il avait convaincu Consuelo de l'épouser. Ils avaient fini par s'avouer leur amour et réussi à dépasser les rumeurs sur les frasques supposées de la jeune boulangère avec son mitron.

La célébration de leur mariage, alors que les mineurs de Bedar occupaient les puits, passa inaperçue. Mais dans le village les commères affirmaient à qui voulait l'entendre que dès le début elles avaient décelé la flamme de l'amour dans les regards que Santiago Ramon et Consuelo échangeaient.

---

[43] Chant flamenco (moquerie).

« Consuelo, rajoutait la Borgne, du temps de son vivant, c'est une fille de Vera, elle ne se lance pas à la tête du premier venu, elle a su lui faire savoir que le mariage était sa condition. »
« Ils étaient faits l'un pour l'autre ! »
« La pauvre, elle ne pouvait pas rester veuve. »
Et le bonheur de ce mariage d'amour, dans la morosité minière du village, apparaissait comme une bénédiction du Seigneur.
Lorsqu'ils sortirent, Juan Manuel et Damiana protégèrent leurs yeux de la lueur du soleil. Une nouvelle journée les attendait. Damiana parla en premier :
- Je vais à l'église arranger l'enterrement. Je parlerai de nous au curé. Le plus tôt sera le mieux.
Aucun curé ne pouvait s'opposer à la volonté de Damiana. Don Roberto pas plus que les autres. Il fut fait selon ses désirs. Elle se maria en noir. Elle porterait le deuil jusqu'à la fin de ses jours. Son mariage, ressemblait-il à celui de son rêve ? Damiana ne se le demandait pas, elle savait faire la part entre sa vie de maintenant et les peurs de sa vie d'avant.
Juan Manuel avait abandonné la mine de los Pelados pour rejoindre son frère, Francisco, aux fonderies de La Union à Cartagena. Il y occupa la fonction de son père avant lui, maître fondeur. La chaleur des fours asséchera définitivement son corps fatigué par la guerre et les terrassements inutiles et sans fonds.
La nuit, il cherchait le sommeil, en vain. La perspective de son départ pour Cartagena l'empêchait de dormir. A moitié lucide, il voyait défiler des personnages l'abjurant d'abandonner le travail à la fonderie.
La sirène l'appelait au travail. Il rejoignait la cour de l'usine, entouré des ouvriers. Certains fumaient. Sa mère pleurait :
- N'y retourne pas aujourd'hui !
Damiana, près d'elle :
- Ce pain durement gagné est du poison ! Pour toi, pour les enfants ! N'y retourne pas ! N'y retourne pas !

Son frère riait :
- Juan Manuel, ne les écoute pas, les femmes ne peuvent pas comprendre, ne les écoute pas !

Les ouvriers le brocardaient :
- La sirène nous appelle au travail, elle est notre unique maîtresse ! Soumets-toi au chant de la sirène !

Et ils se mettaient à courir vers l'entrée des bâtiments sous les hauts fourneaux. Juan Manuel se retrouvait seul cherchant sa direction. Il criait.

Il s'éveillait en sueur. Il n'en pouvait plus. Il refusait d'y aller. Damiana se leva, sortit après avoir allumé la veilleuse, et rapporta de la cuisine, un bol de manzanilla, chaud.
- Dors, Juan Manuel, il est trop tôt pour te lever. Je veille, tu ne seras pas en retard.

Mais il ne craignait pas d'être en retard. Il craignait de perdre la raison, dévorée par la chaleur des fours. Il voulait vivre, ne pas se consumer doucement et fondre comme le métal. Il rêvait de soleil et de ciel. Il rêvait de partir. Loin.

SEPT

Romain Vivès, le régisseur du domaine agricole « Trois Marabouts » dans la plaine de la M'leta en Algérie, s'apprêtait à pousser la porte de la Taverna Alicantina. Il jeta un œil à l'intérieur.

Malgré les vitres fumées, il put constater qu'il y avait foule. Il se prépara. Il était petit et plutôt râblé, sanguin, agité. Son chapeau clair vissé sur la tête, un cigarillo mâchonné aux lèvres, il arborait une moustache fine et paraissait sûr de lui. Il ajusta sa saharienne couleur sable qui le boudinait, piétina sur le seuil pour dégourdir ses jambes et entra.

En le voyant, les clients s'interrompirent juste le temps de le remettre. Cela faisait maintenant quatre années qu'il recrutait des saisonniers à Vera. La surprise passée, le brouhaha reprit et quelques anciens, derrière la fumée des cigares, en profitèrent pour lancer, prenant les clients à témoins :

- Attention les hirondelles ! L'étourneau est venu vous sortir du nid.

Romain fit mine d'ignorer l'allusion à son allure pataude de gros oiseau malhabile et à la raison de sa visite. Apercevant Santiago-Ramon devant le comptoir, il se dirigea vers lui :

- Dieu te garde, Santiago-Ramon !

Vivès, après plusieurs déconvenues avec des saisonniers de la région de Valence, âpres au gain et fanfarons, avait trouvé à Vera une main d'œuvre sûre et fiable. Ici, il le savait, les habitants cherchaient du travail et ne rechignaient jamais à la tâche. Comparées aux deux pesetas et demie la journée que payait la fonderie de Cartagena, les conditions qu'il offrait tenaient du miracle. Il ne comprenait pas pourquoi ces saisonniers, durs à la tâche, ne trouvaient pas à s'embaucher dans les nombreux domaines agricoles proches de Vera. Il se gratta le front, relevant son chapeau. Ce n'était pas son problème après tout si les propriétaires terriens de la région préféraient la chasse et se goberger.

Il connaissait la plupart des clients. Ils avaient taillé ses vignes et vendangé son raisin lors de précédentes saisons. Il fit un signe à Santiago-Ramon lui demandant d'ouvrir deux bouteilles et de le suivre. Il se déplaçait de table en table faisant servir d'abondantes rasades de vin :

- Rodrigo, je peux compter sur toi cette année ?
- Pas cette fois. J'ai trouvé une bonne place à la fonderie de La Union. Depuis son rachat par les Anglais, il y a du travail bien payé pour des personnes d'expérience comme moi.
- Et toi, Adolfo : tu reviens cette année ?
- Je vais partir à Barcelone, ma femme préfère me voir en Espagne plutôt que de l'autre côté de la mer.
- Comment je vais faire, moi ?

Ils riaient comme des enfants heureux de leurs blagues, trouvant dans le vin un bouquet inhabituel. Ils en redemandaient.

Attablés à l'écart, Juan Manuel et Francisco ne perdaient rien de la conversation. Sans s'être concertés, ils pensaient à la même chose. Depuis les grèves de 1902, l'industrie minière connaissait les pires difficultés. La grande époque était révolue. Une famille ne pouvait plus vivre avec la paye de la fonderie.

Vivès s'approcha, roublard. Il pressentait l'intérêt des deux hommes :

- Vous deux ! Ça ne vous intéresserait pas de venir travailler chez moi ? Logés, nourris, plus deux francs par jour.
- Ils sont de confiance, Monsieur Vivès, s'écria Rodrigo, sérieux et travailleurs !

Avant même qu'ils aient pu réagir, le régisseur s'invita à leur table :

- Alors, qu'en dites-vous ?
- Je dois y réfléchir, ma femme est enceinte et je ne me sens pas à la laisser seule ! répondit Juan Manuel.
- A quelle date est prévu l'accouchement ?

- En janvier, d'après la sage-femme.
- Tu auras largement le temps de faire les vendanges et la moisson et d'être de retour avant la naissance. Comment t'appelles-tu ?
- Juan Manuel de Haro Cervantès.
- Et toi, tu es plus jeune non ?
- Oui, je suis son frère, Francisco de Haro Cervantès.
- Santiago-Ramon ! Apporte à boire !
- Eh là, pas si vite ! Nous devons en parler avec nos femmes avant de décider !
- Oui bien sûr, un verre ne vous engage à rien, je suis là pour deux jours encore. Décidez-vous avant mardi ! A la vôtre, santé et chance !

Les deux frères prenaient goût au vin offert par Vivès, troublés par son offre. Les chiffres se mêlaient au bouquet du breuvage qui prenait une saveur nouvelle. Vivès se leva et leur tapa sur l'épaule :

- Je serais là demain soir si vous souhaitez me voir. Salut à tous ! dit-il en sortant.

Rodrigo et Adolfo rejoignirent les deux frères. Ils se connaissaient de longue date.

- C'est un patron honnête, affirma le premier.
- Ce ne sont pas des promesses en l'air. J'ai fait deux saisons de suite chez lui. Beaucoup d'Espagnols y travaillent, vous ne serez pas dépaysés.
- Les propriétaires sont français.

Le contenu de la bouteille diminuait, les quatre hommes s'échauffaient.

Francisco, très excité, se tourna vers Juan Manuel :

- Cela mérite d'être tenté !
- Il me faut convaincre Damiana, répondit Juan Manuel.
- Tu as entendu, tu seras de retour pour la naissance de ton premier.
- Je ne peux pas faire moins !

Santiago-Ramon s'approcha une bouteille à la main.

- Un dernier verre, les gars !

Les deux frères hésitaient encore sur la décision à prendre.
Ils restèrent longtemps au bar ce soir-là. Comme s'ils craignaient de quitter le refuge de la salle enfumée. L'aubergiste argumentait.

- J'ai fait pareil moi, j'ai quitté Alicante pour Vera.

Les clients riaient :

- José, ça fait à peine quatre cent kilomètres !
- C'est qu'ils m'ont coûté, ces kilomètres !

Les discussions tournaient en rond ; tout avait été dit ou presque. Juan Manuel et Francisco se retrouvaient face à leurs questions. Ils étaient attachés à Vera. Mais, de l'autre côté de la Méditerranée, Vivès leur proposait des gains nets, le logement et la nourriture en sus. Il fallait être idiot pour laisser passer une telle aubaine.

- Que se passera-t-il si nous acceptons ?

Juan Manuel s'exprima le premier.

- Tu te vois jouer les golondrinas[44] tous les ans ? Poursuivit-il.
- Chaque chose en son temps, répondit Francisco, le plus serein des deux frères.
- C'est facile pour toi, tu n'as pas d'enfants !
- Cela ne saurait tarder, nous comptons bien en avoir. Cela fait plusieurs mois que nous sommes mariés avec Manuela.
- Je ne pars pas sans toi !
- Bien sûr mon frère, ensemble ou pas du tout.
- Il nous reste à convaincre nos femmes.
- J'en parle à Manuela dès ce soir, fais de même chez toi.
- D'accord !

Les deux hommes, grisés par le vin et leur accord secret, se quittèrent sur ces promesses. Heureusement, il y avait peu à marcher jusqu'à la calle Inclusa.

---

[44] On appelait ainsi, les hirondelles, les ouvriers saisonniers espagnols de la zone d'Almeria qui allaient et venaient entre l'Espagne et l'Algérie chaque année pour les campagnes de travaux agricoles.

Damiana guettait son mari sur le pas de la porte, inquiète de ne pas le voir rentrer. Il n'était pas coutumier du fait.
Elle aperçut les deux frères, bras dessus bras dessous, hésitant à l'entrée de la rue. Ils semblaient avoir bu. Rien de méchant.
 - Damiana ! Je suis là ! Juan Manuel lui fit un signe de la main.
 - Je te le ramène ! ajouta Francisco.
Damiana souriait. Juan Manuel avançait vers son épouse qui commençait à s'arrondir à six mois de sa délivrance.
 - Vous avez forcé sur la bouteille, on dirait !
 - A peine, rentre, je vais te raconter.
Il sentait le courage lui manquer. L'idée avait perdue de sa force depuis son retour du café. Il médita longuement sur la meilleure façon de présenter ses arguments.
La table de la cuisine était dressée. Un bol de soupe aux amandes l'attendait.
 - Assieds-toi et commence à manger, lui dit Damiana, ta soupe va être froide.
Elle rangea la bouteille de vin en précisant :
 - Vous avez assez bu, non ?
 - Oui, répondit-il en riant, nous avons bu. Mais rassure toi, je n'ai rien dépensé. Santiago-Ramon nous a invités, puis un étranger, Monsieur Vivès. Rodrigo et Adolfo nous accompagnaient.
 - Belle compagnie !
 - Tu connais la situation à la fonderie. Nous sommes en sursis. La Union ne va pas nous faire vivre longtemps. Le travail est de plus en plus rare.
 - Ne parle pas de malheur !
 - Non, c'est la vie.
 - A quoi penses-tu ?
 - Rien, rien, seulement, nous aurons une bouche de plus à nourrir. Toi, tu trimes dur chez les Caparros pour trois fois rien.
 - Tu veux faire la golondrina ?

Juan Manuel savait que cela se passerait ainsi. Damiana lisait en lui.

– Comment as-tu deviné ?
– Ce n'est pas bien compliqué ! Les femmes du village n'ont que ce nom à la bouche : Vivès ! Vivès ! Elles sont toutes retournées. Ce n'est pas la première fois. Il cherche des bras. J'ai peur de te voir partir loin.
– Je suis bien parti à Cuba presque trois années entières et je suis revenu.
– Ce n'est pas pareil.
– C'était pire, tu veux dire !
– Oui ! D'un côté oui, différent certainement. Et Francisco, qu'est-ce qu'il en pense ?
– Pareil que moi !
– Vous n'êtes pas frères pour rien, vous deux.
– Mange et écoute-moi. Il nous faut regarder les choses en face. Si nous quittons ce village c'est pour trouver du travail. Ce n'est pas un déshonneur.
– Et notre maison à Vera ?
– Maison ou pas maison, nous devons d'abord penser à nous et à nos enfants ! Je ne veux pas qu'ils vivent notre calvaire !
– Tu as raison, Damiana. Mais est-on sûrs de ce choix ?
– Allez voir sur place. Si la réalité est à la hauteur de la promesse, on avisera. Mais tu pars avec Francisco !
– Oui, nous sommes d'accord, pas l'un sans l'autre. Nous partirions pour la vendange. Et ensuite si cela nous convient, nous enchaînerons sur la taille de la vigne l'année suivante.
– Finis ta soupe ! Il est temps d'aller nous coucher. Demain, il fera jour.

Juan Manuel voudrait poursuivre cette discussion. Il avait besoin d'être rassuré. D'entendre la voix tranquille de Damiana lui répéter ce qu'elle venait de lui dire. D'être certain qu'ils partageaient la même vision de l'avenir.

Il s'aspergea le visage d'eau fraîche. Dans la chambre, Damiana s'était agenouillée devant une image de la Virgen del Carmen, la patronne de Vera et récitait une prière de sa composition :

- Mère Sainte, Tu connais nos péchés. Tu as protégé ma mère Antonia et mon père José. Ils Te rendaient grâce de chaque jour gagné sur la vie. Donne-nous la force de résister comme eux. Nous Te prions par Jésus Christ Ton fils, Notre sauveur.

Juan Manuel la rejoignit, et ensemble, ils conclurent sur un Amen plein d'espoir.

Damiana s'allongea la première. La chambre blanche de chaux respirait la quiétude. Sur une table de nuit, la veilleuse brûlait en permanence. La flamme orange allumait le sourire sur le visage de la Vierge à l'enfant. Debout près du lit, Juan Manuel ne perdait pas une miette de ces images. Déjà il enregistrait les souvenirs qui allaient l'aider à supporter la séparation. Damiana le regardait tranquillement et lui dit :

- Ne t'inquiète pas, nous avons connu pire !
- Je vais fumer une cigarette.

Il sortit sous le ciel clair de la nuit étincelante et son regard se porta instinctivement sur l'étoile du berger. En la voyant, il détermina la direction du Sud, comme le lui avait enseigné son père et scruta le firmament à la recherche d'une réponse.

Sa cigarette se consumait lentement. Il retint la fumée un long moment et la rejeta droit vers les étoiles. Les certitudes de sa femme le rassuraient. Il se sentait fier d'elle, et de l'enfant qui allait naître. Ils le baptiseraient Pedro, du nom de son père. Damiana dormait déjà. Il s'allongea près d'elle et prononça cette offrande qui lui venait de ses grands-parents :

- Vamos darle parte a la noche[45] !

Il transmettrait à ses enfants ces mots adressés à Dieu pour demander sa protection sur le sommeil.

---

[45] Nous allons payer son dû à la nuit.

La chambre s'emplit de la respiration des nouveaux mariés. Leur souffle venait parfois faire danser la flamme de la veilleuse.

Deux rues plus loin, Francisco et Manuela dormaient. Ils avaient passé la soirée à se rassurer pour finalement sombrer dans un sommeil empli de rêves.

Le lendemain matin, les deux frères se retrouvèrent chez leur mère, Dionisia. Après la mort de Pedro son mari elle avait chargé le notaire de vendre les meilleures terres. Par respect pour le défunt, elle lui avait demandé d'épargner los Cabezos Pelados. Hélas, au fil du temps, malgré les efforts, la richesse supposée inépuisable de ce terrain s'avéra largement usurpée. Le sol contenait maintenant peu de minerai pur. La terre ne livrait plus que des laves acides dont les couleurs chatoyantes enflammaient l'imagination mais ne génèreraient jamais de profits juteux.

Juan Manuel était attaché à ces pentes arides. Il avait poursuivi l'exploration des galeries à la recherche des chimères de son père Pedro.

Il voulait démontrer que seule la mort l'avait empêché de redonner vie à la splendeur des Albarracin. En vain. Le sol ne délivrerait plus aucun trésor.

Les deux frères, incapables de se décider à parler se tenaient face à leur mère. Dionisia agitait son éventail. Leur hésitation se prolongeait. Ils redoutaient ses intuitions. Enfants, ils savaient ne rien pouvoir lui cacher. Son regard venait à bout de toutes les dissimulations. Finalement, le plus jeune parla :

- Mère, nous avons décidé une chose importante.

- Ay, tu m'arraches le cœur, mon fils ! Qui te pousse à me déchirer le cœur ?

- Non mère, il n'y a rien de grave. Tu connais la situation à la mine de La Union.

- Du temps de ton père, oui ! Aujourd'hui, je ne suis plus rien ! Plus rien !

- Maman, essaya Juan Manuel.

- Toi, mon fils, tu n'as pas assez souffert à la guerre ? C'est ton frère Francisco ? Francisco, c'est Manuela qui te pousse ! Que t'a-t-elle encore mis en tête ?
- Rien, mère, nous sommes d'accord, Juan Manuel et moi !
- D'accord pour partir d'ici ? Loin de votre famille, de vos amis ?
- Les amis n'ont jamais donné à manger à personne.
- Ne parle pas ainsi, mon fils ! Je ne te permettrai pas de blasphémer, respecte la maison de ton père !

Leur mère cessa soudain de parler. L'évocation de son mari la plongea dans une apathie que les deux garçons ne connaissaient que trop. Les yeux de Dionisia ne les regardaient plus. Ils fixaient un point de ce passé qu'enfants ils avaient à peine connu, celui du bonheur fugace de la jeune mariée de Purchena.

Ils n'osaient quitter leur mère, regrettant d'avoir éveillé ces souvenirs douloureux chez elle.

Francisca, l'aînée des filles, veillait sur elle depuis la mort de Pedro. Elle vint les retrouver et prenant sa mère dans ses bras pour la rassurer, leur dit :

- Partez maintenant, elle vous donnera sa bénédiction plus tard.

Juan Manuel retrouva Damiana. Il voulut lui parler de ce qui venait de se passer mais les mots ne sortaient pas. Damiana le regardait, son visage lisse donnant à ses yeux noirs une profondeur dans laquelle il chercha des réponses. Elle soutint son regard autant qu'il le fallait, lui sourit et lui demanda de poser une main sur son ventre déjà rond. Il se sentit indigne de cette femme qui le rendait fort, et coupable de l'abandonner, mais ne laissa pas l'émotion l'envahir, se forçant à imaginer leur bonheur futur. Combien aurait-il donné à ce moment pour lire dans les pensées de Damiana ! Ils s'enlacèrent longtemps avant qu'elle ne dise :

- Ne t'inquiète pas, Juan Manuel, nous survivrons à tout cela !

Chaque année après la Saint-Jean, Romain Vivès louait la charrette du maréchal ferrant Garrido, le manchot. Il conduisait les saisonniers volontaires jusqu'au port d'Aguilas, au Nord de Vera. La moisson, la vendange et la vinification, les cueillettes de fruit les retiendraient jusqu'à l'approche de l'hiver. Certains faisaient la jointure, attendant la taille de la vigne en février, puis finalement trouvaient à s'occuper pour passer l'année complète en Oranie et y faisaient venir leur famille.

Ceux que l'on surnommait las golondrinas étaient joyeux. Ces oiseaux partaient de Vera au début de l'été et y revenaient en octobre ou en mars. Lorsqu'ils rentraient au nid, les retrouvailles prenaient des allures de fête.

Leur vie se partagerait désormais entre une parenthèse laborieuse loin de leur famille, et ces moments de fêtes qu'il fallait vivre avec intensité car chaque jour passé les rapprochait d'un prochain départ.

Ils portaient en eux le vertige du migrant qui n'est rien dans son pays d'accueil, réduit à des tâches viles, et redevient un être humain à chaque retour, adulé mais jalousé comme l'enfant prodigue.

Qui peut trouver le bonheur dans une telle partition de sa vie ? Pas Juan Manuel, et il enrageait d'en être réduit à cela. Francisco le regardait ruminer ses sombres pensées. Leur mère disait en parlant d'eux :

> - Le petit c'est les nuages et le grand les rêves, ils sont faits pour s'entendre.

Une bota[46] de vin de Jumilla circulait de bouche en bouche. Les hommes, chacun à leur tour, démontraient une habileté de plus en plus grande à contrôler le jet capricieux de la gourde molle. Ils déglutissaient sans plaisir inquiets de leur destination, s'efforçant malgré tout de rire lorsque l'un deux manquait de s'étouffer.

---

[46] Gourde souple en peau.

L'été s'installait à peine. Ils traversèrent le gué du rio Almanzora entre Palomares et Las Herrerias. Un filet d'eau en voie d'assèchement remplaçait le fleuve qui grossissait au printemps de la fonte des neiges de la Sierra Nevada.

D'autres candidats au voyage les attendaient sur la rive de galets. La charrette du Manchot prit le dernier passager à San Juan de Los Terrerros, juste avant le port d'Aguilas. Le bateau se trouvait à San Javier. Sur la grève, deux hommes attendaient près d'une solide barcasse de pêcheurs équipée d'une voile triangulaire. Ils les hélèrent en agitant un mouchoir rouge.

Mateo Buscavidas, le maître pêcheur, leur expliqua avec force gestes qu'ils devaient pousser l'embarcation à l'eau et monter à bord avant qu'elle ne prenne le large.

Son aide, Juliano de Olula del Rio, connu sous le nom d'el gitano de la barca[47], approuvait de la tête.

Juan Manuel et Francisco étaient familiers des mises à l'eau qu'enfants ils pratiquaient à Palomarès contre quelque poulpe ou calamar que les pêcheurs leur lançaient au retour.

Les deux marins laissèrent les hommes approcher puis donnèrent l'ordre de pousser avant de monter à bord. Les vagues, de plus en plus agressives, s'enroulaient avant de s'abattre sur la grève. Une ultime poussée permit de passer l'obstacle. Deux hommes inexpérimentés étaient restés accrochés aux flancs du bateau. Malgré les recommandations de Mateo, on les hissa, leurs vêtements gorgés d'eau. Une fois les six passagers à bord, la voile triangulaire oscilla autour du mat et prit le vent, gonflée à se rompre. L'embarcation se laissa aller le long de la côte d'Aguilas à Gibraltar. Lors de la traversée du détroit ils gardaient les yeux fixés sur les côtes du Maroc qu'ils n'imaginaient pas si proches. Ils s'impatientaient d'être à Oran. Plus personne ne parlait.

Juliano se mit à chanter d'une voix puissante :

« Mi madre no queria que me fuera,

---

[47] Le gitan de la barque.

Mi mujer tampoco,
Y yo le reze à Dios
Ay Dios mio de mi alma,
Donde esta Argelia,
Que soy perdido dios mio !
Que soy perdido !
Y solo tu conoces el camino[48] ! »

Juliano chantait au bord des plages devant des feux de sarments de vignes, il composait ces chansons à la gloire des passeurs de golondrinas. De mauvaises langues disaient :

- Le Jumilla est sa principale source d'inspiration !

Sa réputation n'était plus à faire d'Alicante à Oran. Les posadas[49] espagnoles du quartier de la marine se le disputaient pour attirer le client. Son bonheur était de chanter. Il refusait généralement d'être payé, répondant par un couplet lorsqu'un aubergiste reconnaissant insistait.

« Yo no quiero dinero,
Dinero de golondrinas.
Comer y beber,
Tambien descansar.
Yo quiero una cama y una casa,
Y tu bendicion !
Dios mio de mi alma[50] ! »

Juan Manuel comparait cette mer fermée à l'immensité vide de l'Atlantique qui l'avait débarqué à Cuba. Cette traversée paisible à portée des côtes l'effrayait pour d'autres raisons. Autrefois, il quittait sa mère, ses sœurs et ses frères, aujourd'hui il s'éloignait de sa femme et de son futur enfant.

---

[48] Ma mère ne veut pas que je parte, ma femme non plus, j'ai prié Dieu, Dieu de mon âme, où est l'Algérie, je suis perdu, Dieu mon Dieu, je suis perdu, toi seul connais le chemin.

[49] Auberges.

[50] Je ne veux pas d'argent, pas l'argent des golondrinas. Manger et boire, me reposer aussi, je veux un toit et un lit, et ta bénédiction, Dieu chéri de mon âme.

Francisco le regardait, lui aussi taraudé par le souvenir de la jeune Manuela seule à Vera.

Deux jours après leur départ, à midi, ils accostèrent, en Algérie, sur les quais du port d'Oran.

Le visage tourné vers le rivage, leurs yeux saturés de soleil et de sel scrutaient la ville accrochée à des montagnes arides. Ne seraient-ce la couleur plus foncée du ciel et un horizon brouillé par une brume de chaleur capricieuse, ils auraient pu imaginer n'avoir pas quitté les côtes espagnoles.

Mateo amena habilement sa barcasse vers un môle à l'écart. Vivès les y attendait. Il mit une liasse de billets dans la main du pêcheur et lui fit un clin d'œil pour signifier que le compte y était. L'autre repartit aussitôt, satisfait.

Vivès expliqua en espagnol aux golondrinas, qu'il leur fallait passer la douane, les formalités de police, puis se rendre à l'officine du Consulat sur le port pour y être enregistrés. Il tenait à être en règle.

La plupart des hommes présents ne savaient ni lire ni écrire, Juan Manuel et Francisco n'y faisaient pas exception. Ils s'en remettaient entièrement à leur employeur.

Celui-ci respectait ses obligations, il présenta les documents attendus par les autorités. Sa réputation d'homme intègre le précédait.

D'ailleurs n'avait-il pas lui-même vérifié que chaque homme possédait un carnet d'identité et l'indispensable certificat de bonne conduite l'autorisant à quitter le territoire espagnol ?

Les nouveaux saisonniers passeraient leur première nuit algérienne à Oran, dans le quartier de la Marine. Les noms des rues et des lieux rappelaient l'Andalousie : la Casa Rota, el Callejon, el Cañon[51]. Beaucoup de Valenciens s'étaient établis sur le port où ils pratiquaient le commerce de gros. Ils jouaient aussi le rôle de rabatteurs de main d'œuvre pour les agriculteurs, mais Vivès ne leur faisait plus confiance préférant le vivier docile de la province d'Almeria.

---

[51] La maison en ruines, la ruelle, le canyon.

La faune du port parlait un espagnol « chapurreado[52] ». Mateo avait abordé à La Calère, la partie basse de la ville au bord de la mer, un quartier de pêcheurs, situé entre la colline du Murdjadjo, sur laquelle les Espagnols avaient bâti Notre Dame de Santa-Cruz, et une citadelle, bien avant l'arrivée des Turcs et des Français. Ils se sentaient presque chez eux.
Vivès emmena les Andalous vers une posada à l'entrée éclairée d'un fanal à la flamme vacillante, suspendu au-dessus du seuil. Une femme élancée, noiraude, les cheveux luisants d'huile, l'accueillit en riant. Les bras grands ouverts, elle esquissa un pas de danse. Vivès enleva son chapeau dont on pouvait penser qu'il ne se séparait jamais ; laissant voir son crâne chauve et blanc semblable à un œuf difforme. La femme posa une main dessus en disant :
- C'est ma bosse de bossu ! Cela me porte chance !
Les clients de la posada saluèrent bruyamment cette saillie devenue une tradition à chaque arrivée de Vivès. Lui-même se rengorgeait de satisfaction.
- Tournée générale, conclut-il pour apaiser les rires et les plaisanteries.
Juan Manuel et Francisco se regardèrent :
- Mon frère, où sommes-nous tombés ?
- Ne t'inquiète pas, c'est la tradition. Santiago-Ramon et les frères Olivares de Mojacar me l'ont souvent raconté.
- Vivès trouve dans la tournée générale une réponse universelle !
- Un remède à tous les maux de la terre !
Ils rirent de bon cœur, et pendant une fraction de seconde oublièrent pourquoi ils étaient là.
La fête dura une partie de la nuit. Quand elle s'acheva, les deux frères dormaient depuis longtemps. La mezzanine au-dessus de la salle de l'auberge servait de dortoir.
Le lendemain à l'aube ils prirent la route d'Aïn-El-Arba, véhiculés en charrette par Khouider, un ouvrier algérien de la

---

[52] Baragouiné, avec des mots importés d'autres langues.

ferme Vivès. Son cousin Khadour, un adolescent, l'accompagnait. Ils parlaient un dialecte musical mêlé de mots français.

Le sourire à peine esquissé sur les lèvres montrait leur surprise devant l'équipage hétéroclite qu'ils emmenaient. Des chèches aux plis recherchés surmontaient leur crâne, rehaussant bizarrement leur silhouette dégingandée. Les mules de l'attelage répondirent docilement aux ordres des deux cochers.

Francisco répondit devant l'expression étonnée de Juan Manuel :

- Il nous faudra apprendre deux langues, le français et l'arabe !

Juan Manuel, à douze ans de distance, ne put s'empêcher de faire un parallèle entre le Cap Vert, Cuba et l'Algérie. Ces deux premiers pays, très éloignés, lui semblaient proches tandis que l'Algérie, à moins de trois jours de Vera, semblait appartenir à un autre monde. En le voyant ainsi perplexe, Francisco le rassura :

- Juan Manuel, nous travaillons ici jusqu'en octobre, puis nous rentrons chez nous ! C'est tout ! Ne commence pas à te torturer l'esprit !

Appuyés aux ridelles de la charrette, ils voyaient défiler un paysage nouveau mais semblable aux reliefs des montagnes autour de Vera et de Cuevas de Vera. Des massifs calcaires ocre, ravinés par des oueds secs l'été, coléreux au printemps, évoquaient les bords des rios andalous, Almanzora, Antas et Andarax.

Leur lit de galets clairs, polis à force d'être charriés d'amont en aval, longeait des rives parsemées de branches d'arbre rejetées par les eaux, blanchies et noueuses comme des ossements humains. C'était les mêmes champs sableux de buissons épineux, de figues de barbarie et d'agaves aériens. A la sortie d'Oran, le lac salé de la Sebkha rappelait les salines de San José. Sur le parcours, ils traversèrent des enchevêtrements complexes de grottes, de dolines et de canyons, comparables à ceux de Sorbas. Devant cette mystérieuse similitude du relief, ils ressentirent une impression de déjà vu et les vieilles peurs engendrées par l'échec de leur père aux Cabezos Pelados, qu'ils pensaient mortes, les saisirent à nouveau. Ces terres fantômes avaient une origine commune et certainement la même volonté de provoquer le malheur. Ils ne parlaient plus.

Enfin parvenus au village d'Aïn-El-Arba, le paysage se transforma, ils sortirent du cauchemar. Au-delà d'une double rangée d'eucalyptus cachant la route du soleil, ils voyaient maintenant des champs de blé et d'orge, des rangées de vignes et d'oliviers taillées au cordeau, une terre rouge, fertile, dont les entrailles retournées et exposées dégageaient une odeur minérale indécente.

Ce paysage domestiqué par les cultures, à mille lieues des pentes de los Cabezos Pelados dévastées par les puits miniers, emerveilla Juan Manuel. Il se prit à rêver de son avenir dans ces champs paisibles.

La charrette dépassa le village, et traversa un oued au bord duquel trônaient deux canons étincelants, restes de la guerre de colonisation. Puis elle s'engagea sur un chemin longeant des parcelles rectilignes. Ils avançaient sur une piste de terre meuble dans laquelle les cercles de fer des roues avançaient en provoquant un chuintement troublant tellement il leur sembla familier.

Des coteaux de vigne montaient vers le ciel épousant les courbes du sol. Au loin, à l'horizon, le sommet d'une montagne se perdait.

Vivès s'échauffait au fur et à mesure qu'il montrait le domaine à ses nouveaux employés, résultat du travail de la famille Berthollet pour façonner le relief. Au milieu des pieds de vigne se dressait une harmonieuse bâtisse carrée recouverte d'un toit élégant de tuiles rouges de Marseille. Percée d'une porte et de deux fenêtres sur chacun de ses murs, la petite construction les fixait de ses gros yeux carrés

qui s'animaient à mesure qu'ils s'en éloignaient. Ils s'en étonnèrent sans recevoir de réponse de Vivès.
Des rosiers, travaillés et taillés par des mains attentives, marquaient le début et la fin de chaque rangée de ceps noueux sous lesquels prospérait une terre vierge de mauvaises herbes.
L'accueil fut à l'image du reste. Le bâtiment de ferme et les dépendances formaient une cour carrée de gravier blanc sur lesquels les roues de la charrette crissèrent. Ils étaient arrivés.
Un homme du nom de Raymond, se présentant comme le gendre de Vivès, prit en charge l'équipe venue de Vera. Il la conduisit jusqu'aux champs de blé, non loin de la ferme. Une batteuse crachait de la vapeur en sifflant, impatiente d'être nourrie. Plusieurs dizaines d'ouvriers déjà à la tâche brûlaient sous le soleil de juillet ; il n'était que neuf heures du matin. Tous portaient un chapeau de paille ou une chéchia. Raymond désigna une partie du champ aux Espagnols et ils se mirent à faucher sans attendre.
La rudesse du travail leur était familière. La chaleur, les courbatures et la soif aussi. Les mouvements réguliers de leurs faux montraient leur envie de bien faire, leur fierté de saisonniers soucieux de ne pas s'entendre reprocher l'argent qu'ils venaient gagner.
Juan Manuel aimait à se torturer l'esprit, comme disait son frère Francisco. Il ne comprenait pas ce pays dans lequel ils étaient venus travailler. Il comparait la ferme Vivès au cortijo des Caparros. Ces étendues laissées à l'abandon, sans irrigation, sans cultures, destinées à la chasse et aux villégiatures de leurs propriétaires. En voyant la ferme Vivès, les sermons du curé de Vera, Don Roberto, incitant les habitants à se contenter de leurs maigres terres et à ne pas chercher leur bonheur ailleurs, lui revenaient. Ils sonnaient faux vus d'ici. Il aurait aimé partager ses impressions avec Damiana. Elle aurait su lui expliquer, l'amener à raisonner ses pensées brouillonnes. Il se voyait établi dans ce pays où le travail et la volonté de s'en sortir n'étaient pas considérés

comme des péchés. Francisco fauchait à ses côtés. Ils échangèrent un signe pour se dire qu'ils ne regrettaient pas. Ils s'arrêtèrent un instant pour contempler ce paysage composé de parcelles de couleurs aux contours délimités avec minutie, chacune apportait sa partition à l'harmonie des contrastes d'un camaïeu subtil et réfléchi.

Le temps devint de plus en plus chaud à mesure que l'été s'avançait vers août émaillé d'orages violents rafraîchissant à peine les soirées.

Puis vint septembre et la vendange. Les corps atteignaient les limites de la souffrance, et les nuits étaient trop courtes pour effacer les traces des journées.

Le foulage du raisin se pratiquait à l'intérieur d'un chai surmonté d'un fronton. Le nom du propriétaire et la date de construction y étaient gravés en lettres carmin.

L'épaisseur des murs maintenait une atmosphère stable, permettant de contrôler la macération des grains. Une fois les grappes foulées, le premier jus coulait dans des cuves en ciment vitrifié.

- Avec l'odeur du moût vient la fin de la saison, répétait Pepe Churrasca, un vétéran.

Les deux frères se réjouissaient du retour proche. Ils avaient économisée la totalité de la paye de quatre-vingt jours de travail à deux francs. Avec l'avantage du taux de change, cela représentait l'équivalent de huit mois de travail à la fonderie de La Union. Plus qu'ils n'auraient pu mettre de côté après une année entière de travail.

En octobre, le vent soufflait chaque jour et le soleil disparaissait de plus en plus tôt derrière les montagnes. La chaleur de l'été avait laissé la place à une température supportable.

Les hommes étaient excités à l'idée du retour. Ils étaient intarissables et impatients de quitter Aïn-El-Arba.

Seul Juan Manuel ne participait pas à cette euphorie. Francisco connaissait son frère, il devait le ramener à lui :

- Juan Manuel, nous quittons le domaine Vivès demain matin !

Celui-ci haussa les épaules, devinant ce que son frère allait dire. Il prit les devants :

- Monsieur Vivès m'a proposé de nous embaucher l'année prochaine. J'ai répondu pour nous deux. Tu es partant ?
- Bien sûr, mon frère.

Ce fut un retour joyeux malgré les nouvelles d'Espagne circulant à Oran. Elles faisaient état de la chute récente du gouvernement Maura et de l'envoi de troupes au Maroc. Juan Manuel pensa aussitôt à Melchior, son beau-frère en âge d'être appelé.

Il avait hâte de revoir Damiana et souhaitait que le temps passe plus vite pour le rapprocher de la naissance de leur premier enfant. Il supporta avec philosophie les passages obligés du trajet de retour, la barque de Mateo Buscavidas et les chants nostalgiques de Juliano de Olula del Rio.

L'aube lumineuse d'une matinée d'octobre les accueillit à Vera, endormie. Damiana était déjà à l'ouvrage, les paroles de sa chanson emplissaient la maison ouverte sur la rue. La jeune Rosa séjournait au cortijo des Caparros.

Il regarda sa femme, heureux. La maternité la transfigurait. Il posa sa main sur son front dégagé. Elle avait tiré ses cheveux en arrière.

- Tu étais toujours avec moi où que je sois.
- Toi aussi. Jamais un seul jour je n'ai cessé de penser à toi.

Il s'assit dans la cuisine et commença à lui raconter en détail la ferme Vivès, l'Algérie, les champs cultivés, la vigne, la maison au toit de tuiles rouges, le blé, les arbres fruitiers, la variété et l'harmonie des couleurs.

- Ce pays semble si riche et tellement généreux !, précisa-t-il.
- On dirait que tu as oublié Vera !
- Non, je n'oublie pas, je me dis que peut-être nous serions plus heureux là-bas !

Elle vint se placer derrière lui en posant ses mains sur ses épaules.

- Attends que notre enfant soit né !
- Ne t'inquiète pas, quand je dis cela, c'est surtout à lui que je pense !

Rassurée par les paroles de son mari, Damiana l'accompagna dans la chambre. Juan Manuel y retrouva l'odeur de manzanilla qui imprégnait les draps et, sur le marbre de la commode, la bassine à l'émail blanc cabossé et parsemé d'éclats.

Il éprouvait soudain l'envie de se raser dans cette pièce qu'il avait désertée pendant trois mois. Damiana le comprenait, elle ne voulait pas l'interrompre. Lui, avare de paroles, ne savait comment lui faire comprendre qu'il l'associait à l'intimité de leur maison. Ils étaient face à face, incapables d'exprimer leurs sentiments.

Pour la première fois depuis leur mariage, Juan Manuel se rasa en présence de sa femme. Après qu'il eut fini, Damiana s'approcha et déposa un baiser sur sa joue glabre. Il la prit dans ses bras. La porte était fermée. Aucun bruit ne filtrait de la rue, le village semblait vouloir respecter leurs retrouvailles en s'imposant un silence inhabituel.

Dix heures sonnèrent au clocher de l'église Santa Maria de La Encarnacion.

Juan Manuel soupira de cette matinée qui s'annonçait sans obligations, une première dans sa vie d'homme. Il en fit part à Damiana.

- Ne crois pas que cela va se passer comme cela tous les jours répondit-elle en riant aux éclats.

Puis Juan Manuel se leva, défit son portefeuille lacé d'une lanière de cuir pour contenir les billets durement gagnés.

- Damiana ! dit-il en les lui remettant, cet argent nous permettra de vivre de nombreux mois sans que tu t'échines à la couture.

- La paye de la couture nous servira en cas de coup dur, répondit Damiana, montrant son intention de ne pas cesser ses activités.

Il acquiesça, heureux de la fierté de sa femme.

Le temps s'effilocha dans cette quiétude nouvelle. Son travail consistait à prendre soin de sa famille, et il s'y adonnait sans retenue. Il n'avait pu s'empêcher de monter jusqu'aux Pelados. Il retrouvait son frère tous les jours et rendait visite à sa mère, s'inquiétait du devenir de ses sœurs. Il passait une partie de ses soirées chez Santiago-Ramon, s'enquérant des évolutions à La Union à Cartagena. Son statut de migrant occasionnel le mettait à l'abri des tensions sociales du village. Il était perçu comme un spectateur.

Mais pour l'essentiel, il regardait sa femme coudre et s'arrondir, attentif au moindre signe à mesure que les jours les emmenaient vers Noël et la fin de l'année. Damiana et lui commencèrent à se préoccuper de la naissance de l'enfant qu'elle portait. Pedro-Higinio attendit le 10 janvier pour venir au monde. Il représentait beaucoup pour ses parents.

Pour Juan Manuel, une victoire sur le fatalisme de sa lignée : les angoisses de son père Pedro, dont la mère mourut à la naissance, s'effaçaient.

Pour Damiana, une promesse de nouveau départ : après avoir élevés ses jeunes frère et sœur, Melchior et Rosa, elle devenait mère à presque trente ans.

L'enfant était attendu. Les sœurs de Diamana et celles de Juan Manuel furent autant de mères pour lui, elles étaient six. Comme son cousin José Antonio, fils de Béatriz et Bartolomé, il naissait avec le XXe siècle.

Les jours passèrent plus vite après l'arrivée de Pedro-Higinio. Pâques arriva sans surprise. Après la Pentecôte, avec Francisco, ils embarquèrent à nouveau sur la barque de Buscavidas.

A la posada de la gitane sombre, Khouider et Khadour étaient là. Le fronton de ciment du domaine aussi. Juan Manuel eut l'impression que l'on attendait son retour pour recommencer à vivre. Il reprit sa besogne à la satisfaction du patron. Les ceps taillés portaient les prémices de la future vendange. La maison carrée, située à mi-pente du terrain, le tranquillisait. Il ne pouvait la quitter des yeux. Il ignorait pourquoi il y associait Damiana. La magie hypnotique du paysage le prenait. Il faisait partie de chaque pli du relief, il en oubliait la raison de sa présence ici.

Un soir d'août, les deux frères retournaient à la ferme sous un orage noir. Le ciel déversait des gouttes épaisses sur le sol transformé en gadoue.

Deux bœufs tiraient une lourde charrette de blé bâchée à la hâte ; ils s'immobilisèrent transis de peur. Plusieurs hommes entreprirent de pousser l'attelage tandis que d'autres tiraient les animaux par les cornes. Le bruit du tonnerre couvrait les voix hurlant des ordres contradictoires. Juan Manuel se sentit happé. A la lueur d'un éclair blanc, Francisco vit son frère disparaître sous l'essieu de la remorque. Il devina son cri plus qu'il ne l'entendit, en même temps qu'un craquement sinistre. Les bœufs refusèrent d'avancer. Il pleuvait de plus en plus fort. Khouider et Khadour, la tête revêtue de sacs de jute, s'agitaient autour des animaux pour les faire bouger. Francisco vint à leur secours pour les aider à dégager la jambe de Juan Manuel, coincée sous la roue droite. L'attelage avança. Les animaux s'étaient décidés, le museau pointé vers le sol, à libérer Juan Manuel. Ce dernier hurla de douleur. Francisco le tira à l'abri d'un bosquet de cades chétifs. Sous le genou droit, les os formaient un angle bizarre juste retenu par la toile du pantalon.

- Allez chercher du secours, vite ! cria-t-il à ses compagnons.

L'orage s'éloigna comme un voleur après avoir commis son forfait. Khouider et Khadour couraient vers le douar arabe au bord de l'oued qui grondait de toute sa force menaçant de déborder. Francisco, désespéré, les exhortait à se presser.

Il essaya de relever son frère, inconscient, couvert de boue, sans pouvoir trouver de prise. Il renonça, de crainte d'aggraver son état.

Il restait là, impuissant, à se lamenter. Jurant contre Dieu. Si son frère disparaissait, il se maudirait le restant de ses jours !

Le ciel lavé, propre de nuages, offrait à nouveau une couleur sereine dans le crépuscule. Il était seul, son frère toujours sans connaissance près de lui. Francisco retrouva son calme. Il ouvrit son couteau de tailleur de vigne, qu'il utilisa pour dégager la blessure. Il ne put que constater la gravité de la fracture. Il ne comprenait pas où étaient les autres ouvriers. Le temps avait passé mais il était incapable de dire depuis quand l'essieu s'était bloqué dans cette ornière boueuse.

Enfin, Vivès, accompagné de Khadour et Khouider, arriva. Les deux hommes empoignèrent Juan Manuel et le hissèrent sur une carriole tirée par un cheval docile qui les ramena au pas jusqu'à la ferme.

Là, le médecin d'Aïn-El-Arba, le docteur Ayala examina la fracture et en professionnel avisé conclut à l'incapacité de la réduire sur place, vu le peu de moyens dont il disposait :

- Il faudrait pouvoir l'emmener à l'hôpital d'Oran, mais cela n'est pas envisageable dans son état. Je peux juste lui injecter un calmant. On verra demain.

Vivès traduisait les mauvaises nouvelles au fur et à mesure. Francisco leva les yeux au ciel. Pourquoi cela se produisait-il maintenant ?

Khadra, une vieille Arabe, lingère chez les Vivès, s'approcha du patron. Il traduisit :

- Son petit-fils Bou Smaïn est rebouteux, il a hérité du don de son père, elle propose de lui faire voir la fracture de Juan Manuel.

Francisco hésita un instant, il se souvint que Damiana aussi avait le don de soulager certaines maladies. Il se résolut :

- Faites le venir !

Le médecin alluma une cigarette, faisant mine de ne pas avoir entendu et sortit.

Une femme prépara une tisane de camomille au blessé. Il fut étendu sur le ciment, près des Cuves. La fraîcheur du sol le fit frissonner.

Bou Smaïn était un sacré gaillard. Sûr de lui, la tête nue dégagée, sans le traditionnel chèche, il cherchait, sans y parvenir, à dissimuler ses deux énormes mains derrière son dos.

Il s'agenouilla près de Juan Manuel et demanda à Khadra de lui préparer une décoction d'herbes qu'il sortit d'un sac de toile. Il prit la jambe cassée en posant une de ses mains sur le gras du mollet et l'autre sur le coup de pied. Il étira les os avec précaution et les remit en place d'une main ferme. Sa grand-mère, à laquelle il donnait des consignes d'une voix assurée, posa une double attelle et Bou Smaïn l'assujettit à l'aide d'une bande de toile blanche après avoir enduit la blessure d'un beaume mélangé à la décoction de plantes. Juan Manuel sembla reprendre conscience, puis sombra à nouveau.

Bou Smaïn resta près du blessé, attentif. Sa grand-mère se tenait derrière lui, prête à répondre à ses demandes. Puis, s'adressant à Vivès :

- Il faut éviter de le bouger maintenant.

Francisco interrogea les deux hommes du regard.

- Viens lui répondit Vivès, Bou Smaïn va t'expliquer comment le déplacer.

L'arabe parlait très vite et fort, Vivès acquiesçait et se tournant vers Francisco lui faisait signe de patienter. Enfin, il lui traduisit les consignes de Bou Smaïn :

- La fracture est très mauvaise, il faut qu'il reste immobile le temps que les os se ressoudent. Nous allons le monter dans le dortoir et installer sa jambe de telle façon qu'elle ne bouge pas pendant la nuit. Après, nous aviserons. Le docteur Ayala va lui prescrire des calmants.

Il est un peu froissé de la situation, mais il comprend. C'est un médecin reconnu, les deux bords lui font confiance. Arabes et Français.

Francisco, effondré suivait tant bien que mal ce que lui disait Vivès. Il pensait surtout au moyen d'informer Damiana sans l'inquiéter.

L'émotion passée, les travaux imposèrent leur loi. Vivès était un brave homme au fond, malgré son âpreté au gain. Bou Smaïn revint voir le blessé chaque jour et lui prodigua de nouveaux soins. Cela prit le temps de la saison. Au moment des vendanges, Juan Manuel déclara ne plus souffrir. Francisco avait taillé deux béquilles sur lesquelles il se déplaçait sans problème. Vivès lui conseilla de conduire son frère à Oran, et proposa de mettre un attelage à sa disposition. Là, il pourrait loger à la Posada de la gitane et recevoir des soins.

- Mercedes le prendra en pension le temps de sa convalescence. Il sera mieux là-bas !
- Inch Allah ! dit Bou Smaïn après avoir examiné et nettoyé la blessure une dernière fois.

La grand-mère, toujours aux côtés de son petit-fils, chantonnait une prière en les regardant intensément. Juan Manuel se souvint des prémonitions de la cap-verdienne qui lui avait prédit que rien de mauvais ne pouvait lui arriver. Un homme de bien !

Ils partirent à Oran au milieu de la matinée, tristes, sous des au-revoir chaleureux. Khouider conduisait l'attelage, la tête ailleurs. Personne ne parlait. Pour amortir les chocs, Bou Smaïn avait installé Juan Manuel et posé la jambe cassée sur un sac de toile tendu entre les deux ridelles de la charrette.

La nuit tombait lorsqu'ils parvinrent au port. A l'intérieur de la posada, des bougies brillaient en tremblotant.

Aucun bruit ne parvenait. L'obscurité luttait contre un jour sans fin. Mercedes, la gitane, sortit à ce moment pour regarder le drôle d'attelage se dirigeant vers elle.

Ses cheveux luisaient, jetant des éclairs d'acier bleu. Elle fumait un ninas[53], l'air absent.

---

[53] Petit cigare de débris de tabac sans feuilles entières.

Juan Manuel, épuisé par les cahots de la route s'était endormi. Il ne vit pas son frère glisser une poignée de billets à Mercedes après avoir convenu d'un prix raisonnable. Khouider aida Francisco à installer le blessé sur une paillasse, dans le dortoir au-dessus de la salle.

Les clients commencèrent à arriver. Francisco s'installa à une table isolée au fond de la salle. Un pichet de vin rouge tiède, astringent comme un fruit vert, l'étourdit au point de lui faire oublier les journées précédant cette première nuit de calme.

L'ambiance de fête qu'il avait connus lors de son premier séjour à Oran gagna la posada. Les nouveaux arrivants forçaient leur enthousiasme, electrisés par les récits complaisants des plus anciens. Francisco détonnait dans cette atmosphère joyeuse. Il s'amusait des regards envieux des hommes sur Mercédès, obsédés par les frous-frous de sa jupe virevoltant de table en table. Bientôt elle se mettrait à danser, emportée par la voix de Juliano de Olula del Rio, el gitano de la barca.

Ces comportements lui semblaient ridicules, au point d'en rire sans bruit, et d'ingurgiter un deuxième pichet de ce vin mauvais.

Le lendemain, en dépit d'un mal de tête lancinant, il prit le temps de s'assurer du confort de son frère. Il serait bien traité ici. Ils s'étreignirent et Francisco rejoignit Khouider qui semblait reposé malgré une nuit passée à la belle étoile pour surveiller la charrette.

L'aube se prélassait sur la mer, attendant la relève du soleil et du plein jour. Les deux hommes, autant que le cheval, semblaient heureux de rentrer et de retrouver l'allée d'eucalyptus frémissants du village.

Avant de partir, Francisco confia un message pour ses deux sœurs Antonia et Maria et pour Damiana sa belle-sœur, à Juliano.

Un moment, l'image des femmes de Vera s'imposa sur le paysage oranais, amenant de la buée à ses yeux. Il s'en défit en éternuant bruyamment et en se mouchant. Quatre heures le séparaient de la ferme Vivès où l'attendaient ses confrères. Pour lui, la routine allait reprendre comme si rien ne s'était passé.

HUIT

« Duerme, duerme Pedrito !
Tu papa es una golondrina.
Se fue a Argelia,
Para ganar su vida,
Y comprar te de comer.
Estas en el nido con tu mama,
Y cuando al invierno regresara,
Nos dara regalos y su amor[54]. »

Chaque soir, dans la maison vide de l'absence de Juan Manuel, Damiana endormait son petit Pedro-Higinio en fredonnant cette chanson improvisée. L'enfant avait presque trois ans, le front déjà très haut et une implantation de cheveux dont on s'accordera à dire plus tard qu'elle était la marque d'un caractère fort doublé d'une intelligence exceptionnelle. Il gazouillait en entendant sa mère. La voix aimante l'endormit et un souffle régulier, apaisé, remplaça bientôt le babil joyeux. Sa mère poursuivit la chanson de crescendo tandis qu'elle l'installait à l'intérieur du moïse. Une fois certaine du sommeil de l'enfant, elle reprit place sur la chaise à bascule qui se balançait encore. Rosa couchait au cortijo de Doña Emilia pour la saison, Melchior à Garrucha. Elle aurait voulu sortir pour rendre visite à sa sœur Béatriz, seule comme elle avec ses deux enfants José Antonio et Lucia. Elle soupira, imaginant leurs maris, l'un en Algérie, l'autre en Argentine.

- Seigneur ! Quand cela va-t-il prendre fin ?

Après s'être une nouvelle fois assurée du sommeil de l'enfant, elle alluma la veilleuse devant l'image de la Vierge de La Encarnacion et récita un je Vous salue Marie.

---

[54] Dors, dors, petit Pierre, ton papa est une hirondelle il a quitté le pays pour gagner sa vie en Algérie, et t'acheter à manger, toi tu es dans le nid avec ta maman et bientôt, à l'hiver, il reviendra vers nous avec des cadeaux et son amour.

De la cuisine, la vue sur la courette baignée de lune la rassura. Elle dîna d'un morceau de pain imbibé d'un filet d'huile d'olive et d'une fine tranche de mojama[55] sur laquelle elle avait découpé un gros oignon blanc en rondelles.

Mastiquant avec lenteur, elle laissait son esprit vagabonder vers son mari et cette terre qu'elle ne connaissait pas. Juan Manuel lui avait raconté la ferme Vivès d'une voix passionnée, l'arrivée à Aïn-El-Arba sous les eucalyptus, et la maison carrée des vignes. Le don de conteur de son mari ajoutait à la magie du lieu. Elle entendait distinctement sa voix sourde et voyait son visage de forçat sympathique s'animer, la lueur joyeuse de ses yeux, le frémissement furtif de ses moustaches noires. Il avait réussi à la faire rêver de ce pays merveilleux.

Son repas terminé, elle retrouva son ouvrage dans le salon. Sur la table, une pièce de gabardine anthracite s'étalait marquée de traits de craie bleue tracés avec assurance.

Elle s'apprêtait à tailler le devant et le dos d'un pantalon commandé par Doña Filomena pour son mari Don Jacinto. Elle prit les gros ciseaux et, s'assurant de sa prise, commença la coupe sans hésiter. En suivant avec application les chemins de craie bleue, elle entendait la plainte du tissu qui s'ouvrait en crissant sous les morsures du métal affûté.

De la rue lui parvint un appel, étouffé par les volets de bois, qui la détourna de la progression des ciseaux :

   - Damiana, c'est Antonia et Maria !

Elle sursauta, mais choisit de continuer puis, après avoir contrôlé le résultat de sa coupe, posa les ciseaux et vint près de la fenêtre. Le cœur battant. Elle redoutait une mauvaise nouvelle.

   - Damiana, tu nous entends ?
   - Oui, je viens ! répondit-elle.

---

[55] Filet de salaison de thon, met traditionnel de la région de Murcie et d'Andalousie.

Ses deux belles-sœurs tombèrent dans ses bras, la serrant avec compassion l'une après l'autre.

- Il est arrivé un accident à Juan Manuel ? Eut-t-elle la force de demander.
- Parle, toi ! dit Antonia à Maria.
- Juan Manuel, oui, nous avons eu des nouvelles par un cousin du gitano de la barca, Rodolfo Ruiz. Un accident, il a une jambe cassée, il est retourné à Oran.
- A Oran ? Pourquoi pas ici, chez lui ?
- Il fallait éviter de le déplacer pour le moment.
- Vous ne me cachez pas la vérité ?

Les trois femmes se regardaient alternativement. Antonia reprend aussitôt :

- Ne t'inquiète pas, d'après le message il va bien.
- Les deux frères ne sont pas restés ensemble ?
- Le travail, Damiana, le travail. Monsieur Vivès comptait sur eux deux.
- Avez-vous donné des nouvelles de Francisco à Manuela et à sa mère ?
- Non, nous voulions te prévenir la première.

Les deux sœurs regardaient Damiana avec admiration, elle passait sur son propre malheur pour penser à Francisco et Manuela. Elles enviaient sa nature charitable sans ostentation. Damiana poursuivit :

- Antonia, s'il te plaît, peux-tu rester surveiller Pedrito ? Nous filons chez Manuela, Maria et moi !

« La place d'une femme est près de son mari. Oran n'était pas si éloigné ! » pensa-t-elle à ce moment-là.

Lorsqu'elle parvint chez Manuela, Damiana fit part de son projet, excitée à l'idée de ce voyage. Sa jeune belle-sœur, à peine réveillée, retrouvait ses esprits :

- Tu as raison ! répondit-elle, rien ne nous retient ici !

Les trois femmes partirent ensemble chez Béatriz. Celle-ci se montra réservée, tout comme Maria.

- Vous êtes folles ! Deux femmes seules, plus les gosses ! Et moi ? reprit Béatriz, tu vas m'abandonner ici ? Avec Bartolomé en Argentine ? Qu'est-ce que je vais devenir ?

Damiana connaissait ces arguments, mais une force la poussait vers l'Algérie et les descriptions idylliques de Juan Manuel. Elle répondit à sa sœur :

- Ni toi, ni Rosa ni Melchior, je ne vous abandonnerai jamais ! Mais je ne peux laisser Juan Manuel seul à Oran !

Béatriz se voyait déjà seule, sans mari ni sœur. Elle se tut épuisée à la perspective de cet avenir. Le petit José-Antonio, réveillé par les chuchotements des trois femmes, s'agita dans son sommeil. Sa mère le rassura :

- José-Antonio, ne crains rien ! Ce sont tes tantes, Maria, Damiana et Manuela, n'aie pas peur. Rendors-toi.

Des scènes semblables se déroulaient dans d'autres foyers de Vera. Les mêmes décisions déchirantes se prenaient, avec les mêmes interrogations. Partir, rester, quelle solution retenir ?

Les uns optaient pour Barcelone et la Catalogne, les autres pour le Maroc ou l'Algérie, voire l'Argentine. Leurs raisons restaient un mystère. Damiana semblait sûre d'elle. Mais au fond l'était-elle ? Manuela la regardait, comme une enfant sa mère.

Rien ni personne ne retenait les deux femmes. Au village on se souciait peu des migrants. Ceux qui restaient se disaient : « Les hommes sont déjà partis, alors pourquoi pas leurs femmes ! Pourquoi pas leurs enfants ? »

Elles devenaient libres d'agir comme leurs maris y compris sans leur consentement.

Damiana voyait son avenir en dehors de Vera. Ses sœurs savaient qu'elle ne changerait pas d'avis.

Elle passa les jours suivants à régler ses affaires. Rosa, revenue du Cortijo, l'aida à terminer les commandes de couture. Doña Emilia ne s'y était pas opposée. Damiana mobilisa ses deux belles-sœurs pour convaincre la mère de Juan Manuel. Elle entreprit, aidée par sœur Rosario, de faire établir des documents d'identité pour elle, Pedro-Higinio et Manuela.

Un matin de mars, sous un ciel voilé, après avoir passé la veille à des adieux larmoyants, apaisant ses sœurs de paroles d'espoir, Damiana ferma la porte de la maison de la calle Hileros sur sa vie à Vera. A la sortie sud du village, face à la fabrique d'espadrilles, la carriole de Pepe El Molinero attendait, avec Manuela et sa petite Serena, pour les conduire à Lorca.

De là, les deux femmes avaient prévu de prendre le train pour Almeria, puis le bateau de ligne jusqu'à Oran.

Leurs compagnons de traversée étaient des migrants comme elles, seuls ou en famille. La plupart d'entre eux quittaient définitivement l'Espagne.

Damiana comprit que depuis la décision de Juan Manuel et Francisco, il y a trois ans, les départs s'étaient multipliés. Les familles partaient avec le père. Les deux femmes se sentirent en sécurité parmi leurs compagnons de voyage. Combien de fois avaient-elles imaginé leurs maris dans la barque de Mateo ballotés par les flots, à la merci d'une vague traitresse. Elle regarda Manuela qui serrait Serena dans ses bras. Pedro-Higinio voulait voir la mer cherchant à s'éloigner des femmes sur ses jambes encore frêles.

De Palomares, de Vera, de Puerto Rey, de Cuevas, les émigrants racontaient la même histoire. Elles-mêmes ajoutèrent la leur à ces récits. Damiana se prit au jeu et rapporta les images d'Algérie que Juan Manuel lui contait avec éloquence. Plusieurs femmes s'approchèrent d'elle :

- Mujer[56] ! disaient-elle, tu nous redonnes la foi qu'on nous a enlevée à force de désespoir.

Damiana, heureuse de ces paroles, rendit grâce à Dieu comme elle le faisait d'ailleurs chaque matin. Son Dieu n'était pas le Dieu de l'Eglise, il lui parlait en semant des signes visibles d'elle seule. Un dialogue étrange s'établissait entre eux :

---

[56] Femme !

- Merci mon Dieu pour Ton attention, Tu me guides et me protèges, moi ta servante, indigne de Tes cadeaux ! Incapable de Te rendre la pareille !

C'était ici un vieillard souriant en lui indiquant le chemin, là un enfant s'arrêtant de pleurer en la voyant ou Pedro-Higinio reprenant une chanson, plus loin une femme l'enlaçant spontanément.

Enfin, ils arrivèrent à la marine du port d'Oran. Les voyageurs se dirigèrent vers la posada.

La gitane sombre attendait le bateau d'Almeria. En voyant Damiana, elle s'écria :

- Tu es Damiana de Vera ! Elle semblait la connaître depuis l'éternité des temps.

Damiana se contenta de sourire en récitant une de ses formules de remerciement à son Dieu :

- Tu nous as soumis à une épreuve, en nous donnant la force de lutter. Soit remercié, Seigneur tout puissant.

Pedro-Higinio prit peur en voyant son père, un homme au visage creusé, vêtu à la diable, les joues mangées de barbe.

Damiana rassura son mari. Elle comprit qu'elle était arrivée juste avant que Juan Manuel ne se laisse aller au désespoir.

- Cesse de te morfondre, je suis là maintenant, dit-elle simplement.

La gitane de la posada les regardait, envieuse. Damiana lui posa ses deux mains sur les épaules.

- Dieu te remerciera, Mercedes !

Comment diable connaissait-elle son nom ? se demanda la tenancière, abasourdie.

Une fois allongé près de sa femme, dans l'intimité d'une chambre anonyme, Juan Manuel parla longtemps. Tous les mots retenus des mois durant. Damiana l'écouta, enivrée par le débit lent et mélodieux de sa voix de basse. Ils annulaient en quelques heures le temps où ils n'avaient pu être ensemble. Elle lui raconta les histoires qu'il désespérait d'entendre à nouveau, celles qui lui donnaient la force de vivre. Enfin il était redevenu l'homme au visage assuré et sincère dans les yeux duquel Damiana se retrouvait.

Très vite elle organisa la vie de la famille. Francisco les attendait à Oran et, avec Manuela, ils s'en retournèrent à Aïn-El-Arba. Les deux frères furent à nouveau séparés.

Grâce à Damiana ils purent quitter la posada. Elle avait déniché un appartement, 9 rue de Milan, non loin du port, au centre du quartier juif d'Oran. Le pécule, patiemment amassé à force de travaux de couture, finança la création d'un commerce de charbon et combustibles. D'où lui vint l'idée de ce magasin ? Nul ne le sut jamais. Il procura les bénéfices attendus le temps de son existence, exactement selon les prévisions de Damiana. Ils ne s'enrichirent pas avec ce commerce mais vécurent au milieu de leurs semblables partageant aussi leurs vies joyeuses et tourmentées.

Les enfants jouaient dehors devant la boutique. Damiana s'était fait une réputation solide parmi ses clients. Ils semblaient n'attendre qu'elle pour se fournir en charbon et pétrole. C'étaient des pauvres comme eux, des Espagnols. Ils achetaient, au compte-goutte, un peu d'anthracite pour leur kanoun[57] ou un verre de pétrole pour leurs lampes.

Par la porte du magasin les passants voyaient Damiana derrière le comptoir monumental fait de vieilles traverses de chemin de fer patinées, recouvertes d'une feuille de zinc.

Les bruits de la boutique débordaient sur la rue. La voix douce et pleine de compassion de la marchande apportait le réconfort de la journée à chacune des clientes :

- Tu verras, Angustia, il va revenir, je prie la Vierge pour toi !

- Tu me paieras plus tard, Rafaela, le Bon Dieu est généreux, Antonio va retrouver du travail, nous avons connu ça Juan Manuel et moi.

- Allez, ma fille, sois courageuse !

---

[57] Sorte de brasero.

Tout en prodiguant ces conseils, Damiana enveloppait les boulets de charbon d'une feuille de papier huilé qui bruissait lorsqu'elle l'extrayait de dessous le comptoir. Le tintement des pièces et le tiroir-caisse qui s'ouvrait en déclenchant un bref coup de sonnette, ponctuaient ces dialogues de femmes.
Damiana jouissait d'une aura particulière dans le quartier juif, recueillant les confidences et prodiguant des conseils aux familles disloquées. Elle disait :
- Los unos nacen con estrellas, y los otros estrellados[58] !
Le ventre à nouveau rond de Damiana symbolisait la quiétude retrouvée de la famille. Ils avaient décidé de donner un frère ou une sœur à Pedro-Higinio. Tout allait pour le mieux.
Hélas, ce bonheur fut bouleversé par la nouvelle de la mort de Béatriz restée seule à Vera. Le courrier de Rosa rédigée par Sœur Rosario parlait d'une attaque cérébrale.
Damiana accusa le coup en écoutant la mercière de la rue de Milan lui lire la lettre parvenue bien après le décès de Béatriz.
Elle ne pouvait se déplacer à Vera. Elle aurait voulu, de toute son âme, faire le voyage pour accompagner une dernière fois sa sœur et se recueillir sur sa tombe. Elle n'en parlait pas de peur de rompre la digue qui retenait son chagrin et lui rappelait cruellement que Rosa était maintenant sa dernière sœur en vie à Vera. Elle l'imaginait avec ses trois neveux, assistant aux funérailles de leur mère. Son destin, après le mariage avec son beau-frère Bartolomé et la fuite de ce dernier en Argentine, était de la rejoindre en Algérie.
Damiana s'en voulut de cette situation et la paya au prix fort. L'enfant qu'elle portait ne parvint pas à terme. Cette épreuve ne la détourna pas de son chemin, elle le poursuivit avec la même opiniâtreté. Comment faisait-elle pour croire encore à ce jour où elle reverrait sa sœur Rosa, son mari et ses enfants

---

[58] Proverbe andalou, difficilement traduisible, jouant sur l'analogie phonétique estrellas (étoiles) et estrellado (étoilé) signifiant également fracassé, les uns naissent sous les étoiles et les autres naissent fracassés.

ici à Oran ? Peut-être jamais, aurait dit une autre, mais pas Damiana.

Elle ne s'en ouvrait jamais à ses clientes du magasin, préférant les soulager de leurs peines de vie en écoutant leurs complaintes avec patience. Jamais, même si parfois elle y avait pensé, elle n'aurait cédé au désespoir. Son sort lui paraissait, à tout prendre, meilleur que celui de bien des femmes du quartier juif d'Oran, sans même parler des filles de plaisir, Rue du Mont Thabor.

La vie passa aussi sur ces deux décès comme elle le fait pour tout, indifférente et prétentieuse, peu soucieuse de ceux qu'elle brisait.

Une année plus tard, Damiana mit au monde une petite fille qu'elle baptisa du prénom de sa grand-mère paternelle, Dionisia. Pour l'état civil français, car elle naissait en France, elle s'appellerait Denise. La petite grandit jusqu'à ses trois ans dans l'atmosphère de la rue de Milan, autour du magasin et des souvenirs de la sœur disparue.

La promesse faite par Damiana à ses sœurs était perdue à jamais pour Béatriz. Elle devait l'honorer pour Rosa, Melchior et ses neveux. Damiana décida de s'y employer. Elle cherchait comment. Les choses n'étaient pas si simples : le monde hâtait les préparatifs d'une guerre généralisée et l'administration française se montrait beaucoup plus tracassière pour les étrangers, notamment les Espagnols. L'Espagne se lavait les mains du conflit à venir et se cantonnait à une neutralité ambiguë pour les belligérants. Par ailleurs, la question des territoires du Maroc qu'elle occupait, créait des tensions diplomatiques entre ces deux pays.

En attendant, la vie continuait des deux côtés de la Méditerranée.

Juan Manuel accompagnait Damiana pour les livraisons. Malgré l'intervention de Bou Smaïn, il garderait une légère claudication de sa fracture ouverte.

Cette infirmité faisait la joie des filles des maisons de la rue du Mont Thabor que Damiana livrait en charbon chaque semaine. Elles l'apostrophaient en riant, vantant les performances amoureuses des boiteux :

   - Damiana, quelle chance tu as avec ton mari, ne le lâche pas chez nous ! On ne te le rendrait pas !

La mère maquerelle, une grosse juive à la perruque blonde du nom d'Elmira Azoulay, houspillait les filles après avoir ri avec elles de cette blague éculée :

   - Je paye déjà votre charbon pour vous, alors s'il faut que je paye Juan Manuel en nature, ça va me manger le bénéfice !

Leur vie allait ainsi, émaillée d'événements simples qui faisaient la joie des habitants du quartier juif, et les sortait de la routine, mais cela suffisait-il à Juan Manuel ?

Damiana savait que son mari ne se satisferait pas longtemps de sa situation d'époux d'une vendeuse de charbon.

Même si, en père attentionné, il consacrait beaucoup de temps à ses enfants, leur contant les histoires de son épopée cubaine, le voyage en vapeur, les bananes, les mangues, les avocats, les cocotiers, les plaines et les montagnes. Au cours de son récit, l'île devenait un lieu extraordinaire, dans lequel il avait, finalement, été heureux. Une phrase revenait sans cesse :

   - Des arbres géants donnant des quantités incroyables de fruits !

Pedro-Higinio, en petit homme blasé, faisait la moue, doutant de la véracité de ces histoires. Sa sœur Denise les buvait littéralement.

Juan Manuel acceptait son existence sans la remettre en question mais sa femme savait qu'il allait être temps de passer à autre chose.

Damiana devait lui céder la place de chef de famille qu'elle avait occupée avec le succès du magasin bien qu'il ait accepté le rôle de second sans état d'âme.

Elle lui savait gré d'avoir gardé espoir après son accident, et de n'avoir pas cédé à la tentation de la boisson.

Juan Manuel voulait retrouver la proximité avec son frère Francisco qui travaillait toujours chez Vivès à Aïn-El-Arba. Ils ne s'étaient pas perdus de vue, car ils se rencontraient fréquemment, mais ils voulaient plus que ces visites hebdomadaires rue de Milan, les dimanches de repos. Damiana ne pouvait s'opposer à la volonté fraternelle de son mari, mais elle lui faisait cruellement ressentir l'absence de sa sœur Rosa. Malgré cette injustice, elle ne ressentait aucune jalousie. Elle ne connaissait pas ce sentiment.

Un dimanche d'été, alors qu'ils se trouvaient tous réunis rue de Milan, Francisco annonça :

- Juan Manuel ! J'ai rencontré un certain M Léon Juste à la mairie d'Aïn-El-Arba. C'est un contremaître belge, ils disent brigadier de voie. Sa compagnie construit la ligne de chemin de fer entre Oran et Hammam Bouadjar. Ils cherchent des ouvriers pour la pose des rails, c'est bien payé, la famille est logée en plus.

Damiana et Manuela se regardèrent sans rien dire. La première comprit en voyant s'illuminer les yeux de son mari.

Les deux familles partirent tels des nomades le long de la voie ferrée en construction, pénétrant loin à l'intérieur des terres.

Les étapes du futur train s'égrenaient au rythme de la pose des rails : La Senia, Valmy, Le Khémis, Camalonga, Oued Sebbah, Saint Maur, Le Khassoul, Aïn-El-Arba et Hammam Bouadjar. Cela assurerait plusieurs mois de travail. La ligne atteignait déjà l'Oued Sebbah lorsqu'ils furent embauchés par la Compagnie du TOH[59].

Les futures gares de la ligne servaient à loger les ouvriers. Ces modestes bâtisses carrées, construites en pisé, pouvaient accueillir chacune deux familles et leurs enfants.

Juan Manuel et Francisco travaillaient sous les ordres de Monsieur Juste. Le tio Andres, un Espagnol de Cartagena bien plus âgé qu'eux, complétait l'équipe. Le groupe s'entendait à merveille. Le Belge aimait la bière, les Espagnols plutôt le vin. Les journées se déroulaient selon un ordre bien établi.

---

[59] Compagnie du Train Oran Hammam Bouadjar.

Loin devant, les géomètres matérialisaient le tracé de la ligne. Derrière eux, une armée de terrassiers, arabes pour la plupart, creusaient une saignée que d'autres venaient combler de graviers. Une troisième équipe posaient les traverses en bois d'azobé de Côte d'Ivoire, qui supporteraient les rails.

Sur la partie de la voie en service, une draisine à bras, les Belges disaient le lorry, amenait les rails forgés à partir de minerai de fer de Beni Saf. L'équipe de Léon Juste intervenait à ce moment. Juan Manuel, Francisco et le tio Andres déposaient les longerons métalliques deux par deux, avant de les assembler à ceux qui étaient déjà montés. Il les fixaient ensuite sur les traverses par des tirefonds vissés à l'aide d'une clé montée sur une tarière. Le travail, simple à réaliser, ne ménageait pas le dos.

De temps en temps pour décontracter leurs muscles dorsaux, ils préféraient utiliser une clé plate en s'asseyant à même le sol.

Le premier à le faire s'attirait, en général, les plaisanteries des autres :

- On a une faiblesse ?

Ils riaient de bon cœur sachant qu'avant peu de temps, ils y viendraient à leur tour. M Juste prenait sa part de travail, en mettant un point d'honneur à rester debout lorsqu'il fixait un boulon. Il était le chef.

A tour de rôle ils reprenaient la draisine pour aller chercher deux nouveaux rails. Entre M Juste et ses hommes, un désaccord s'installait au fil de la journée. Ils lançaient la draisine après avoir vissé le dernier tire-fonds, tandis que lui, respectueux d'une consigne des ingénieurs, exigeait de la faire partir aussitôt les rails déchargés :

- Un emmène le lorry, et les trois autres vissent pendant ce temps ! leur répétait-il inlassablement.

Il en faisait un principe intangible, mais acceptait d'y déroger dès lors que les délais de pose étaient respectés. Il prenait alors une gorgée de bière et se retirait pour revenir une fois la bouteille vide. Des discussions interminables s'ensuivaient, opposant les deux méthodes, évaluant les gains de temps de chacune. Personne ne parvenait à démontrer la supériorité de l'une sur l'autre.

Les jours s'en allaient ainsi, cadencés par un nombre de rails posés, de gorgées de bière et de trajets en draisine, sept jours sur sept, à l'exception de deux dimanches par mois, généreusement offerts par la société ferroviaire. Ils ne se plaignaient pas. Ils étaient entre eux. Et, récompense ultime, le soir ils rentraient sur le lorry, actionnant le levier à tour de rôle, impatients de retrouver leurs familles. Ils étaient heureux et fiers d'appartenir à la communauté des Espagnols du TOH. Plusieurs semaines après leurs débuts, ils arrivèrent à la future gare de El Khassoul. Le bâtiment se trouvait au bord d'un oued dont ils ignoraient le nom. Entre eux, ils l'appelait l'Oued Seco. Ils s'en amusaient évoquant le Rio Aguas près de Vera, qui charriait également de l'eau une partie de l'année seulement.

Cela faisait maintenant dix ans que Juan Manuel et Francisco avaient décidé de faire les saisons en Algérie, huit années que les femmes les avaient rejoints. Les enfants grandissaient. Ils se trouvaient à leur aise dans ce pays nouveau, sans toutefois comprendre les relations souvent compliquées entre Français et Arabes.

Ils ne se sentaient pas concernés, même si les uns et les autres cherchaient à s'en faire des alliés. Ils n'appréciaient pas ces amitiés de circonstance qui au fond les cantonnaient dans leur statut d'étranger. Eux, ils retrouvaient chez les Arabes une foi en Dieu identique à la leur et chez les Français la même volonté de combattre les pesanteurs sociales qui les avaient fait fuir d'Espagne. Ils ne comprenaient pas que ces deux logiques s'affrontent, la foi pouvait s'accommoder des pesanteurs sociales mais le progrès s'affranchissait toujours de l'une et des autres. Au rythme lent de la pose des rails, ils pénétraient plus avant dans le pays et leur connaissance de ses modes de fonctionnement progressait.

Les deux familles construisaient jour après jour une philosophie de la vie qui leur servait à la fois de guide et de chemin. Damiana excellait dans cette célébration du quotidien. Elle remerciait son Dieu de leur donner ce qu'il offrait ici. Plus que le gîte et le couvert, une forme d'espérance.

À sa façon, elle trouvait les mots qui convenaient dans des aphorismes sibyllins hérités de ses parents :

- Une main lave l'autre et les deux lavent le visage,

disait-elle souvent pour souligner la solidarité dont les Espagnols de la communauté ne pouvaient s'affranchir.

En entendant cette phrase prononcée à la fois avec douceur et conviction chacun reconsidérait son point de vue. Et Damiana de conclure :

- La Vierge Marie enveloppait elle-même l'enfant Jésus dans ses langes.

Que pouvait-on répondre à de telles évidences ? Rien ! Et personne ne cherchait à le faire d'ailleurs.

La réputation de Damiana s'étendit en dehors de la communauté espagnole du TOH, pour toucher les habitants des douars construits tout au long de l'oued. Elle apportait la paix partout où elle passait.

Contrairement à ses parents, Denise avait peur de ce pays. À la différence de son frère aîné Pedro-Higinio qui redoutait encore le loup, le monstre caché sous son lit, le voleur d'enfants, la gitane noire, et les personnages horribles dont lui parlait son père, Denise, frissonnait en regardant le désert qui les entourait. Surtout à la fin du jour lorsque la nuit n'est encore que promesse.

Les prières de sa mère, qui chaque jour remerciait Dieu de protéger sa famille contre tous les maux, nourrissait les frayeurs de la petite.

Elle s'inquiétait de ne pouvoir bénéficier de la même protection divine. Alors elle priait, se demandant si sa voix à elle portait aussi ses prières jusqu'au ciel. Cela la rassurait de voir sa mère intercéder en leur faveur au cas où. Mais au fond d'elle-même elle sentait que ses « Seigneur prend pitié ! » ne contenaient pas autant de ferveur chrétienne que Damiana pouvait en donner.

Pour l'heure, une seule question l'obsédait : « Pourquoi ses parents avaient-ils quitté la ville pour ce pays inhospitalier et en particulier, pour cet endroit perdu au bord d'un oued ? »

Elle regrettait le 9 de la rue de Milan où elle était née. Ici, la maison de pisé faisait face à une voie ferrée et à un oued profond de terre sableuse parsemée de gros galets gris. Des palmiers épars courtisaient la solitude de l'après-midi. Sa mère s'escrimait à cultiver un potager qu'elle irriguait avec attention sous un toit de lattis-roseaux. Le bleu du ciel barbouillait l'horizon à perte de vue et n'offrait aucun repère sur lequel fixer le regard.

La nuit, Denise s'endormait en luttant contre la torpeur qui l'emportait. Attentive aux silences interrompus par le glapissement lointain d'un chacal, elle épiait la respiration saccadée de sa mère, puis sombrait.

Une nuit, le frottement d'un gros animal, grattant contre un mur extérieur, parvint à Damiana au milieu de son sommeil. Elle se retourna cherchant à chasser l'intrus de gestes désordonnés des bras. Elle grogna.

Elle ouvrit les yeux et comprit qu'elle n'était pas dans la maison de la calle Hileros. Son rêve s'était nourri de ces images d'autrefois. Elle s'y abandonnait quand le bruit était apparu.

Les aboiements de Jicky, leur chien, puis le caquetage des poules troublèrent d'abord le silence. Damiana dormait souvent à moitié, le sommeil perturbé par les tracas de la journée.

Elle regarda autour d'elle. Dans l'obscurité, la chambre, pourtant spacieuse, se réduisait à ce que le regard percevait. Elle alluma une chandelle en prenant soin de ne pas renverser le verre d'huile à la surface duquel la veilleuse sur son flotteur de liège dispensait une lumière vacillante.

Pendant ces courts instants, elle oublia le bruit persistant, de plus en plus proche. Pedro-Higinio et Denise dormaient.
Elle percevait à présent des voix étouffées derrière des coups réguliers, assourdis.
Les bandits de l'oued, comme on les appelait, procédaient au milieu de la nuit. Ils attaquaient le torchis des maisons à la base d'un mur, après l'avoir mouillé pour le rendre friable. Une fois le mur percé, ils passaient un pieu de bois recouvert d'une djellaba à l'intérieur, et l'agitaient, pour s'assurer que les occupants dormaient.
Ils agrandissaient ensuite le trou pour s'introduire dans la maison et voler tout ce qu'ils pouvaient.
L'extrémité pointue d'un pieu de bois vêtu d'un tissu bleu pénétra soudain dans la chambre. Damiana sortit complètement de sa torpeur.
Elle entendait, maintenant, distinctement parler arabe. De l'extérieur, des voix passaient par le trou percé dans le mur.
Plusieurs familles d'ouvriers de la Compagnie TOH avaient déjà eu à subir des attaques du même genre. Elle se précipita hors du lit, laissa tomber sa chandelle, et hurla :
    - Juan Manuel, réveille-toi !
Dans l'armoire à vaisselle elle empoigna deux couvercles métalliques et se mit à les cogner l'un contre l'autre, debout devant les lits des enfants.
Ses cheveux longs, défaits sur ses épaules, ondulaient en cadence. Son visage ne montrait aucune peur.
Juan Manuel tapa contre la cloison mitoyenne derrière laquelle vivaient Francisco, son frère et Manuela. Les deux hommes avaient imaginé un plan en cas d'attaque. Munis de leurs pics de poseurs de rails, ils dégagèrent un passage dans le mur de briques.
Dehors, malgré le remue-ménage, deux Arabes s'appliquaient et ne renonçaient pas. Ils continuaient à défaire le torchis du mur, parvenant à dégager un passage presque suffisant pour leur permettre de s'introduire dans la maison.

Damiana s'attendait à voir surgir les bandits et se tenait prête à frapper. Derrière elle Juan Manuel tira son frère à travers l'ouverture qu'ils avaient pratiquée dans la cloison. Ils se précipitèrent dehors pour prendre les pillards à revers.
Les enfants étaient réveillés. Pedro-Higinio pleurait. Denise regardait sa mère. Elle entendit Juan Manuel interpeller les deux bandits :
- Foutez le camp !
Les quatre hommes se jaugèrent. Comparés aux deux agresseurs Juan Manuel et Francisco étaient chétifs. L'effet de surprise leur donna un avantage, les voleurs s'attendaient à trouver un seul homme. Ils s'enfuirent.
Damiana et Manuela retrouvèrent les deux frères. Chacune d'elle tenait une lanterne. Depuis le seuil de la gare du Khassoul, ils traversèrent les voies du TOH jusqu'au bord de l'oued proche. Le jour commençait à poindre. Le calme revenu leur fit douter des événements qu'ils venaient de vivre. La montre de Juan Manuel indiquait quatre heures. Ils restèrent debout, regardant vers le nord. L'étoile polaire brillait dans la pâleur de l'aube. Que leur réserverait cette nouvelle journée ? Le visage des femmes exprimait leur inquiétude. Auraient-elles pu imaginer le cauchemar qu'elles venaient de vivre quelques heures plus tôt lorsqu'elles regardaient les enfants jouer dans le lit de l'oued ? Denise s'était cachée derrière les buissons vivaces de lauriers roses au milieu des rocailles, ils atteignaient des hauteurs la dépassant. « Elle ressemble tellement à sa mère ! » pensait Manuela.
Le ciel s'éclairait peu à peu.
Damiana fut la première à parler et personne ne revint sur ce qu'elle déclara :
- Manuela et moi, ne voulons plus vivre en dehors d'un village. C'est devenu trop dangereux pour nous et les enfants.
L'autre femme poursuivit :
- Rappelez-vous le magasin des Dubois. Le gosse, caché dans le coffre de la carriole, a vu ses parents se faire

égorger ! Cette nuit, il aurait pu nous arriver la même chose.
- N'exagérez pas ! protestèrent Juan Manuel et Francisco.
- Nous restons seules en compagnie des enfants jusqu'à votre retour, parfois une partie de la nuit. Beaucoup connaissent notre isolement.
- Si nous nous installions à Aïn-El-Arba, ça ne changerait rien pour vous. Vous feriez des allers et retours.

Damiana avait parlé autour d'elle. A sa suite, d'autres femmes exigèrent de s'installer au village.

Les familles du TOH se retrouvèrent chez Mme Sevilla, propriétaire d'une maison de rapport près du moulin d'Aïn-El-Arba. Les corps du bâtiment se distribuaient autour d'une cour carrée baptisée la cour des Espagnols. Le village comptait près de 2 000 personnes, et le flux des migrants de France et d'Europe ne faiblissait pas.

Pour Damiana, cette cour n'était qu'une une étape : elle rêvait de louer la maison des vignes, au bord de l'oued à la sortie sud du bourg. Ce bâtiment, destiné à entreposer du matériel et des sacs d'engrais, avait servi d'écurie aux chevaux pendant les saisons agricoles. Mais les récits de Juan Manuel avaient donné un côté humain à cette maison. Il parlait souvent encore de sa première rencontre avec la bâtisse au toit de tuiles rouges et de la sensation de paix qu'il éprouvait en la regardant lorsqu'il taillait les vignes.

Damiana décida d'en parler à Mme Font, la propriétaire. Les deux femmes avaient le même âge et s'appréciaient.

Mme Font, Antonia Fouillana de son nom de jeune fille, était née à Aïn-El-Arba vingt-trois ans après la création du village. Ses parents venaient d'Espagne. Elle avait épousé un agriculteur catalan, José Font.

Antonia Fouillana fut-elle un modèle pour Damiana ? Elle ne savait le dire.

Son émotion était visible lorsqu'Antonia tentait de la raisonner :

- Mes parents ont habité cette maison, mais il y a si longtemps !
- Tu vois, répondait Damiana, nous y serons bien nous aussi !
- Mais, Damiana, personne n'y a plus vécu depuis des années !
- Ne t'inquiète pas, Antonia, avec nous, elle va retrouver la vie !

Son insistance à louer le bâtiment agricole des Font montrait à quel point Damiana y croyait. Le souvenir d'Antonia Garcia Molina, sa mère, l'accompagnait. Elle parvint à convaincre Antonia qui ne put rien opposer à Damiana. Celle-ci avait balayé ses dernières réticences à louer la maison.

La construction, un cube de neuf mètres de côté, abritait quatre pièces symétriques. Elles ne communiquaient pas entre elles mais chacune était percée d'une porte vers l'extérieur et de deux fenêtres.

Sébastian Lopez, un maçon d'Aïn-El-Arba, avait mobilisé toute sa connaissance pour bâtir cet ouvrage d'une symétrie et d'un équilibre remarquables. Les murs de briques maçonnées, larges d'un demi-mètre, protégeaient de la chaleur.

Deux des pièces étaient déjà occupées par la Tia Lista[60] et sa famille. Son mari travaillait aux champs pour les Font. Ses douze enfants s'y entassaient tant bien que mal.

La façon dont ils cachaient leur âne, leur unique bien, amusait Pedro-Higinio. Chaque soir, le mari de la Tia Lista s'escrimait pour faire rentrer le baudet, braillant comme si on l'égorgeait, à l'intérieur d'une fosse creusée au milieu du jardin. Il la recouvrait ensuite de branchages afin de le cacher aux yeux des chapardeurs en maraude. Les habitants du quartier évoquaient avec ironie la nuit où le bourricot avait suivi son ravisseur, sans braire, trop heureux de sortir enfin de ce trou. Le lendemain, Damiana avait reçu les doléances de la Tia Lista :

---

[60] La mère combine, ou la mère débrouille.

- Damiana, faites une prière pour qu'il revienne !

Et, elle, bonne âme, de la rassurer :

- Tia Lista, ne vous inquiétez pas, il va revenir. On connaît cet âne au village. Prions ensemble saint Antoine de Padoue !

Pour l'heure, toute à sa joie, Damiana, entreprit de redonner un aspect plus accueillant à ce nouveau foyer. Avec l'aide de Damian Lopez le fils de Sébastian, elle entreprit de faire percer la cloison qui séparait les deux pièces occupées par sa famille.

La pièce donnant sur les vignes devint une chambre. La chaux vive passée sur les murs chassa les odeurs anciennes. Celle à la cheminée, ouverte sur le chemin, fut aménagée en cuisine. Damiana imaginait déjà y installer la machine à coudre qu'elle envisageait d'acheter. Elle voyait sa sœur Rosa, le dos courbé, une main entraînant le volant, les jambes actionnant la pédale. Elle rêvait.

Le troisième enfant de Juan Manuel et Damiana, Antonia[61], baptisée du prénom de sa grand-mère maternelle, fut le premier bébé à venir au monde à la maison des vignes d'Aïn-El-Arba.

La vie s'installa de nouveau à la maison Font. Au fond, Antonia Fouillana ne regrettait pas sa décision. Damiana s'accommoda des jours filant sans à-coups, trouvant du bonheur dans cette monotonie rassurante. Ils étaient enfin épargnés par le sort.

L'image de Rosa et de ses trois neveux seuls à Vera, venait agiter cette sérénité de façon lancinante, lui rappelant la promesse non tenue faite à ses sœurs en quittant l'Espagne.

---

[61] On notera que l'état civil n'attribuera pas à Antonia le prénom français d'Antoinette.

NEUF

Vera

                Petite sœur,

Déjà sept ans que tu es partie. J'ai peur de ne plus jamais te revoir. Ici, on raconte beaucoup de choses sur l'Algérie, sans doute fausses. De plus en plus d'habitants de la région vont et viennent entre ce pays et l'Espagne. Certains connaissent Juan Manuel.
J'imagine ta vie avec les enfants. Pedro-Higinio a 8 ans passés. Denise doit te ressembler. Lucia me donne beaucoup de mal, elle m'appelle toujours la Cha-Cha Rosa et ne veut pas m'appeler Maman comme je le lui ai demandé. José-Antonio est plus calme, il travaille chez son oncle, le boulanger.
D'après les dernières nouvelles, vous êtes à Oran depuis l'accident de Juan Manuel. Antonia et Francisca lui ont écrit. Si je savais, moi aussi, je le ferai très souvent. Sœur Rosario tient la plume pour moi.
Je ne sais pas comment tu fais pour résister !
Maman disait souvent :
    - Prenez modèle sur Damiana !
Je n'y suis jamais parvenu, pas plus que cette pauvre Béatriz. Que dire ? J'aimerais que Bartolomé revienne et que nous partions vous rejoindre en Algérie. C'est compliqué avec Don Salvador. Il a fait faire des papiers à Melchior et l'a émancipé pour lui permettre de trouver du travail au port de Garrucha. Melchior est plus têtu que père. Ses idées ne sont pas du goût de tout le monde. Il est parti s'installer à Melilla. Dieu seul sait ce qu'il y fait. Le juge lui a dit qu'il ne pouvait être enrôlé parce qu'il avait tiré un bon numéro, mais lui a rétorqué qu'il se méfiait de ces entourloupettes !
Je me demande, mais je n'en ai parlé à personne, s'il n'a pas vendu son bon numéro à un des fils Perez Urrutia pour payer

son voyage à Melilla. Prie pour qu'on ne le mette pas en prison si jamais on découvrait cela.
Tu as reçu la grâce divine. Te souviens-tu, Maman te surnommait la Beata[62].

- Votre sœur est un exemple, nous disait-elle chaque jour.

Tu es heureuse avec Juan Manuel ! Tout le monde va bien ici. Bartolomé me manque. J'ignore où il se trouve en ce moment. Des garçons du village de retour de Buenos Aires n'ont pas pu me donner de ses nouvelles. Ils se vantent d'histoires de filles, rencontrées les jours de paie. La plupart sont revenus sans le sou. Au désespoir des familles qui comptaient les revoir fortune faite.
J'ai peur, j'aimerais mieux rejoindre Béatriz au ciel, elle y est certainement heureuse. Je sais que tu n'es pas d'accord, je ne possède pas ta force, que veux-tu, je n'en puis plus.
J'ai l'impression d'être une moins que rien, celle qui a épousé le veuf de sa sœur aînée. Ils disent que l'histoire couvait depuis longtemps.
Cela n'est pas vrai. Tu le sais.
Je t'embrasse.
Ta sœur, Rosa

Sœur Rosario del Calvario, retira ses lunettes, posa sa plume et regarda Rosa. Elle guettait une réaction, restant sur sa faim. Rosa soupira :

- Cette lettre, ne va-t-elle pas inquiéter ma sœur ?

La religieuse se leva :

- Rosa, commença-t-elle avant de s'arrêter.

Elle réfléchit à ce qu'elle allait dire :

- Tu ne peux rester ainsi loin des tiens. Tu dois d'abord faire revenir ton mari. Dieu vous a mariés pour que vous viviez ensemble.

Disant cela, elle regardait Rosa. A vingt ans, elle avait hérité de la charge de trois enfants, avant même que son mari ne la

---

[62] La Sainte.

touche. Cette histoire troublait Sœur Rosario. Elle poussait Rosa à se livrer, en vain, celle-ci en était incapable.
Elle se tut, accablée par ce qu'elle prenait pour de l'insouciance. Elle pensait connaître Rosa. Combien de fois la malheureuse exprimait-elle son désarroi et son impuissance devant cet amour contraint ? Combien de fois ? Jamais, pensait Sœur Rosario. L'acceptait-elle par abnégation, par sens du sacrifice ? Ses pensées furent perturbées par des rires. Les autres religieuses se moquaient, se poussant des coudes et gloussant de façon stupide :
- Sœur Rosario et Rosa sa protégée !
Elle fulminait en entendant ces sottes médire à ses dépens. Au fond, elle jalousait le malheur de Rosa. Comment pouvait-elle assumer un tel désespoir ? Etait-elle forte à ce point ? Pourquoi cette femme sans instruction, presque sans éducation, montrait-elle autant de caractère ? Où trouve-t-elle la force pour continuer à vivre ?
Sœur Rosario reprit :
- Par quel moyen feras-tu parvenir cette lettre ?
- Par mon voisin, il doit retourner en Algérie la semaine prochaine.
- Roberto Malacara ? Tu lui fais confiance ?
- Oui, c'est un brave homme !
A nouveau le silence s'installa entre les deux femmes. Les pensées de Sœur Rosario étaient confuses, elle laissa partir Rosa :
- Passe à la lingerie, il y a du raccommodage pour toi.
Rosa s'en fut rapidement. L'attitude de la religieuse à son égard l'embarrassait. Elle semblait lire en elle. Rosa se demandait pourquoi la sœur se préoccupait ainsi de sa situation. Elle rumina ces questions sans réponses jusqu'au domicile du juge de paix de Vera, Don Salvador Saldaña y Gonzales, sans pouvoir mettre de l'ordre dans sa tête.
Peu de temps après le départ de Bartolomé, le magistrat l'avait engagée pour faire la cuisine. Elle se rappela qu'il fallait relancer le feu de la cuisinière à bois pour préparer le

repas de midi de son patron, une soupe d'amandes. Il en avait rapportées du cortijo en revenant de la chasse dimanche dernier. Lucia devait les émonder. Elle pensa « Lucia ! Lucia ! »

Elle imaginait la fillette délurée, riant d'un rien, le portrait vivant de sa mère Béatriz. Cet air hautain et ce haussement d'épaules lorsqu'elle cherchait à la blesser :

- Cha-Cha Rosa, tu n'es pas ma mère !

Elle se retenait parfois de la gifler, mais quelquefois elle laissait aller sa main. Dans ces cas-là, Lucia refoulait ses larmes, dure, et arborait un sourire provocateur. Elle recommençait dès qu'elle percevait le remords chez sa tante, et voyait ses lèvres trembler d'émotion.

- Cha-Cha Rosa, tu n'es pas ma mère !

A l'approche de la plaza Mayor, Rosa parvint à retrouver son calme. Elle ne voulait pas montrer son visage défait. Damiana et Béatriz n'auraient pas aimé la voir ainsi, fragile. Lucia l'attendait à la cuisine.

- Cha-Cha ! hurla-t-elle en pleurant. José-Antonio ! José-Antonio !

Rosa se méfiait. Que manigançait-elle encore ?

- José-Antonio ? reprit la tante.
- Un accident chez l'oncle Caparros, le boulanger.
- Qu'est-ce que tu racontes ?
- Viens vite, ils l'ont emmené chez le docteur !

Rosa pensait rarement à réciter les prières apprises de Damiana. Elle se sentait coupable et regretta de maudire plusieurs fois par jour les enfants de sa sœur devenus les siens.

« Mon Dieu, pardonne-moi si j'ai dit du mal de cet enfant. Je T'en prie, ne T'en prends pas à lui ! Tourne Ta colère vers moi ! »

Elle posa à la hâte les chasubles ramenées du couvent et courut à la suite de Lucia vers le cabinet du docteur Don Adolfo Carmona y Sanchez.

Ce qu'elle vit l'effraya. José-Antonio, les traits tordus par la douleur, était allongé sur le lit d'examen. Près de lui, le docteur prenait son pouls. Son oncle le boulanger, de l'autre côté, répétait sans arrêt, furieux :
- Il aurait dû faire faire attention en chargeant le pétrin, il ne m'écoute jamais !
- Taisez-vous, à la fin, rugit le docteur, vous ne comprenez donc pas ? Il est sous le choc !

Rosa ne comprenait pas. Elle vit la main gauche de José enrubannée d'un pansement blanc maculé de sang. Un haricot d'émail contenait trois doigts sanguinolents, encore tachés de pâte à pain. Le cabinet empestait l'éther. Le docteur fut le premier à réagir :
- Attention, elle va tourner de l'œil !

Le boulanger lui vint en aide pour éviter que la pauvre Rosa ne s'affale de tout son long sur le sol carrelé. Lucia regardait la scène, à moitié étonnée par la réaction de sa tante. Elle parvint à arracher un sourire fugace à José-Antonio :
- Tu as fait tomber la Cha-Cha ! Elle va t'attraper ce soir, tu as intérêt à te cacher !

Il lui montra sa main gauche :
- Je ne sais pas ce qu'il y a sous le pansement, j'ai mal.
- Ne t'inquiète pas, lui dit Lucia, le docteur a certainement réussi à guérir ta blessure. Rentrons chez nous. La Cha-Cha doit faire la soupe d'amandes du juge. J'ignore si elle en aura le courage après ton accident.

Le docteur expliqua à Lucia comment changer le pansement de son frère et lui donna deux bandes neuves, un flacon d'alcool et une fiole de teinture d'iode :
- Tu changes la bande tous les deux jours.

Rosa émergeait lentement de son évanouissement. Le boulanger lui répétait d'une voix plaintive en l'éventant :
- Il aurait dû faire faire attention en chargeant le pétrin, il ne m'écoute jamais !

Rosa le regarda :
- Si son père le voyait, je ne sais pas ce qu'il te ferait !

- Mon beau-frère ? J'ai pris son gosse à la boulangerie pour lui faire plaisir, et à toi aussi Rosa, ne venez pas m'accuser de négligence.
- Vous n'avez pas honte, tous les deux ? dit le docteur. Les gosses sont plus sensés que vous ! Allez, Rosa, retourne chez toi. Qu'il se repose. Je passerai le voir demain.

Rosa et les deux enfants sortirent, laissant là le médecin et le boulanger. Ce dernier crut bon de préciser :
- Je vais payer les frais, Don Adolfo !

Une fois dehors, Rosa se reprit. Elle évita d'exposer ses angoisses à voix haute.

« Trois gosses dont un infirme, une main estropiée, il ne peut plus travailler ! Qu'est-ce que je vais devenir ? »

La vue de Lucia, gambadant autour de son frère, l'agaçait. Elle n'en laissa rien paraître.

« Cette gosse me tuera ! Elle me rappelle sa mère, aucun discernement, elle ne pense qu'à s'amuser. »

José-Antonio marchait gravement, son bras gauche en écharpe. Lui aussi tenait de sa mère. L'air de ne pas se sentir concerné. Seul Sébastian ressemblait à Bartolomé.

« Lui, au moins, il se débrouille seul. Ce n'est pas une charge. Mais il ne pense qu'à lui cet égoïste ! Comme son père ! »

La litanie ne la quittait plus.

Rosa se dirigea vers la cuisine, soudain consciente de son retard. Pourtant, ils n'étaient pas restés longtemps chez le médecin. Le juge allait bientôt rentrer. La soupe d'amande n'était pas prête.

- Que va-t-il penser de moi ? Elle parlait à voix haute.

Lucia eut pitié de sa tante :
- Cha-Cha Rosa, ne t'inquiète pas comme cela ! Tu vas expliquer pourquoi la soupe n'est pas prête !

Rosa la regarda, la croyant devenue folle. Elle explosa :
- Tu ne te rends pas compte ! Don Salvador me fait travailler. Il nous donne à manger.

La voix de Don Salvador résonna dans le couloir :

- Et ma soupe d'amande ? Rosa ! Tu es là, avec tes gosses ! Que se passe-t-il ici ?
Une fois dans l'office, il vit le pansement de José-Antonio et se radoucit.
- Que t'est-il arrivé ?
- Le pétrin, répondit Lucia, le pétrin de notre oncle Caparros le boulanger.
- Mon Dieu, tu ne pourras plus travailler !
Rosa était pétrifiée devant le juge. Doña Carmela, intrigué par le remue-ménage, entra dans la cuisine. En quelques mots le juge la mit au courant. Ils s'installèrent auour de la grande table. Rosa n'osait s'assoir devant eux. Ils insistèrent. Doña Carmela n'en pouvait plus. Elle réagit :
- Ma pauvre Rosa, tu ne peux pas continuer ainsi. Ton mari absent, obligée d'élever seule les enfants qu'il a eu avec ta sœur aînée ! Dieu seul sait où il se trouve ! Il faut le faire revenir à tout prix !
Don Salvador approuva les propos de sa femme. À Vera, il avait la réputation d'un homme faible, dominé par son épouse. La rumeur disait de lui :
« Il se rattrape sur les pauvres bougres qu'il juge ! »
« Au tribunal il commande, à la maison il exécute ! »
« Ses intentions à l'égard de Rosa dépassent la simple charité ! »
« Il y a anguille sous roche ! »
Ces ragots le minaient, il s'en était ouvert à sa femme Carmela.
Elle n'y croyait guère, mais ne pouvait s'empêcher d'envisager la chose en regardant Rosa assise dans leur cuisine. Elle aurait pu être sa fille. Carmela aimait la face ronde de la jeune femme, sa robe noire et sa coiffure relevée par un peigne. Rosa affichait un air boudeur quand on s'adressait à elle. En fait elle cherchait seulement à comprendre ce qu'on lui demandait. Le regard de ses yeux étonnés paraissait équivoque. Certains pouvaient y voir une indifférence calculée ou du dédain.

Sans douter de son mari, Carmela le voyait tel qu'il était, un magistrat sûr de lui et inflexible derrière le masque duquel se cachait un homme fragile. Elle l'aimait pour cela. D'un signe de la tête elle lui fit comprendre qu'il devait demander à la domestique de les laisser seuls.
Il dit à Rosa :
> - Rentre chez toi ! Les enfants, votre tante est fatiguée, je lui donne sa journée. Toi José-Antonio conduis-toi en homme, et toi Lucia, ne fais pas enrager ta tante.

Il poussait doucement les deux gamins, une main posée sur leur tête. Carmela aidait Rosa à remettre son châle et la rassura :
> - Ne t'inquiète pas, ma fille, Don Salvador va s'occuper de régler tes problèmes. Espère en Dieu !

Une fois la cuisinière partie, elle poussa un soupir de soulagement et se tourna vers son époux :
> - Tu dois aider cette pauvre Rosa !
> - Elle souffre surtout de l'absence de son mari. J'ai mon idée !
> - Pour l'heure, préparons à manger, ces histoires m'ont donné faim !

Assis face à face, ils restèrent silencieux. Sans sa robe et les attributs de sa fonction, Don Salvador se sentait démuni. Sa femme le savait mais ne le lui reprochait pas, elle désirait le savoir heureux.
Lui se répétait la phrase qu'il se récitait avant chaque audience :
« Je représente la justice des hommes, pas celle de Dieu. Pourtant j'ai le pouvoir de vie et de mort sur les prévenus. En suis-je digne ? »
Comme si elle l'avait entendu, Carmela lui dit en écho :
> - Ne te torture pas ! Fais ce que tu dois faire, ce que tu penses devoir faire.

Il remercia sa femme du regard, et quitta la table sur ces mots. Le juge rejoignit le refuge de son cabinet de travail pour reprendre l'étude d'une plainte après dénonciation entre voisins contestant les limites de mitoyenneté. Rien de passionnant. Il travaillait mécaniquement, déroulant les faits, posant les principes de sa décision qui renvoyait les plaignants dos à dos.

L'étrange mariage de Rosa et Bartolomé le tracassait. Il resta assis dans la pénombre du bureau, cherchant des réponses dans la fraîcheur de la pièce. Puis, après s'être fait une intime conviction, il sortit pour consulter le curé, Don Roberto. Il exposa son projet pour mettre fin à la situation désespérée de Rosa. Il imaginait provoquer un choc chez Bartolomé en lui faisant croire au décès de Rosa. Pour le magistrat, coutumier d'un vocabulaire précis, cela revenait à questionner le prêtre sur le concept de mensonge pieux ou de mensonge pour le bien d'autrui. Le curé, prudent, joua au chat et à la souris avec le juge :

- Don Salvador, vous êtes un homme de bien. Votre question m'embarrasse. Préjuge-t-elle d'une action déjà commise, ou est-elle la requête d'un pardon anticipé ? demanda-t-il, après l'avoir écouté. Voulez-vous être entendu en confession ? Sachez que je ne peux absoudre des péchés à venir si tel est votre souhait. Je n'ai pas le pouvoir d'autoriser une conduite répréhensible par une absolution donnée a priori.

Il rit, lucide devant la rouerie du prélat :

- Non, rien de tel ! Juste une confirmation que mon idée ne va pas à l'encontre de la morale.

Le prêtre renonça :

- Mon fils ! Fasse le ciel que tous mes fidèles aient vos scrupules ! Allez en paix ! Vous projetez de commettre le mensonge pour le bien d'une femme malheureuse. Dieu a voulu l'éprouver sans chercher à la punir ! Hélas, je ne puis anticiper les réactions de Bartolomé lorsqu'il apprendra la fausse mort de sa deuxième épouse. Parfois, Dieu nous impose des épreuves et nous les ignorons !

Don Salvador prit cette réponse pour un accord. Cela suffisait. Il s'en retourna vers le palais de justice d'où il chargea une estafette d'un message pour Frasquito, le frère de Rosa.

L'après-midi fut lente, rappelant celles de son enfance. Concentré sur son travail, il finit par oublier ce qui le tracassait. Parfois il s'interrompait, attentif à un bruit inhabituel. Le bâtiment tout entier semblait s'être donné le mot pour entourer Don Salvador de silence.

A la fin de la journée il doutait de la réponse de Frasquito, et s'abrutit de travail pour chasser ses doutes.

Le lendemain, au tribunal, il se montra intraitable, justifiant les ragots que l'on colportait sur lui. La sévérité expéditive de ses verdicts ne l'empêchait pas de penser à son stratagème et à ses chances d'aboutir. Il se réfugia dans son bureau refusant de parler à quiconque.

Ce qu'il attendait se produisit. Le soleil déclinait. Une course précipitée jusqu'à sa porte. Une pause et des coups décidés sur la porte.

- Vous avez la réponse du Brigadier Haro Garcia ?
- La voici, votre excellence !

Il reconnut sur l'enveloppe l'écriture ample de Frasquito, ouvrit le pli à l'aide d'un coupe-papier à la lame ciselée et lut sa réponse.

Il lui tardait de retrouver Carmela. Il envoya l'huissier dire à Rosa qu'il l'attendait dès le lendemain matin et retourna calle Hancha où il retrouva sa femme. Elle avait dressé la table et allumé les deux chandeliers en argent massif. Une carafe de Rioja était posée près de la soupière d'où s'échappait le fumet évocateur et douceâtre de la soupe aux amandes.

- J'ai demandé à Rosa de venir préparer ton plat favori cet après-midi.
- Je l'ai convoquée demain matin, répondit-il en se servant un verre de vin.
- Quoique tu fasses, si c'est pour son bien, personne ne te le reprochera.

Il ne lui dit rien de ses démarches. Ce soir-là, il trouva le sommeil sans lutter, et se mit à ronfler très vite. Carmela soupira de toutes ses forces et lui tourna le dos.

Il rêva longtemps. Une comédie absurde qui revenait depuis plusieurs nuits. Une femme brune, sans visage, vêtue d'une robe de mariée, le pourchassait sur les bords du Rio Antas. Grimpée sur un âne, elle criait son nom.

Il courait sous le soleil, cherchant une issue jusqu'à ce qu'il tombe au fond du tourbillon verdâtre que formait le fleuve au pied d'une falaise de calcaire. Il se débattait. La lumière magnifiée par la masse d'eau d'une hauteur terrifiante au-dessus de sa tête verdissait autour de lui. Il était heureux. Les cloches de l'église sonnaient au loin. Il flottait parmi les poissons. Quand il sortit enfin, la nuit était tombée. Personne alentour. Il attendait, caché derrière un figuier de barbarie. Au moment où il se risquait sur le chemin de la rive, la femme surgissait de l'ombre et la poursuite reprenait.

Epuisé par ce rêve obscur qui le tourmentait depuis plusieurs semaines, l'esprit embrumé, il alla retrouver sa femme. Elle donnait ses consignes du jour à Rosa. Il les salua à peine, le visage fermé.

- Sers le café, je suis à mon bureau.

Là, il débarrassa sa table des dossiers en cours, classa les documents préparés la veille et fit venir les deux femmes. Il ne souhaitait pas se trouver seul en compagnie de Rosa.

- Rosa, commença-t-il, j'ai accompli plusieurs démarches hier. Chez le curé, le maire, Doña Emilia Caparros. J'ai également fait porter un message à ton frère Frasquito ; il m'a retourné sa réponse aussitôt. Ton jeune frère Melchior à Melilla serait sûrement d'accord sur le contenu de cette lettre si nous pouvions le joindre. Tu ne peux pas continuer à éduquer seule les enfants de ta sœur Béatriz, en l'absence leur père, même s'il est devenu ton mari.

D'une voix sûre, il lut la lettre rédigée à l'intention de Bartolomé :

A Vera

A la demande de vos deux beaux-frères, Frasquito et Melchior Haro Garcia, je vous informe du décès de votre femme Rosa Núñez Haro née Haro Garcia, le 15 juillet 1894 à Vera. Vos enfants mineurs José-Antonio et Lucia, dont elle était la tutrice, ont été placés au couvent des sœurs de Santa Maria de La Encarnacion jusqu'à ce que vous nous indiquiez les dispositions que vous comptez prendre.

Sébastian, votre fils aîné, majeur, n'a pas été jugé en capacité d'assumer le rôle de soutien familial. Votre présence à Vera s'impose dans les plus brefs délais.

Don Salvador Saldaña y Gonzales,
Juge d'instruction.

La lecture achevée, Rosa blêmit. Elle doutait de la signification de cette lettre. Elle enfouit son visage entre ses mains, en répétant :

- Mon Dieu, Mon Dieu ! Pourquoi ?

Il était coutumier de ces réactions lors des audiences du tribunal, et s'était endurci avec le temps. Une fois le verdict prononcé, il se lavait les mains de ce qui pouvait advenir.

Là, il laissait à Doña Carmela le soin de prévenir le drame. Pour l'éviter, elle s'employa, avec patience, à rassurer Rosa. Elle l'emmena hors du cabinet et la fit asseoir sur le divan de son boudoir personnel.

Elle tamponna ses yeux larmoyants d'un mouchoir imprégné d'une lotion d'eau de bleuet, puis lui fit absorber un sucre trempé dans l'eau de mélisse. Prenant Rosa par les épaules elle la berça, comme sa propre fille, pour la persuader d'accepter :

- La lettre ne partira pas sans ton accord, Rosa !

Ecartelée entre des sentiments contradictoires, incapable d'imaginer le piège que l'esprit tortueux de son employeur avait conçu, Rosa se torturait l'esprit et se demandait si elle voulait toujours revoir Bartolomé.

Elle s'était résolue à partir seule avec les trois enfants rejoindre sa sœur Damiana en Algérie. Maintenant elle en doutait. Que voulait-elle vraiment ? Ce voyage l'effrayait. Elle avait cherché des réponses du côté de sœur Rosario, mais la religieuse s'exprimait de façon trop subtile pour l'âme simple de Rosa. Pouvait-elle davantage faire confiance à Doña Carmela ?

« Dieu, se dit-elle, suis-je vraiment obligée de choisir ? »

La femme du juge lui laissa le temps de digérer l'idée de cette lettre mensongère. Rosa tourna et retourna les différentes possibilités dans sa tête qui allait exploser si cela ne s'arrêtait pas. L'atmosphère émolliente du boudoir, les parfums de poudre de riz et d'onguents agirent sur la pauvre Rosa. Elle s'abandonna et accepta de devenir complice du subterfuge.

La lettre fut transmise par courrier spécial au Consulat d'Espagne à Buenos Aires.

Un nouveau calvaire commença pour Rosa, l'attente du retour de Bartolomé dont elle ignorait s'il recevrait et lirait un jour cette lettre.

Se présenter calle Hancha fut une épreuve quotidienne. Y faire la cuisine, le ménage, du matin au soir, et s'en retourner sans la moindre nouvelle fut bientôt au-dessus de ses forces.

- Le piège avait-il fonctionné ? pensait-elle souvent.

Elle imaginait Don Salvador et Doña Carmela en chasseurs, traquant impitoyablement Bartolomé. Cela ne lui plaisait pas. Elle se voyait comme la deuxième victime. Puis, elle reprenait confiance et se persuadait qu'il n'y avait aucune autre possibilité de faire revenir son mari.

Le printemps s'en fut et l'été arriva, mais n'apporta rien de nouveau. Rosa ne pouvait imaginer ce qu'elle ignorait.

« Le bateau, prendrait-il le bateau pour revenir ? » pensait-elle de façon obsessionnelle.

Le jour de ses vingt-huit ans arriva. Ce fut un jour de l'été pareil aux autres. Elle était seule et se sentait isolée. Les enfants n'étaient pas sensibles à ses tourments. Elle les trouvait égoïstes, mais pouvaient-ils comprendre ?

Sébastian, apprenti coiffeur, ne se préoccupait que de son apparence. C'était déjà un homme, de huit ans son cadet. Rosa avait renoncé à le raisonner depuis longtemps. Il ne l'écoutait plus.

Son obsession était de fuir en Algérie chez sa tante Damiana, pour échapper à la guerre du Rif. Il ne parlait que de cela.

José-Antonio, complètement remis du traumatisme de son accident, vivait avec sa main gauche amputée de trois doigts. Le pouce et l'auriculaire avaient retrouvé une force et une agilité étonnante. Le curé de Vera découvrit sa voix émouvante de gosse malmené. Il le recruta dans la chorale.

Le dimanche, son timbre de soprano léger ravissait les fidèles de l'église Santa Maria de La Encarnacion qui se bousculaient pour vibrer à son interprétation du Confiteor.

Lucia, elle, poussait en graine. « De la mauvaise graine » pensait Rosa.

La grisaille ajoutait au désarroi de Rosa. Elle ne savait plus. Elle se croyait morte. Le visage poupin et lisse de la mariée de 1914 avait pris une expression plus rude. Le port de tête altier avait perdu son aplomb, elle dodelinait du chef lorsqu'elle elle parlait. Son regard dégageait une expression de défiance permanente. Ses yeux placides étaient devenus suspicieux. Rosa en avait assez de cette vie !

Hélas, elle n'avait aucune prise sur les événements. Un homme, son époux, parcourait les rues de Buenos Aires à la recherche d'un arrangement dont il savait, depuis cette lettre d'Espagne, qu'il était désormais impossible. Il se torturera longtemps avant de prendre le bateau. Un bateau français. Rosa, loin d'imaginer le combat de Bartolomé, se consumait lentement à Vera.

La lettre datait de cinq mois pleins. L'auteur de cet improbable scénario, Don Salvador Saldaña y Gonzales lui-même, avait fini par douter.

Lorsqu'il revint, elle ne croyait plus à la fin de son chemin de croix.

Bartolomé arriva à Vera par le quartier de l'Alfareria. Il venait du port d'Almeria. Le car montait péniblement la rue en pente, négociant ce virage interminable qui laissait aux voyageurs le loisir d'admirer la dextérité des filles de la fabrique d'espadrilles.

Souvent, c'est ce que les visiteurs de passage retenaient de Vera, ces filles assises à même le sol, les jambes étendues, tressant avec habileté des cordes pour en faire des semelles tout en bavardant sans arrêt.

Il se présenta au palais de justice et demanda à voir le juge, comme un coupable venu se rendre. Il attendit. L'homme de loi vint enfin à sa rencontre. En le voyant il ne put contrôler une mimique de dégoût.

- Vous êtes Bartolomé Núñez Segura ?
- Oui !
- Je vous dois des explications !
- Inutile, ma femme a disparu, je suis maudit de Dieu, j'ai provoqué la mort de deux innocentes !
- Ne blasphémez pas, malheureux !
- Rosa s'est rongé les sangs pour ce misérable, pesta le juge.
- Bougre de juge, pourquoi détourne-t-il le regard ainsi ! pensa Bartolomé.

Don Salvador appela un huissier pour l'informer de son départ. Il se tourna vers Bartolomé.

- Venez ! Nous allons régler cette affaire chez moi.

L'autre ne comprenait rien. Ils partirent. Le juge vivait calle Hancha. Du vestibule, il appela :

- N'y a-t-il personne à cette heure ?

Rosa sortit de la cuisine. Bartolomé ne la reconnut pas tout de suite. Cette femme au visage triste lui rappelait quelqu'un. Elle cria :

- Bartolomé !

Il ne répondit pas à ce cri, mais, en l'entendant, il comprit que désormais il ne s'appartenait plus. Elle a ressuscité d'entre les morts, Dieu avait accompli un miracle pour lui permettre

d'expier ses péchés. Ils se tenaient face à face, seuls au milieu de l'office. La vieille cuisinière en fonte ronronnait. Elle s'approcha de lui pour le toucher. Il recula, redoutant la caresse froide de celle qu'il croyait morte. Elle répéta simplement :
- Bartolomé !

Il resta sans voix. En quatre années passées à manier le plâtre et le ciment, à renier sa femme quotidiennement, à refuser l'existence de ses trois enfants, il avait perdu ses cheveux. Il avait perdu la superbe qu'il arborait sur la photo de son deuxième mariage, rasé ses moustaches conquérantes et gommé le sourire suffisant qui troublait les femmes. Seule Rosa pouvait le sauver. Elle répéta une troisième fois :
- Bartolomé !

Elle pouvait pardonner, à la condition qu'il choisisse sa famille plutôt que l'aventure. Elle attendait de lui une seule parole, un mot, et il se soumit :
- Oui !

Ce fut un oui sans ambiguïté. Il sonnait à la façon du oui prononcé le jour de leur union. Il effaçait les huit années de son absence. Le retour de son mari lui ouvrait une issue vers la vie. Son histoire commençait.

Ils quittèrent la calle Hancha et, calle Mayor, sentirent sur eux les regards incrédules des passants. La nouvelle se propagea.
- Bartolomé de retour !
- Rosa ressuscitée !

La plaza del sol et son vieux citronnier, éternellement vert, réveillèrent des souvenirs enfouis. Il prit une feuille au passage et la pressa entre ses doigts pour en exprimer l'essence amère. Il renouait avec son passé, dorénavant, il se soumettait à lui.

La rumeur poussa les enfants calle Hileros. Lucia sauta au cou de son père en tirant la langue à Rosa. José-Antonio s'efforça de quitter son sourire triste. Bartolomé regarda le jeune homme en face de lui, bien loin de l'enfant qu'il avait laissé en partant. La vue de sa main mutilée l'accabla.

- Ta main ! Que t'est-il arrivé ?
- Rien, dit José Antonio, Rien !

Rosa intervint :
- Ses doigts ont été sectionnés par le pétrin du boulanger, ton beau-frère Caparros.
- Quand ?
- Peu de temps après ton départ. C'est la fatalité, personne n'est coupable !

La faute de personne, une nouvelle façon de voir pour Bartolomé qui ne pouvait juguler le sentiment de culpabilité qui le submergeait depuis son arrivée à Vera.

Il prit le bras gauche de son fils et le leva jusqu'à ses yeux. Les trois doigts de son fils José-Antonio s'ajoutaient à son passif déjà lourd.

- Sébastian n'est pas là ?
- Non, il est parti chez ma sœur Damiana en Algérie. Il a eu vingt ans cette année, il ne voulait pas être enrôlé pour partir se battre au Maroc.
- La guerre, quelle guerre ? Elle est finie depuis quatre ans !

Il semblait extérieur à la réalité, soucieux simplement de se montrer poli. Il demandait des nouvelles des uns et des autres, de manière compulsive, en récitant les noms dont il parvenait à se souvenir.

Rosa répondit à toutes ses questions quelquefois décalées. Ils passèrent en revue l'histoire de chaque personne évoquée, la Borgne disparue il y a deux ans, Melchior parti à Melilla, puis de là en Algérie, Juan Manuel et sa jambe estropiée, cela n'en finissait pas, éprouvant la patience pourtant infinie de Rosa. Enfin, Bartolomé fut rassasié et cessa de l'interroger. Il soupira. Ainsi, la vie continuait en dehors de lui.

- Allons-nous partir nous aussi ? Tu le veux, Rosa ?
- Oui, je dois rejoindre ma sœur, nous nous l'étions promis, faisons-le en mémoire de Béatriz.

L'homme blêmit en entendant le prénom de sa première épouse. Rosa réprima un début de sourire mauvais et s'en voulut, c'était sa sœur après tout.

Ils allaient partir ensemble, ils auraient des enfants, ses enfants, leurs enfants. Elle se sentait meilleure, apaisée, elle ne maudissait plus ses trois neveux qui avaient servi d'exutoire à la colère qu'elle ne pouvait diriger contre leur père Bartolomé. Elle se repentait sincèrement de n'avoir pas compris plus tôt.

Leur nouvelle vie commença le jour où Bartolomé revint à la maison en possession de « cedulas personales[63] » à leur nom. Elles attestaient l'existence de leur famille.

Rosa doutait de la valeur réelle de ces documents couverts d'une écriture incompréhensible. La vie se réduisait-elle à ces fragiles bouts de papier ?

Le passeport de Bartolomé, un passeport neuf établi par le gouverneur civil d'Almeria, rassura Rosa. Il précisait :

« Passeport valable jusqu'au 25 novembre 1924 pour un séjour temporaire en Algérie ; accompagné de sa femme et de deux enfants. »

Ils embarquèrent pour le port d'Oran où les attendraient Juan Manuel et Damiana. Sœur Rosario avait été mobilisée pour rédiger la lettre qui annonçait la bonne nouvelle.

Ils étaient convaincus de retrouver un jour la maison de la calle Hileros. Ces apprentis migrants emportaient avec eux le secret espoir de revenir un jour.

- Vérifie si j'ai bien fermé la porte, Bartolomé !
- Donne-moi la clef, Rosa. Oui, nous pouvons partir !

Bartolomé boutonna le rabat de la poche de sa veste sur la clé patinée. Il s'assura une dernière fois de sa présence en la touchant à travers le tissu épais.

José et Lucia le regardaient faire.

---

[63] Les premières cartes d'identité espagnoles ont eu cours jusqu'en 1943, elles concernaient les citoyens de plus de 14 ans, elles étaient établies en échange du paiement d'un impôt.

DIX

« Combien de fois ai-je vu monter ces couleurs dans le ciel de Melilla ? » se disait Don Luis Aizpuru y Mondejar en regardant la bannière sang et or claquer au vent.
Ce digne héritier des Mondejar, commandant en chef de la garde civil, répondait de l'intégrité de cette enclave espagnole sur le territoire de l'empire colonial français.
Chaque matin, il scrutait la mer et donnait libre cours à son ressentiment assumé envers la France.
Cet acte patriotique plaçait la journée sous des auspices favorables.
Près de lui se tenait son capitaine, Don Gerardo Aleman y Villalon. Cet officier récemment promu exaspérait Don Luis. En retour, le visage de son adjoint affichait une réprobation à peine retenue. Don Gerardo faisait partie des nouvelles générations de soldats venus au Maroc espagnol pour donner une impulsion à leur carrière. « La patrie avant la famille ! » clamait la devise de Melilla.
L'afflux de migrants espagnols en transit vers le Maroc et l'Algérie constituait leur préoccupation du moment. Les consignes du royaume étaient strictes. Ils devaient empêcher les appelés fuyant la conscription et les citoyens en rupture de ban de se fondre dans la multitude toujours accueillante des migrants honnêtes.
Il lisait la lettre reçue la veille d'un brigadier qui avait servi sous ses ordres, Frasquito Haro Garcia, garde-civil près d'Almeria. Ce dernier lui exposait la situation de son frère cadet Melchior, une tête brûlée selon lui, établi à Melilla depuis trois ans. Le jeune homme avait quitté l'Espagne pour rejoindre sa sœur aînée établie en Algérie, au sud d'Oran. Mais la famille était sans nouvelles depuis son départ.
Le pays avait décidément bien du mal à empêcher ses habitants de partir, pensa Don Luis.

Frasquito expliquait le départ de ses frères et sœurs par la restructuration de l'industrie minière. Lui, grâce à l'éducation reçue des sœurs de Santa Maria de La Encarnacion, était devenu garde civil.

Don Luis se tourna vers le capitaine Aleman en agitant le courrier sous son nez :

- Veuillez diligenter une enquête sur un citoyen du nom de Melchior Haro Garcia. J'ai là une lettre de son frère, garde civil en Espagne. Il me demande de lui délivrer un certificat de bonne conduite.

Pour faire taire le capitaine, qui s'apprêtait à émettre un avis, il poursuivit :

- Attention, Capitaine, je ne vous demande pas un certificat de complaisance, je vous ordonne de procéder à une enquête de moralité avec le sérieux requis, par contre je vous demande de faire plus vite que d'habitude. Plus vite ! J'y veillerai !

Le capitaine encaissa la dernière remarque sans broncher. La vivacité de Don Luis le désarçonnait. Son aversion à l'égard du commandant grandissait jour après jour. Cet homme du passé était fini, alors que lui représentait l'avenir de l'Espagne.

La royauté montrait chaque jour davantage ses limites. Le règne d'Alphonse XIII tournait à la catastrophe.

La Confédération Nationale du Travail s'était imposée profitant de la faiblesse du monarque, et son interdiction ne changerait rien. Seuls des hommes forts redonneraient sa splendeur à l'Espagne. Il enquêterait sur ce Melchior, il espérait ainsi déterrer des informations sur les liens amicaux, aussi minces fussent-ils, entre cet individu suspect et Don Luis.

Doña Maruja papotait devant sa porte, au N° 7 de la rue Marques del Montemar. Les passants badinaient volontiers avec cette veuve coquette qui faisait profession de loueuse. Héritière de Ramon Sospena, un riche commerçant de Barcelone, elle tirait profit de l'immense demeure léguée par un mari qui l'avait épousée pour des raisons qu'elle préférait taire. Après être devenue Doña Maruja Sospena y Ventura elle fit disparaître les traces de son passé tumultueux peu connu à Melilla.

Elle aperçut, rentrant du port, l'un de ses locataires Melchior Haro Garcia, un marin de Cartagena, ombrageux et peu disert. Elle l'arrêta au passage, avant qu'il ne disparaisse après avoir jeté son sac dans sa chambre, comme il le faisait chaque soir.

- Vous avez du courrier !

Melchior ne réagissait pas.

- Vous ne savez pas lire, je parie ?
- Non, on ne m'a jamais appris ! Ses yeux verrons ne parvenaient pas à éviter le regard direct de la femme.
- Je peux vous lire cette lettre si vous voulez ?

Melchior se méfiait. Rien ne lui disait qu'elle sache lire, et si cela s'avérait exact, lui lirait-elle réellement le contenu de la lettre ? Il s'en disait de belles sur Doña Maruja.

Elle perçut sa défiance à son visage courroucé. Elle soupira, se reprochant son penchant, pas tout à fait éteint, pour les jeunes hommes.

- Allez, n'aie pas peur, dit-elle en le tutoyant soudain. Je ne vais pas te manger.

Elle rit en dedans.

- Je veux juste t'aider ! Tu passes tes journées à travailler et le soir tu ne prends jamais un moment pour te laisser aller !

L'attitude de Maruja décontenançait Melchior, il ne connaissait pas de femme aussi provocante.

Il était furieux de sa curiosité maladive et s'était gardé de lui confier ses tourments amoureux, comme certains pensionnaires s'y étaient risqués.

Sa promise au pays, Madalena, morte de la tuberculose, reposait depuis trois ans dans le le petit cimetière de Pechina au nord d'Almeria ; ils étaient fiancés et sur le point de se marier. Une tombe, creusée à la hâte, resterait le seul témoignage de son malheur d'homme. Melchior avait souffert comme on souffre lorsque l'on ne connaît pas de remède au mal ; la fuite lui apparut comme le seul possible. Déterminé à quitter ce lieu de malheur qu'était devenu Vera où le moindre endroit lui rappelait Madalena, il était parti. Cela avait été la principale raison de son départ à Melilla. Officiellement il disait fuir la conscription, une affirmation fausse et dangereuse, mais il s'en moquait, n'accordant aucune importance à ce qui ne le rapprochait pas de Madalena. Il avait voulu mourir, mais le courage lui manqua. Sa rudesse et sa défiance des autres l'aidait à supporter sa peine.

Doña Maruja ne comprenait pas la colère contenue de Melchior et la prenait pour de la timidité envers les femmes. Pour elle, l'amour était un divertissement. Cela heurtait Melchior, mais une partie de lui-même le poussait à se laisser prendre aux caprices de la femme.

Elle se rapprocha, utilisant la lettre pour s'éventer :

- Elle vient de Don Frasquito Haro Garcia, garde-civil à Seron. Elle est adressé à un dénommé Melchior Haro Garcia chez Doña Maruja Sospena y Ventura, calle Marques del Montemar N° 7 à Melilla. Ça a l'air d'être ton frère.

- Donnez-moi cette lettre, s'emporta Melchior que le parfum de Maruja troublait de plus en plus.

- Ah Ah ! Tu fais le méchant ?

Il se rendit à ses arguments.

- Lisez-la donc ! dit-il contre son gré.

- Tiens ! Ouvre-la ! Demande-moi de la lire, avec élégance et courtoisie ! ajouta-t-elle.

Elle passa très vite sur l'en-tête officiel du papier à lettre et la date du 13 août 1919.

- Cher Melchior, lut-elle,

« J'espère que cette lettre te trouvera en bonne santé. Le métier de pêcheur est difficile, même si tu es une force de la nature. »

- Je suis d'accord, commenta Maruja en souriant.

« Je me fais du souci pour toi. Damiana t'attend à Aïn-El-Arba, le village du sud d'Oran où elle s'est installée après l'accident de Juan Manuel. Elle s'inquiète de ne plus avoir de tes nouvelles.
Pour quitter Melilla, tes papiers doivent être en règle, et tu dois détenir un certificat de bonne conduite. J'écris par le même courrier à Don Luis, le commandant de la Place que j'ai connu au cours de mon instruction. Tu iras le voir de ma part pour en faire la demande.
Je souhaite que ça se passe bien pour toi.
Ton frère, Frasquito. »
Ce qu'il redoutait depuis trois ans se produisait. Il devait se présenter au poste de la garde civile pour régulariser sa situation. D'instinct, un réflexe hérité de son père, il n'aimait pas les uniformes. Il essaya de penser aussi vite que possible pour trouver une échappatoire. Son cerveau s'embrouillait. Il ne se souvenait plus de l'endroit où il avait mis ses papiers militaires. N'avait-il pas vendu son bon numéro à un fils Perez Urrutia un soir où le Jumilla l'avait emporté ? Il ne savait plus. Le père de ce dernier l'avait assuré que la transaction resterait cachée et que personne ne viendrait fouiller pour mettre la supercherie à jour. Et maintenant ?
Maruja sentait le trouble de Melchior. Elle ne savait pas à quoi l'attribuer. Elle s'approcha tendrement de lui. Passant un bras autour de ses épaules, elle essaya de le rassurer :
- Ne t'inquiète pas, je vais m'occuper de toi jusqu'à ce que tu puisses partir, viens, entrons !
A la nuit tombée, les locataires du N° 7 se retrouvèrent autour de la table commune du réfectoire. Doña Maruja assurait la demi-pension le soir. Pour quelques pesetas, ses pensionnaires bénéficiaient d'une cuisine familiale. Elle appela Pilar, sa gouvernante, et lui demanda de servir la soupe. Elle servait de l'eau de source pour accompagner le dîner, les autres boissons étaient en supplément. Du vin, rouge la plupart du temps. Elle avouait volontiers être impressionnée par le nombre de verres que buvait Melchior,

laissant entendre à ses interlocuteurs qu'il était capable de bien d'autres exploits. En le fixant, elle se leva et demanda le silence à ses pensionnaires :

- Messieurs ! dit-elle, je vous annonce le départ imminent de Melchior. Dès qu'il aura obtenu ses papiers, il rejoindra sa sœur et son beau-frère en Algérie. Il est notre hôte depuis bientôt trois années.

J'ai demandé à Pilar de nous servir un verre de Malaga pour remercier Melchior de sa compagnie silencieuse.

Melchior se sentit rougir, peu habitué à se trouver ainsi exposé. Qu'avait-elle encore inventé ?

Maruja souriait de façon énigmatique. Sa moue triste et boudeuse, laissait supposer l'existence d'un lien secret entre elle et le marin. De nombreux pensionnaires s'étaient cassé les dents en essayant de la séduire, et ne comprenaient pas comment ce pêcheur illettré y était parvenu. Beaucoup gardèrent longtemps à la bouche le goût amer de ce Malaga.

Au même moment, deux gardes-civils se présentèrent à la porte. Ils descendirent de cheval et bien qu'annoncés par le bruit des sabots sur les pavés, cognèrent plusieurs fois le heurtoir en bronze, un poisson aux yeux globuleux.

- Melchior Haro Garcia habite bien ici ? demanda le plus âgé. Melchior se leva, blême.

- Tu es convoqué demain après-midi à quatre heures au quartier de la garde-civile, 65 rue Jacinto Ruiz Mendoza pour y être entendu par le Capitaine Don Gerardo Aleman y Villalon. Signe ce papier pour indiquer ton accord et confirmer avoir reçu cette convocation.

- Le pauvre, osa Maruja, vous l'avez impressionné ! Melchior, dit-elle, signe ce papier.

Puis, se ravisant, elle se tourna vers le gendarme le plus gradé :

- C'est qu'il ne sait ni lire ni écrire, Monsieur le garde civil !

- Il n'a qu'à mettre une croix ici !

Maruja demanda à Pilar de débarrasser un coin de table, et d'apporter une écritoire :

- Prends la plume, et fais une croix ici.

Melchior s'exécuta et très lentement traça deux traits tremblotants sur la feuille raide. Les autres convives s'étaient éclipsés, mal à l'aise en présence des gardes civils. Les deux gendarmes le firent remarquer :

- Drôles de citoyens, vos pensionnaires, ils n'ont rien à se reprocher, j'espère ?
- Non, ce sont d'honnêtes gens, travailleurs et sans histoire.

Ils se retournèrent :

- Et celui-là ? Vous vous en portez garante ? Il a une tête à faire peur !

Melchior sursauta. Il essaya de se donner l'air avenant, ce qui n'était pas naturel chez lui. Dans ces moments-là, il avait du mal à cacher sa colère. Il semblait prêt à tout ! Mais, il n'avait pas l'âme aussi noire. Il trouvait dans le travail le remède contre son agressivité. Ou alors dans la boisson si cela ne suffisait pas. Il se battait uniquement pour se défendre et se gardait des jeux d'argent.

Les femmes et les autres tentations des marins esseulés ne l'attiraient guère. A sa façon il était une sorte de bon samaritain inspiré par son saint ; sa sœur Damiana disait en parlant de sa générosité :

« El Rey Melchior, al niño Jésus oro le regalo[64] ! »

Il se réfugia dans cette phrase. Seule Damiana savait voir ses bons côtés. Cela faisait maintenant trois ans qu'elle l'attendait. Il eut honte.

Les gardes civils insistaient et il finit par leur dire :

- Je serais chez votre capitaine demain après-midi. Bonne nuit !

Maruja le suivit, accrochée à la rampe de l'escalier, décidée à obtenir ce qu'elle désirait depuis qu'elle logeait Melchior. Elle

---

[64] Melchior le roi mage offrit de l'or à l'enfant Jesus !

ne croiserait jamais un autre homme comme lui. Elle savait qu'il ne s'attacherait jamais à elle mais peu lui importait, elle voulait sa part de bonheur.

- Melchior, implora-t-elle, reste près de moi ! Au moins cette nuit !

Il ne put refuser. En se dirigeant vers la chambre de la logeuse au dernier étage, il pensa à Madalena dans sa tombe et s'arrêta sur une marche le temps de chasser cette pensée. Maruja pensa qu'il renonçait et sentit un frisson la parcourir. Elle maudit son corps, toujours avide.

A quatre heures, le jour commençait tout juste à poindre. Melchior quitta le lit imprégné de l'odeur de Maruja. Après s'être passé le visage sous l'eau du robinet commun, il se dirigea vers l'office, trouva un morceau de pain blanc, un kilo de sardines salées, un reste de longanisse[65], une part de tortilla un peu rassise, deux oignons et une bouteille de vin entamée. Il remplit son havresac et, sans se retourner, se dirigea vers les quais au bout de la rue Marques del Montemar.

Son patron, Javier Buscavidas, l'attendait devant la gabare prête à appareiller :

- Melchior, que se passe-t-il, tu as oublié la pêche ?

Il se contenta de répondre par un haussement d'épaule et montra le havresac plein à craquer :

- J'ai pris le temps de ravitailler !

Javier évitait de manger en mer. Il admirait la capacité de son marin à ne pas rendre ses repas malgré le roulis. Il en connaissait des freluquets jouant les fiers à bras et renvoyant leurs tripes par-dessus bord au premier coup de vent.

Il grimpa sur le pont, se retourna pour saisir au vol le sac de Melchior. La bouteille tinta contre le couteau à cran d'arrêt dont il ne se séparait jamais. Melchior défit la corde enroulée autour d'un anneau scellé au sol, la lova avec facilité sur son avant-bras, lança le cordage à Javier, et sauta sur le bateau.

---

[65] Saucisse sèche espagnole.

La voile faséya puis claqua au vent du matin lorsque Javier orienta l'embarcation face au large.

Ils trouvaient du contentement à répéter les mêmes gestes chaque matin. Autour d'eux, une flottille d'embarcations hétéroclites se dirigeait vers la passe du port en prenant le vent. Chacune attendait son tour et, de l'autre côté de la jetée, la masse informe des voiles se disciplina en une file alignée pour prendre la mer.

Javier manœuvra pour s'écarter du train de bateaux et mit le cap sur la lagune de Nador. L'endroit regorgeait de rougets, de mulets et de poulpes. Ils y resteraient une partie de la matinée puis tenteraient leur chance du côté des Iles Chafarinas. Rien qu'à l'odeur du vent ils pressentaient que la pêche serait bonne. Concentré sur la manœuvre, Melchior en oubliait presque sa convocation à la garde civile.

Le capitaine Don Gerardo Aleman y Villalon, affalé sur le fauteuil derrière son bureau, regardait Melchior. Celui-ci remarqua le brillant des bottes lustrées à la graisse et au cirage. L'homme le toisait sans lui proposer de s'asseoir :

- Pourquoi avez-vous quitté votre emploi au port de Garrucha et l'association la Luz y la Precisa pour venir à Melilla ?

Melchior perçut de la méfiance dans la voix du capitaine. Il resta sur ses gardes. Que cherchait ce type ? Il se lança :

- Ce serait trop long à expliquer !

- J'adore les histoires, je ne suis pas pressé ! Vous savez, notre Commandant connaît votre frère Frasquito ! Un brave homme. Il s'inquiète pour vous, d'ailleurs !

Melchior, mal à l'aise, répondit en cherchant les mots :

- Frasquito a eu de la chance. Il n'a pas connu nos difficultés. Lui est allé à l'école. Il a choisi la garde civile. Cela lui a procuré le logement, la solde, à manger chaque jour, l'uniforme, le cheval. Quand le mari de ma sœur Béatriz est parti en Argentine, il nous a pris, Rosa et moi, chez lui à Seron. J'avais 14 ans.

Elle faisait son ménage et moi je travaillais à la mine. Au pont de fer sur les quais de déchargement nous étions nombreux à suer pour remplir les wagonnets. Je préférais être là qu'aux fours de la fonderie. Frasquito et moi n'étions jamais d'accord, lui ne voyait pas que c'était un travail de chien, il me demandait d'être patient, de ne pas m'emporter comme notre père. Nous ne nous comprenions pas et c'est devenu impossible de rester chez lui. Nous sommes rentrés avec Rosa.

Le capitaine se redressa sur son fauteuil. « Cet homme était-il inconscient ou complètement fou ? » Les coudes sur le bureau, la tête entre ses mains, il regardait Melchior avec étonnement. Ce dernier retrouvait un débit normal. Il poursuivit :

- Quand ma sœur aînée est morte, j'avais presque dix-huit ans, ma sœur Rosa vingt ans, elle assurait seule la charge des trois enfants de Béatriz dont l'aîné était âgé de douze ans. Le père, Bartolomé était reparti chercher du travail en Argentine après l'avoir épousé. Je ne gardais rien de mon salaire, il servait à l'entretien de la famille. Elle a trouvé un travail chez le juge de paix. Il a obtenu mon émancipation pour m'inscrire à la Luz y la Precisa. Il fallait être majeur, en principe. J'ai eu la surprise d'être engagé sur le champ.

- Que faisiez-vous exactement ?

- Je chargeais et déchargeais les bateaux de minerai. Le téléphérique de la mine de Bedar arrivait sur le port de Garrucha, le train également.

- Vous êtes costaud !

- La force s'épuise, si on ne mange pas à sa faim tous les jours !

Le capitaine sourit ouvertement. Il poursuivit :

- Vous n'avez pas peur de moi ! Vous dites la vérité au moins ?

- Je n'ai jamais été un menteur, s'insurgea Melchior.

- Je ne demande qu'à vous croire.

- Je suis venu à Melilla employé par mon ami Javier Buscavidas. Nos pères, José et Mateo, se connaissaient.

Une famille de pêcheurs respectée et reconnue à Palomares.

- Depuis combien de temps vivez-vous à la pension de Maruja ?

Melchior sursauta en entendant le prénom de sa logeuse.

- Pourquoi ? demanda-t-il, toujours sur ses gardes.
- Ici, c'est moi qui pose les questions ! Si vous tenez à votre certificat de bonne conduite, répondez-moi sans détours !
- Je suis arrivé à Melilla en 1916.
- Trois ans déjà ! Et ça se passe bien à la pension ? Vous n'avez rien vu de louche là-bas ?
- Non, des pensionnaires sans histoires. Ils sont venus pour le travail, comme moi.

Le capitaine souriait ouvertement.

- Vous fréquentez beaucoup les tavernes du port, le soir !
- Pas plus que les autres. Je suis seul, un verre ou deux en jouant aux cartes, ou aux dominos, rien d'extraordinaire !
- De l'argent ?
- Exceptionnellement !
- D'après cette enquête, vous prenez des paris dans les cafés du port ?
- Sur le nombre de verres bus au comptoir ?
- Effectivement !
- Mais je ne propose jamais d'organiser ces paris, Javier m'a fait une réputation, rapport à ce que je bois pendant la pêche.
- Vous gagnez souvent à ce que je sais.

Melchior est stupéfait de la précision des renseignements du capitaine.

Javier, toujours sur ses gardes, lui désignait parfois un pilier de taverne en disant :

- Regarde le type derrière ses moustaches, c'est un cahouète[66] !

Il utilisait le mot arabe pour désigner les indicateurs de police.

---

[66] Mouchard.

Melchior reprit pour le capitaine :
- Je suis toujours à l'heure sur le bateau, au petit matin, quand tout le monde dort, prêt pour la pêche !
- Pas de bagarre ?
- Si on me provoque !
- Qu'est-ce que vous comptez faire en Algérie ?
- Je vais retrouver ma sœur Damiana et son mari Juan Manuel. Ils vivent au sud d'Oran au village d'Aïn-El-Arba.
- Vous avez du travail, là-bas ?
- Mon beau-frère pose des rails pour une société de trains, ils recherchent des gens costauds.

Le capitaine se replaça face à son bureau et rapprocha le fauteuil. Il regardait attentivement un dossier composé de plusieurs feuilles manuscrites à l'encre violette. Il oublia Melchior et resta longuement penché sur le rapport de ses agents, hochant quelquefois la tête ou poussant un grognement. Melchior se demandait si cela le concernait.

- Je vois que vous avez échappé à la conscription en tirant un bon numéro. Vous avez de la chance !

Melchior frémit à l'évocation de son bon numéro. Il attendit, certain que le capitaine avait découvert son forfait. Mais rien de tout cela. Il se força à ne pas sourire. A ne rien laisser paraître. Il avait chaud.

Le capitaine conclut sur ces paroles. Il appela son aide de camp :

- Sergent Gomez, apportez-moi un certificat de bonne conduite.

Don Gerardo prit la feuille des mains du sous-officier et commenta à voix haute ce qu'il écrivait :

- Vous vous appelez Melchior Haro Garcia, né le vingt-sept décembre 1897 à Vera, vos parents José Haro Léon et Antonia Garcia Molina, habitaient calle Inclusa à Vera. Vous, à Melilla 7 rue Marques del Montemar depuis 1916. Etes-vous d'accord si j'écris : Melchior Haro Garcia s'est

comporté de façon exemplaire au cours de son séjour à Melilla[67] !
- Oui Monsieur le Capitaine, répondit-il en essayant de mettre dans les intonations de sa voix le respect que l'autre devait attendre.
- Voilà un certificat en bonne et due forme. Il vous permettra de sortir du territoire.

Il le signa répétant son geste dans l'air avant de poser la plume sur le papier :
- Vous êtes en règle, je suppose. Faites voir vos documents !

Melchior tendit son carnet d'identité.
- Bien, dit le capitaine après un examen attentif. Vous pouvez disposer !
- Merci, Monsieur le Capitaine !
- N'en faites pas trop, remerciez plutôt votre frère Frasquito.

Melchior sortit en courant de la citadelle. Le soldat en faction l'arrêta. Un sergent intervint depuis une guérite :
- C'est bon, tu peux le laisser passer !

Melchior courut jusqu'à la pension. Il maintenait la bretelle de son sac sur son épaule. S'il s'écoutait, il vérifierait la présence du papier.

Sa logeuse l'attendait sur le pas de la porte :
- Alors, marin, heureux d'abandonner le port ?

Melchior se montra surpris. Elle s'approchait de lui, lascive.
-Tu ne te plaisais plus chez moi ?

Il ne dit rien.
- Je suis vraiment triste, tu le sais ?

Melchior se taisait, tentant de dissimuler sa joie.
- Quand pars-tu?

---

[67] La formule officielle indiquait : Melchior Haro Garcia est connu pour sa bonne conduite et sa moralité, selon les informations connues il ne fait l'objet d'aucune procédure.

- Ça dépend de Javier. Il a proposé de m'emmener jusqu'à Oran, en cabotant le long des côtes. Nous pêcherons durant la traversée, et vendrons le poisson de port en port. Mon travail paiera le voyage.
- Cela parait équitable, tu es sûr de lui ?
- Javier est un bon copain. Je me suis installé ici grâce à lui !
- Melchior ! Pourquoi les hommes ne te ressemblent-ils pas ? Tu viendras ce soir ?

Melchior était gêné de cette invitation directe. Il crevait de désir pour Maruja sans oser se l'avouer.

- Je monte mon sac et je vais voir Javier au port pour arranger les détails. Je serai de retour pour le dîner.

Melchior traîna sur le port. Il se dirigea vers le bateau. La mer était comme lui, entre le bleu et le gris. Au Nord, l'Espagne et vers l'Est, l'Algérie. Ecartelé entre ces deux pays. Le dicton du vieux Buscavidas lui revint :
« Si tu fuis ton pays, dirige-toi vers le ponant ! »
Il faisait l'inverse. A Vera, excepté Rosa et ses neveux, il n'y avait là-bas que des morts. A quoi bon vouloir y retourner ? L'avenir ne se trouvait-il pas près de Damiana au village d'Aïn-El-Arba ?
Une mouette se posa sur le môle. C'est un signe, pensa-t-il. Le cou de l'oiseau palpitait, gonflant son plumage comme les seins de Maruja lorsque son cœur battait la chamade.
Il jeta au loin le mégot de son cigare. La mouette, effrayée, s'envola. Il descendit vers le port de pêche. Au milieu des bateaux et du fouillis des filets, il aperçut la silhouette de Javier en discussion avec son voisin de bord.
Il ralentit son pas et observa l'endroit qu'il allait quitter bientôt. Il en avait assez de ces voyages incessants.
« Que cherches-tu à fuir ? » se demanda-t-il. Il revit la tombe de Madalena au cimetière de Pechina. Le bouquet de violettes déposé avant son départ pour Melilla. Il laissa la fumée d'un nouveau cigare lui piquer les yeux.
Javier le vit :

- Melchior, les gardes civils ne t'ont pas mis en prison ? Il rit.
Melchior fit un vague geste de la main sans signification véritable. Javier lui demanda de monter à bord.
- Nous pourrons partir demain, si tu es d'accord.
Melchior ne répondit pas, il souleva sa casquette de la main droite et se gratta le dessus du crâne. Il pensait à la manière dont il ferait ses adieux à Maruja. Son cœur palpitait, il voudrait rester près d'elle à Melilla, il se sentait indécis, peut-être pourrait-il différer son départ.
Javier lui donna une bourrade amicale :
- Veinard, tu pars à Oran !
Javier se mit à chanter et à danser sur le pont de son bateau :
- Si nous fêtions cela ensemble ?
Melchior sortit de son gilet la montre du grand père Francisco que Damiana lui avait confié à la mort de ce dernier et fit la grimace. Il ne lui restait qu'une heure avant le dîner à la pension.
- J'avais compris, lui dit Javier, tu es attendu, allez, dépêche ! Il entraîna son pécheur par le bras vers une auberge du front de mer.
- Ils nous serviront un Jumilla rouge là-bas, à nous rendre heureux ! J'en boirai des bouteilles ! Melchior, Melchior, réveille-toi, on ne dirait plus le même, qu'est-ce qu'il t'arrive ?
Ils longèrent le quai jusqu'à la taverne, et avant de rentrer Melchior confia à Javier :
- Je ne sais plus si j'ai envie de partir.
- Tu plaisantes ?
- Ce doit être la lune ! Elle change cette semaine, le temps aussi va changer.
- Alors, les poissons vont se battre pour se prendre dans les filets, répond Javier. Allons, dépêche-toi, file, lâcheur !
Melchior ne voulait pas arriver trop vite au 7 de la rue Marques del Montemar. Il se voyait mal assister au dernier dîner en compagnie des pensionnaires le scrutant et

s'interrogeant sur sa décision, curieux de connaître le résultat de sa convocation à la garde civile. Il se résolut toutefois à s'y montrer. Maruja jouait l'indifférente, plaisantant avec les uns et les autres. Elle demanda même à Pilar de servir de la tisane avant que ses hôtes ne rejoignent leurs chambres. Melchior fumait devant le seuil, furieux. Il s'interdit de regarder où en étaient les convives dans le salon. Maruja, comme elle le faisait chaque soir, installa des chaises devant la pension pour Pilar et elle. Les deux femmes s'assirent et tout en devisant, échangeaient avec les passants. Il semblait à Melchior que tout Melilla s'était donné rendez-vous calle Marques del Montemar. La nuit s'installait, douce, et le ressac berçait le port.

Plus personne ne passait dans le rue, Maruja se retrouva seule, elle fit signe à Melchior de venir s'asseoir à ses côtés. Il attendit de finir son cigare pour le faire. Ce n'était pas un beau parleur, il s'assit, évitant les yeux sombres de Maruja.

Celle-ci soupira violemment.

- Melchior Melchior, maudit soit le jour où tu es venu ici !

Melchior ne s'attendait pas à entendre ça. Maruja se leva.

- Rentrons les chaises !

Il la suivit dans la pension silencieuse.

« Cette femme va me faire tourner en bourrique » pensa-t-il.

Ils se retrouvèrent dans la chambre de Maruja où l'obscurité les enveloppa. Leurs corps se reconnaissaient et le plaisir emporta leurs remords. Auraient-ils pu vivre ensemble ? Peut-être, Maruja et Melchior ne voulaient-ils pas, chacun à sa façon, lutter contre leur destin ?

Lui se retenait de fumer et se tournant vers elle lui dit :

- Tu es ma première vraie femme.

- Je le savais, idiot !

Ils s'amusèrent de cet aveu inutile, mais lui ne cessait de penser à Madalena. Il n'imaginait pas Maruja capable de cette tendresse presque amoureuse. Que savait-il de l'amour d'ailleurs ? Avait-il trahi sa fiancée morte ? Il s'en persuadait éprouvant un plaisir malsain à cette idée.

- Tu m'en voudras si je pars ? Trouva-t-il la force de dire.
- Non, tu es un homme maintenant, veille sur toi et ne m'oublie pas !

Il se retrouva dehors dans la nuit chaude, son sac de marin à l'épaule. L'eau resplendissait sous la lumière du ciel, le vent était tombé. Il resta un moment face au large avec sa solitude et se dirigea vers le môle où Javier amarrait son bateau. Personne à bord. Il lança son barda sur le pont et s'allongea dessus. Son visage tourné vers le ciel, il alluma un cigare et regarda longtemps les étoiles avant de s'endormir.

Le roulis du bateau le réveilla au milieu d'un rêve :

- Alors fainéant, tu as fini de cuver ?
- Où sommes-nous, dit-il à l'adresse de Javier.
- Bientôt les îles Chafarinas, notre prochaine escale, j'ai un paquet pour le chef de la garnison.

Ainsi, malgré lui, il était parti de Melilla. Javier riait de sa farce.

- Peut-être aurais-tu voulu rester ?
- Va savoir ?

Ils accostèrent à l'ombre de la forteresse sous les canons pointés vers le Maroc.

A son retour, Javier demanda à Melchior d'affaler la voile carrée qu'il avait hissée pour quitter le port sans le réveiller et embraya le moteur Ford :

- Cette fois, cap sur Oran !

La mécanique toussa plusieurs fois en laissant échapper un peu de fumée noire et une forte odeur de mazout puis se mit à cahoter régulièrement. L'étrave fendait les flots, complice des vagues venant la battre sans agressivité.

Javier piqua vers les côtes du Maroc et stabilisa le bateau parallèlement à la ligne verte de la terre.

La vitesse relative de l'embarcation, l'immobilité statique du rivage, les faisait caboter lentement vers leur destination. Ils ne risquaient pas de faire fausse route. Javier confia la barre à Melchior.

De temps à autre, ils croisaient des cotres ou des youyous pratiquant la pêche de jour. Ils échangeaient des signes amicaux, trop éloignés pour pouvoir communiquer à voix haute.

Ils étaient partis pour deux jours et deux nuits jusqu'à Oran.

Melchior, excité, n'arrêtait pas de parler, au grand dam de Javier habitué à plus de silence.

- Tu n'es pas obligé de te confesser, je ne suis pas ton curé !
- Tu n'es pas obligé d'écouter !
- Difficile sur ce bateau !

Melchior éprouvait l'impatience du voyageur emmené malgré lui vers sa destination finale. Il voyait le moment de son arrivée. Imaginait les personnes l'attendant. Ce moment existait, en dehors de lui.

Javier se réveilla :

- Tu m'as parlé ? fit-il à moitié endormi.
- Non, tu dois rêver, répondit Melchior.
- Je te jure, je t'ai entendu !
- Dors, s'il te plait !

La nuit succéda au premier jour, puis le deuxième jour à la première nuit. Au matin du troisième jour, après avoir croisé au large du Cap Falcon, ils aperçurent le mirage lumineux de la ville d'Oran.

Ils cessèrent de parler, impressionnés par l'éclat des bâtiments blancs sous le soleil. Le temps s'allongea, changeant d'échelle à mesure qu'ils progressaient vers leur destination. Les minutes semblaient devenir des heures tant la distance fut longue à parcourir. Ils parvinrent finalement au port.

Melchior, soulagé, rendit grâce à Dieu pour le remercier d'être arrivé sans encombre, de ne pas avoir subi d'avaries ni rencontré de pirates. Il se signa rapidement pour éviter d'être vu par Javier. Ce dernier chantait.

Il fut le premier au sol et lança le cordage avant de sauter à terre. Un enthousiasme fébrile s'emparait de lui. Il amarra solidement le navire et remonta à bord pour prendre son sac.

- Hé, amigo, on ne se connaît déjà plus ? lança Javier.

Melchior se dirigeait vers la capitainerie. Il se retourna et fit un geste pour signifier qu'il ne pouvait attendre.
Javier finit par le rattraper. Ils durent patienter, les douaniers déjeunaient. Melchior pesta contre cette habitude française qu'il découvrait. Finalement, deux hommes en uniforme bleu ouvrirent le bureau d'enregistrement.
D'un œil distrait, ils regardèrent les papiers neufs de Melchior et les couvrirent de tampons au hasard des pages.
Dans un français approximatif, Javier expliqua qu'il repartait avant la fin de la journée. Les deux gardiens haussèrent les épaules et leur demandèrent de circuler en continuant à bavarder.
Melchior prit le temps de regarder autour de lui. La ville semblait perchée au-dessus du port. A l'aplomb des quais se dressait une multitude de maisons dont l'implantation désordonnée formait un dédale de ruelles enchevêtrées. C'était le quartier de la marine. Régnant sur ces habitations de pêcheurs et de gens pauvres, un bâtiment dominait. Sous le fronton ouvragé et devant les portes massives à moitié ouvertes, une femme brune aux cheveux noirs et huilés fumait.
Melchior comprit qu'il avait en face de lui, Mercedes la patronne de la Posada Española. Celle dont Juliano de Olula del Rio, el Gitano de la Barca, célébrait en chansons la beauté vorace, de café en café, d'Aguilas à Cartagena.
Les deux hommes s'approchèrent et elle s'effaça pour les laisser entrer. Melchior se présenta comme le frère de Damiana, la vendeuse de charbons et combustibles, et le beau-frère de Juan Manuel, l'homme à la jambe cassée. Elle acquiesça d'un geste de la main, prenant le temps de secouer la cendre de son cigare, puis les dirigea vers une table et leur servit d'office un pichet de Jumilla.
Melchior, subjugué par l'allure de la femme ne la quittait pas des yeux. Javier riait. Dans la salle obscure, le temps s'était arrêté, immobile. Ils ne parvenaient pas à se défaire du rythme du bateau présent dans leur tête.

Javier brisa le silence. L'heure de la séparation était venue. Il donna une accolade à Melchior puis sortit sans se retourner.
Ce dernier s'enquit auprès de Mercedes des moyens de se rendre chez sa sœur.

- Tu peux loger ici ce soir. Demain, il y a un train pour Aïn-El-Arba à six heures du matin. La gare n'est pas très loin du port à pied.

Il se retrouva sans rien à faire, et ne le supporta pas. Resté assis à la table, dans la pénombre de la posada, il s'agaçait et préféra sortir au soleil.

Il stationna un moment devant la porte à contempler le port. Après avoir marché en direction de la mer il fit demi-tour pour s'aventurer vers la ville. Il caressait la vague idée de chercher l'ancienne boutique de sa sœur. Démuni d'indications précises, il y renonça vite et déambula au hasard des rues. Il parvint à l'extrémité d'une venelle aboutissant à des escaliers. Des femmes voilées passèrent. Il les suivit du regard. Il marqua une longue station sur les marches, cherchant à se donner une contenance. Personne ne lui prêtait attention. Il demanda du feu à un passant. L'homme l'évita en pestant et passa son chemin. Quelle ville ! Il s'assit sur une chaise en paille qu'il descendit d'une table, à l'ombre du store d'un café fermé, et fuma sans plaisir un manille. Les heures n'avançaient pas, prenant leur temps. Il soupira.

En contrebas, la mer s'agitait sans hâte. Il entendait distinctement les mouettes crier. Il aurait voulu être à demain. Un gros homme moustachu, harnaché d'un tablier blanc, sortit du bar et marqua sa surprise :

- Vous m'avez fait peur !

Melchior haussa les sourcils en faisant une grimace accompagnée de gestes des mains pour expliquer qu'il ne comprenait pas.

- Espagnol ? lui demanda ce dernier.
- Si, sourit Melchior, crispé.

L'aubergiste se mit à installer la terrasse sans lui accorder d'attention. Il revint pour lui demander en mimant s'il voulait boire.
 - Vino ! répondit Melchior.
Ces dialogues à force de gestes auraient pu continuer longtemps si d'autres clients n'étaient arrivés. Melchior se désintéressa des nouveaux venus qui accaparaient le patron. Une nouvelle fois, il se retrouvait seul.
Il resta là jusqu'à la tombée du jour et redescendit vers le port. La posada crachait ses lumières par le portail. Il retrouva l'ambiance sombre du début d'après-midi. Mercedes lui sourit vaguement. Il s'assit à la même table. Dehors, l'air avait l'odeur de Cartagena, une odeur de voyage.
Des éclats de voix, près du comptoir au fond de la taverne, attirèrent son attention. Des marins organisaient un concours de mètre d'anisette. Mercedes alignait les verres d'un bout à l'autre du comptoir, une pièce de bois nourrie de taches, alcool, sueur, crasse. Il se leva et se dirigea droit vers le début de la rangée de verres en demandant qu'elle soit doublée. Il poussa le matelot à l'extrémité opposée et lui lança un défi :
 - A nous, maintenant !
Avant que l'autre n'ait réagi, il descendait son deuxième verre et continuait à boire méthodiquement. La salle se mit à applaudir. Il regardait son adversaire, à la peine, et l'enfonça un peu plus en accélérant la cadence. Il ne titubait pas. Il regardait l'anisette avec le sérieux d'un curé au moment de l'élévation. L'autre était cuit et menaçait de s'écrouler. Avant qu'il ne tombe, Melchior le soutint en passant ses bras sous ses épaules. La salle rugit pour la beauté du geste. Il déposa le matelot inexpérimenté sur une chaise et alluma un niñas, satisfait de sa démonstration. Il sortit. L'air chaud, propice aux confidences, attira Mercedes qui le suivit :
 - Est-ce que ta sœur est au courant de tes exploits ?
 - Laisse ma sœur tranquille, je la retrouve demain !
 - Dommage, tu aurais pu attirer les clients, fort comme tu es !

- Dieu seul le sait !

Il poussa jusqu'au bord du quai, et s'assit, les jambes ballantes dans le vide. Il regardait vers son Espagne. Il s'apprêtait à chanter lorsqu'avisant la lune à son premier croissant il se souvint du proverbe de Damiana et, tâtant son portefeuille gonflé, il récita :

- Luna hermosa, como crecen tus cuartos, que crezca mi bolsa[68] !

Le vent se levait, séchant la sueur sur sa nuque. Il aurait voulu que la nuit durât sans fin. Une nuit éternelle, le protégeant de ses démons.

Le vacarme de la posada emplit peu à peu le quartier du port, fermé par les bâtiments de la capitainerie. Il eut l'impression d'être vieux et d'avoir passé un temps infini depuis son arrivée ce matin.

Le lendemain au petit jour, il marchait vers la gare d'Oran. Melchior pesta contre les caprices du temps qui s'écoulait toujours de façon extravagante. La fraîcheur des rues, arrosées, dissipa son mal de tête. Dans une main, il tenait un billet froissé remis par un client charitable qui lui avait traduit :

- Un ticket pour Aïn-El-Arba, s'il vous plait.

De la gare sortaient des groupes de femmes voilées qui parlaient fort. Certaines, accompagnées d'enfants morveux, portaient des paniers remplis de volailles, de lapins ou de légumes. Melchior ignorait qu'elles venaient de la plaine de la M'leta pour vendre leurs produits à Oran au marché de la place Karguentah. Il apprendrait à mieux connaître ce pays. Il se dirigea vers le préposé aux billets. Il montra son papier et l'autre lui répondit :

- Troisième classe ?

---

[68] Lune immense et belle que ma bourse se remplisse comme croissent tes quartiers. Proverbe traditionnel qui joue sur la double signification du mot cuarto, quartier et pièce de monnaie équivalent à 4 maradevis.

Il reproduisit la mimique signifiant « Je ne comprends pas ! », l'air stupide et désolé. Le guichetier, jaugeant son allure d'un œil professionnel, décida de le placer en troisième classe et l'accompagna jusqu'au wagon.

Il monta et s'assit sur une banquette de bois. Du duvet roux, de la terre et des crottes de lapin jonchaient le sol. Il balaya le tout de son pied sous la banquette. Peu de voyageurs empruntaient le train dans ce sens aussi tôt le matin. Il se leva pour regarder par la fenêtre. La locomotive soufflait. Les voyageurs arrivaient sans se presser. Un couple de vieux Espagnols s'assit en face de lui. Il leur sourit, content d'entendre sa langue.

Il tenta le coup :

- Je vais à Aïn-El-Arba retrouver ma sœur, Damiana Haro Garcia.

Hélas, ils allaient jusqu'au terminus Hammam Bouadjar, et ne connaissait aucune Damiana Haro Garcia. La discussion s'arrêta là. Il dormit, dépité. Ils le réveillèrent à la gare du village et lui souhaitèrent bonne chance.

Enfin, il touchait au but. Les passants s'étonnèrent de voir ce marin débarquer soixante kilomètres à l'intérieur des terres, l'air ahuri mais déterminé, son sac à l'épaule. N'eut été sa carrure et l'expression fermée de son visage, d'aucuns se seraient hasardés à une plaisanterie ; mais personne n'osa. Il se retrouva dans la rue à chercher son chemin. Apercevant un jeune moustachu, il le héla en espagnol :

- S'il te plait, je recherche ma sœur, Damiana Haro Garcia. Tu peux m'indiquer où elle habite?

L'homme, riant à moitié, s'arrêta pour regarder l'étranger. Il pensa aussitôt à la blague du marin qui avait perdu son bateau et répondit :

- Ici tu ne trouveras ni mer, ni bateaux !

Prononçant ces mots, il mesura son audace et se mit en position d'affronter le matelot. Celui-ci posa son sac à terre en le défiant du regard.

- Tu veux te battre, on dirait !

- Je pense que je n'aurai pas le dessus. Je connais Damiana, et je m'appelle Damian !
- Tu te moques de moi, maintenant ?
- Non, je t'assure, c'est la pure vérité !

Melchior se méfiait. Son regard se ferma. Les deux hommes face à face étaient prêts à en venir aux mains. Une lueur passa dans les yeux de Damian. Melchior ne voulait pas sourire, ses sourcils fournis accentuaient la noirceur de ses yeux. Damian rompit la garde le premier et lui tendit la main. La tension retomba. Il expliqua que son père et lui, maçons de métier, avaient travaillés à la rénovation de la Maison Font où habitait la sœur de Melchior.

De la gare, après avoir traversé le village, ils prirent le chemin du cimetière et derrière les derniers bâtiments, ils aperçurent la bâtisse carrée au toit de tuiles rouges à quatre pentes. Damian partageait la joie de Melchior :

- Ta sœur habite ici !

Melchior le retint alors qu'il s'apprêtait à le quitter devant la porte :

- Viens, nous allons boire un verre à notre santé.

Il frappa et attendit, poussant Damian devant lui. Denise ouvrit la porte et dévisagea les deux hommes, étonnée :

- Tu dois être ma nièce, Denise, viens embrasser ton oncle Melchior !

Elle s'enfuit, se retenant de pleurer. La voix de Damiana retentit dans le couloir :

- Qui est-ce, Denise ?

Sans réponse de la petite, la mère vint à la porte, elle vit d'abord Damian, puis, caché derrière lui, son frère :

- Te voilà toi ! C'est fini Melilla ? Ils t'ont enfin laissé partir !

Elle l'attendait depuis plusieurs jours, prévenue de ses démarches par Frasquito, et sans nouvelles de sa venue s'apprêtait même à partir pour Oran.

Melchior avait l'air d'un gamin pris en faute. Damian riait derrière lui. Le marin belliqueux avait disparu. Damiana connaissait son petit frère. Elle prit le jeune maçon à témoin :
— Celui-là, je lui en ai donné !
Elle embrassa son frère. S'il la dépassait en taille et en poids, il restait le bébé qu'elle avait bercé. Melchior se défit de l'étreinte :
— Pourquoi ne m'auraient-ils pas laissé partir de Melilla ?
— Il a la tête dure ! reprit-elle à l'adresse de Damian. Pedro-Higinio, Dionisia ! Venez dire bonjour à votre oncle Melchior, il vient habiter chez nous. Toi, par ici, je vais te montrer ta nouvelle nièce Antonia. Juan Manuel est au travail, il sera là ce soir.
Les gamins se montrèrent timides. Pedro-Higinio, mal à l'aise, doutait que ce gaillard puisse être son oncle :
— Il sent le cigare ! dit-il à sa mère en se pinçant le nez.
— Celui-là, il est délicat, je me demande d'où il vient !
Depuis un moïse se balançant sur un trépied, s'échappaient les gazouillis de la dernière, Antonia. Melchior osait à peine approcher.
Damiana lui confia le bébé :
— Si elle te fait pipi dessus, ça te portera bonheur !
Damian riait de voir son nouvel ami ainsi empêtré, Antonia battant son visage de ses petites mains.
Melchior se souvint de sa promesse à Damian. Il avait retrouvé son assurance. Sa sœur, moqueuse, le regardait faire. Il fureta du regard et se dirigea vers le garde-manger. Damiana prit les enfants à témoin :
— Regardez votre oncle, il sait tout de suite où se trouvent les bonnes choses !
Pedro-Higinio et Denise, horrifiés, virent l'étranger s'arroger le droit de fouiller dans le garde-manger. Damiana riait de bon cœur :
— Surtout ne me sors pas de verre !
— Elle ne boit pas, se justifia Melchior.
Il sortit une bouteille et des verres :

- A nos retrouvailles, à notre santé ! dit-il en remplissant deux verres.
- Nous allons faire un tour du village, Damian me montrera ce qu'il y a à voir.
- Ne rentre pas trop tard, Melchior, Juan Manuel veut te parler du travail proposé par le TOH. Francisco et lui seraient heureux de te voir les y rejoindre.

En sortant, ils tombèrent sur la tia Lista. Curieuse comme une pie, elle se tenait aux aguets. Sans s'arrêter, Damian lui lança :
- Voici Melchior, le frère de Damiana, il arrive de Melilla.
- Grâce à Dieu ! dit la grosse femme, sa sœur s'inquiétait, elle priait pour lui chaque jour, grâce à Dieu !
- Je vois que votre âne est revenu, tia Lista !
- Dieu te bénisse de penser à mon bourricot. J'ai souffert sans lui, à tout porter moi-même.

Ils rirent ensemble.

Chacun y allait de son histoire. Des galeries de personnages défilèrent. Javier Buscavidas, el gitano de la barca, Mercedes, Madalena la fiancée enterrée à Pechina, Maruja la veuve et Damiana. Damian ne fut pas en reste. Ses parents avaient quitté l'Espagne, pourchassés par la police politique du roi. Maçon de métier, le père Lopez s'exila en Algérie. La mort de sa femme ébranla cet homme, fragilisé par l'exode, dont la famille se réduisait à son fils unique. Ils travaillaient ensemble, se déplaçant au gré des chantiers.
- Comme des gitans ! conclut Damian.
- Nous sommes tous un peu des gitans, compléta Melchior.

Ils se quittèrent sur ces mots. Melchior retrouva le chemin de la Maison Font. Il répétait ces deux mots en riant, ivre de vin et de joie.

Damiana attendait devant la table dressée dans la pièce principale. Juan Manuel rentré de son travail, observait Melchior, une lueur de désapprobation dans le regard :
- Damian et toi, vous vous êtes trouvés ! Pas un pour rattraper l'autre !

- Nous avons visité Aïn-El-Arba, un village de rien à côté de Vera !
- A la différence, ici le travail ne manque pas ! Si tu es d'accord, demain matin nous irons ensemble à la TOH. Je leur ai parlé de toi, ils trouveront sûrement à t'employer. Tu es fort et les gros travaux ne te font pas peur !

Ces paroles déplurent à Melchior. Il refusait d'être toujours pris pour une bête de somme. Il considérait avoir suffisamment éprouvé ses muscles, à Cartagena, dans les mines de Villaricos et de Seron et au port de Garrucha. Il mesurait le contraste par rapport à ses sorties en mer à Melilla. Il cherchait à retrouver la sensation de plaisir éprouvée au contact des éléments, la mer, le soleil, les poissons, les tempêtes, les coups de vent et les coups de gueules francs de son patron Javier. Là, il se sentait revivre. Mais il ne pouvait pas, au moins pour un temps, rejeter l'offre de son beau-frère.

Le lendemain, ils partirent vers le Khassoul où les attendait la draisine sur laquelle les poseurs de rail parcouraient les voies pour en assurer l'entretien.

Melchior plut aussitôt à Léon Juste et au Tio Andrès.

Le brigadier l'accepta dans son équipe et apprécia cet homme capable de vider cul-sec la bouteille de bière qu'il lui avait tendu en signe de bienvenue.

Mais, après une première semaine à faire rouler le lorry en actionnant le levier à bras, souvent à pleine charge, il déclara forfait :

- Pire que le bagne, ta draisine ! annonça-il à son beau-frère. Je vais me chercher un autre travail.

Juan Manuel ne réagit pas. Il se contenta d'un haussement d'épaules à peine perceptible. Un sourire désabusé sur les lèvres, il marmonna :

- Melchior ! Melchior !

Il n'en voulait pas à son beau-frère. Melchior, derrière son air buté de gamin pris en faute, était certain de son choix. Il ne finirait pas sa vie au TOH, il la voyait autrement. Juan Manuel me connait, songea-t-il, cela ne l'étonnera pas plus que cela.

Il trouva sa place au village en offrant ses services de ferme en ferme au gré des saisons agricoles. Il devint un tailleur de vignes réputé. Recherché par les grands domaines, il reçut la confiance du vignoble Sénéclauze qui l'embauchait chaque année. Melchior ne rechignait pas à la tâche même lorsque le climat se montrait capricieux.

Son bonheur était à ce prix, sentir sur son visage le soleil, le vent et la pluie, et sous ses pieds cette terre rouge à l'odeur envoûtante.

En dehors de son travail, il partageait la semaine avec sa sœur et ses neveux. Les dimanches, lorsque son beau-frère ne travaillait pas, deux fois par mois, il laissait la place à Manuela et Francisco et préférait courir les bars en compagnie de Damian.

Damiana régulait la relation, parfois difficile, entre les deux hommes. Elle rassurait Juan Manuel en plaignant Melchior, ce frère sous les yeux duquel, chaque jour, ils étalaient leur félicité de couple, lui dont la promise reposait à Pechina. A Melchior, elle vantait les qualités d'homme de Juan Manuel et lui demandait de comprendre parfois son exaspération.

Le frère et la sœur partageaient la même émotion lorsqu'ils évoquaient la situation de Rosa, toujours seule à Vera. Les rares lettres qu'ils recevaient d'elle inquiétaient autant qu'elles rassuraient.

Rosa n'avait pas vu sa sœur Damiana depuis huit ans, et son frère Melchior depuis six ans, quand pourraient-ils à nouveau être réunis ?

S'ils venaient à évoquer leur aîné, Frasquito, ils ressentaient un sentiment doux-amer. Ils ne se reverraient peut-être jamais. Ils en doutaient et en même temps ne pouvaient dire s'ils le regrettaient.

Melchior associait son frère aîné aux leçons que celui-ci voulait lui faire prendre chez Doña Orozco. Un vague regret l'assaillait, il se demandait :

« Ai-je eu raison de m'engager dans la marine à Cartagena plutôt que de suivre la voie que Frasquito avait tracée pour moi ? »
Dans sa tête, il lui semblait que partir courir les ports lui avait apporté plus que d'apprendre à lire et à écrire. Malgré ses errements passés, il appréciait sa vie d'aujourd'hui. Une seule question l'obsédait qu'un sentiment de culpabilité caché lui posait de façon perfide :
- Cela aurait-il sauvé Madalena si j'avais su lire et écrire ?
Il ignorait la réponse. Il évitait de la chercher, luttant seul contre son tourment qui, certaines nuits, l'empêchait de trouver le sommeil.
Damiana lisait dans les pensées de son frère, et voulait le forcer à sortir de ses impasses :
- Melchior, ne cultive pas le malheur ! Laisse sortir ton chagrin !

Lui se réfugiait dans le silence et comblait ces vides par des outrances qui faisaient sa réputation de grand buveur et de gros mangeur. Seul le regard pur des enfants l'émouvait quelquefois. Mais, il le savait, il ne connaitrait jamais la joie d'être père.

ONZE

- Secouez-vous ! lança Damiana, agacée.
Un coup d'œil lui a suffit à voir qu'ils étaient en retard ! Elle poursuivit :
- Le train part à six heures et demie ! Nous ne sommes pas prêts !

Juan Manuel restait serein. L'impatience de sa femme ne le perturbait pas. Il flânait en bretelles, regardant sa fille, Denise. Du haut de ses neuf ans, elle s'appliquait à nettoyer la toile cirée et à ranger les bols du petit déjeuner. Elle s'arrêta pour lever les yeux vers son père. Elle sourit. Pedro-Higinio, l'aîné, semblait ailleurs, dans ses rêveries. Il regardait ses parents et sa sœur s'agiter, sans se sentir concerné par ce tumulte matinal.

Juan Manuel répondit enfin en montrant sa jambe accidentée :
- Ne nous énervons pas ! Malgré ma patte folle, je pourrais battre ce train à la course !

Damiana haussa les épaules. Denise sourit, sous le charme de la langue de ses parents. A l'école, elle apprenait le français. Elle se moquait de Pedro-Higinio. Ce dernier refusait de parler espagnol à la maison. Il la secoua par les épaules.
- Qu'est-ce que tu as à rêvasser ! Dépêche-toi de desservir la table !

Damiana laissa les enfants se chamailler. Elle avait hâte de retrouver sa sœur Rosa. Les dernières lettres écrites par Sœur Rosario, annonçaient son arrivée avec Bartolomé et les enfants. Asunción, une fille d'Antonia Fouillana, les lui avait lues. Depuis, elle se souvenait des mots de sa sœur qu'elle se répétait chaque matin comme une prière.

Elle soupira. Le temps avait semblé s'arrêter puis voilà que tout s'accélérait à nouveau.

Sa sœur serait bientôt près d'elle, difficile à croire après toutes ces années de séparation ! Contrairement à son habitude, elle ne prit pas le temps de remercier le Seigneur, toute à son émotion.

D'après les lettres, les nouvelles étaient plutôt bonnes après le message désespéré d'il y a plus de trois ans.

La première disait :

« Le juge a écrit à Bartolomé, je crois qu'il va revenir, je ne peux pas t'en dire plus ! »

Puis, elle changeait de sujet :

« Notre neveu, Sébastian, cherche à quitter l'Espagne, il devrait vous rejoindre bientôt. »

De fait, Sébastian se trouvait déjà en Algérie.

De temps en temps, Damiana percevait le chahut des enfants et les interrompait :

- Dépêchez-vous, on doit prendre le train à six heures et demie !

Reprenant le fil de ses pensées, sans s'attarder au doux désordre de la maison, elle mesurait le temps passé depuis leur départ d'Espagne. Les meubles qu'ils avaient emportés étaient les derniers liens avec Vera. Le lit en fer forgé aux coupelles de cuivre, qu'elle lustrait au jus de citron et à la cendre, la ramenait aux jours de leur départ. Juan Manuel voulait à tout prix emporter son coffre de Cuba ; elle voulait prendre le temps de dire au revoir à ses sœurs.

Si elle avait su que Béatriz mourrait trois ans plus tard. Elle s'en voulait maintenant de ne pas avoir assez insisté auprès de Juan Manuel. A quoi bon regretter, se disait-elle. Mais le visage de Béatriz venait se superposer comme une ombre sur sa félicité. Pourquoi, se disait-elle, pourquoi ? Elle avait hâte de revoir Rosa.

La semaine dernière, elle avait fait refaire le matelas chez Savorette, et commandé deux autres sommiers pour sa sœur.

Elle avait convaincu Mme Sevilla de louer à Rosa leur ancien appartement, rue des Juifs, près des Schuilem et des Martinez. Cela permettrait de voir venir. La tia Lista parlait toujours de son déménagement. Elle prenait Damiana à témoin :

- Damiana, je pleure tous les jours quand je pense que nous allons quitter la maison Font, mais je ne peux plus avec tous mes gosses entassés dans ces deux petites pièces !

Damiana compatissait au chagrin de la tia Lista, mais voyait déjà sa sœur Rosa emménager près d'elle. Elles vivraient comme autrefois à Vera, séparées par un mur mitoyen.

Elle insistait auprès d'Asunción Fouillana, la priant de relire à nouveau le passage de la dernière lettre :

« Ça y est, sœur chérie, Bartolomé est prêt ! Nous sommes prêts. Nos papiers sont prêts. Nous prenons le bateau le vingt juillet et nous arriverons le lendemain à Oran vers deux heures de l'après-midi. »

Damiana interrompait, sans arrêt, sa lectrice :

- Asunción, es-tu sûre ? Tu as bien lu ?

Elle imaginait Rosa et sœur Rosario pendant la rédaction de la lettre. La religieuse insistant auprès de Rosa, lui demandant de préciser sa pensée afin de la traduire en mots.

Damiana aurait aimé apprendre à lire. Elle rêvait parfois devant une photo où sa belle-sœur Maria, assise à une table, fixait l'objectif, une plume à la main, le regard plein des mots qu'elle s'apprêtait à coucher sur le papier. Maria écrivait quelquefois à son frère Juan Manuel, lui adressait des vœux d'une écriture longiligne pleine de tendresse.

- Je t'envoie cet angelot pour qu'il te donne la force de retrouver la santé. Ta petite sœur Maria.

Elle connaissait le contenu de la carte mais ignorait comment se faisait le lien entre l'écriture et la signification que l'on donnait aux mots.

Elle savait qu'un jour sa petite Denise saurait lire et écrire comme les filles d'Antonia Foulliana, et cela suffisait à la rassurer. Quant à elle, pour combler ses lacunes, elle avait conçu un système qui lui permettait de reconnaitre les panneaux de rues et de comprendre les étiquettes des étals.

La petite Antonia était enfin prête, la table débarrassée et la vaisselle rangée. Juan Manuel fumait dehors sous l'oeil

curieux de Pedro-Higinio. Elle se hâta, abandonnant ses divagations nostalgiques. Denise l'attendait.
Elle préférait se préparer une fois la famille dehors. Elle retira son tablier, se passa un peu d'eau froide sur le visage et brossa ses cheveux devenus gris. Le reflet du miroir montrait un visage apaisé. Elle interrogea son propre regard, fixant longuement ses yeux. Elle remercia Dieu de cette journée.
Revêtue d'une robe gris anthracite, cela ne la changeait guère du noir, les cheveux tirés en arrière, son sac à la main, elle sortit retrouver les siens.
 - Allons-y !
La Tia Lista guettait le passage de ses voisins :
 - Damiana ! Dieu vous accompagne !
Sur leur chemin, ils rencontrèrent peu d'habitants. Des employés municipaux arrosaient la terre battue de la place de la Mairie et balayaient le sol jonché de fleurs de magnolias fanées tombées durant la nuit. Leur odeur sucrée se mêlait à celle de la glaise mouillée.
Ils se saluèrent :
 - Madame Damiana, le Bon Dieu t'accompagne !
 - Et vous aussi Ben Ali et El Khadj !
 - Et vos gosses, ils sont beaux, comme vous les avez faits !
A la gare, le contrôleur les accueillit :
 - Juan Manuel ! Pas la peine de montrer ta carte de TOH, prenez le wagon quatre, il est inoccupé pour le moment.
 - Merci Gabriel ! Allez les enfants, dépêchons-nous ! Mettez-vous au milieu du wagon, vous serez moins ballotés.
Sur les quais, la foule du dimanche commençait à se presser. Des artisans, des producteurs de légumes, des éleveurs, tous allaient rejoindre le marché de la place Karguentah à Oran. Les silhouettes de femmes voilées de tissus blancs glacés et d'hommes coiffés de chéchias rouges coloraient de façon criarde la file des voyageurs impatients.
Pour retrouver Francisco et Manuela établis depuis peu quartier Gambetta à Oran, ils prenaient ce train du dimanche

au moins deux fois par mois. Manuela travaillait au grand magasin de confection Storto.

Le train, le bou-you-you ainsi que le surnommaient les habitués, roulait lentement. Il parcourait les soixante kilomètres séparant Aïn-El-Arba d'Oran en quatre heures. Ils purent contempler le paysage sur cette voie construite, en partie, par Juan Manuel. Au passage à la gare de El Khassoul, Damiana raconta à nouveau, à voix basse, l'attaque des pillards arabes. Denise, Antonia dans ses bras, ne perdait rien du récit. Elle pourrait bientôt le raconter elle-même. Damiana lui passa la main sur les cheveux : « Celle-là lui ressemblait ! »

A la gare d'Oran, ils laissèrent passer les forains pressés de rejoindre la place Karguentah et de louer un emplacement sur un lieu de passage. Ils les retrouveraient au retour, au train de quinze heures trente.

Ils sortirent bons derniers de la gare du Bou-You-You pour aller rejoindre la station de tramway. De là, par la ligne sept, ils rejoignirent Gambetta.

Un émotion palpable s'emparait des deux frères lorsqu'ils se retrouvaient. Francisco, hémiplégique à la suite d'une attaque cérébrale, était cloué dans un fauteuil roulant. En général, les dimanches de congés, son frère l'emmenait en train jusqu'à Hammam Bouadjar où il prenait des bains aux sources d'eaux soufrées du Petit Vichy. Ce dimanche, hélas, ils se contenteraient d'une promenade dans le quartier. Ils évoquaient toujours leur premier séjour chez Vivès.

- Tu te souviens de Mercedes ? commença Francisco.

- Ah Mercedes, oui, elle s'est bien occupée de moi quand j'ai eu la jambe cassée.

- Regarde-moi ! Sans avoir une jambe cassée je ne peux plus me servir ni de l'une ni de l'autre !

Ce constat brutal se faisait sans ressentiment. Ils étaient là, acceptant l'état dans lequel Dieu voulait qu'ils soient. Ils possédaient de quoi faire vivre leurs familles. Ils ne pouvaient se plaindre.

- Remontons, dit Juan Manuel, les femmes vont nous attendre. Nous devons passer au port, puis reprendre le train de l'après-midi.
- Je regrette parfois Aïn-El-Arba. Mais pour le travail de Manuela et l'école des enfants, Oran est mieux. Notre neveu Sébastian s'est installé pas loin de chez nous, rue du Fondouk, son salon de coiffure marche bien. Il fréquente une fille, Agathe, une Française. Il y aura bientôt un mariage, je crois !

Square Gambetta, ils fumèrent assis sur un banc, s'imprégnant de l'atmosphère doucereuse de cette matinée de juillet, ils ressentaient une grande quiétude. Les bruits de la rue semblaient décalés, très loin. Ils n'avaient plus besoin de parler, le seul fait d'être là ensemble les contentait. Leur cigarette consumée, ils hésitèrent à en rallumer une deuxième de peur de rompre le charme. Ils garderaient longtemps en eux cette émotion fugitive.

Manuela servit des cocas[69] puis du riz à l'espagnole avec du poulet frit. La table accueillait dix convives. Ils mangèrent le premier plat en buvant de l'anisette Limiñana de Monforte del Cid[70].

Damiana regardait sa famille avec tendresse. Les deux belles-sœurs échangèrent un clin d'œil. Seule Denise remarqua la complicité entre les deux femmes, imaginant le jour où elle pourrait faire de même avec la petite Antonia.

Le tramway les conduisit vers la place de la République. De là, ils se rendirent à pied jusqu'au port, puis vers la posada española.

Une femme revêche remplaçait Mercedes. Seul Juan Manuel entra. Il vit Bartolomé à une table. Les deux hommes se

---

[69] Chausson fourré à la frita (poivrons grillés et tomates).
[70] L'anisette est une boisson alcoolisée espagnole servie coupée d'eau fraiche.

connaissaient à peine. Nés à une année d'écart, ils ne se fréquentaient pas du temps de leur vie à Vera.
« Voilà donc ce beau-frère fantôme, pensait Juan Manuel. Je le revois pour la première fois depuis onze ans. »
Bartolomé s'attendait à être jugé pour sa conduite. Il ne voulait pas jouer les victimes. Sa main droite allait et venait sur son menton fraîchement rasé. Ils échangèrent une poignée de main franche, sans accolade. Ils restèrent face à face sans rien se dire.
Rosa et les enfants descendirent de l'étage à ce moment-là. Elle se jeta dans les bras de Juan Manuel et dit aux enfants :
    - Embrassez votre oncle Juan Manuel !
    - Damiana et les enfants vous attendent dehors, répondit-il.
Celle-ci se tenait face au soleil, une main sur les yeux pour se protéger. Elle reconnut sa sœur immédiatement.
    - Rosa, Rosita, je n'y croyais plus !
    - Damiana, hermanita, moi non plus !
Elles pleuraient dans les bras l'une de l'autre. Des larmes de reconnaissance.
    - De là-haut, Béatriz et maman nous voient !
    - Elles nous protègent !
Les enfants étaient restés à l'abri derrière leurs mères, n'osant bouger. Lucia se plaignait d'un mal au ventre, tenace, depuis le départ du bateau.
José-Antonio observait la scène. Denise, la petite Antonia près d'elle, le dévisageait. L'adolescent cacha sa main gauche derrière le dos.
Damiana fit le premier pas vers ses deux neveux.
    - Mes enfants, mes enfants, toi José-Antonio, la dernière fois que je t'ai vu tu n'avais que deux ans ! L'adolescent rougit en entendant sa tante évoquer ce souvenir.
Elle prit sa main mutilée, et la serra contre son cœur. Elle poussa Pedro-Higinio Denise et Antonia à embrasser leurs cousins. A part Lucia, bravache, les enfants faisaient preuve de timidité, surtout Denise.

Pedro-Higinio s'enfuit vers son père, après avoir embrassé ses cousins. Denise, elle, resta près de Lucia. A treize ans, l'adolescente vive, élancée et coquette, avait déjà des attitudes de femme.

Leur grand frère, Sébastian, arriva à ce moment-là. Il s'habillait avec recherche, vêtu d'un costume taillé sur mesure, le pantalon remontant très haut au-dessus de la taille sous un gilet et une veste cintrée, attachée malgré la chaleur. Ses souliers de cuir lacés étaient assortis à une cravate rouge nouée sur une chemise grise à col cassé. Il salua à peine son père et vint houspiller son jeune frère José-Antonio :

- Paysan ! Boutonne ta veste !

Bartolomé vint à la rescousse de son jeune fils.

- Ne l'écoute pas, il est plus mauvais qu'un Français depuis qu'il vit à Oran !

Sur l'esplanade du port, des calèches attendaient. Leurs cochers s'ennuyaient sous le soleil hélant les passagers potentiels que le prix de la course décourageait. Les chevaux se libéraient mollement de paquets de crottin, dont la chute flasque ponctuait le temps. Un petit arabe les rassemblait en tas et en remplissait des caissettes de bois, pour les vendre aux maraîchers de la rue des Jardins qui entourait le quartier de la gare.

Un moment, la famille regarda ce spectacle. Juan Manuel rappela l'horaire de leur train et ils partirent vers la place d'armes. Ils y reprirent le tramway jusqu'à la gare d'Hammam Bouadjar, boulevard de la République.

Près du train à quai, les voyageurs du matin attendaient, les paniers vides et le sourire satisfait d'avoir tout vendu place Karguentah. Chacun y allait de son histoire.

- Il me restait deux canards. La grosse blonde, de la rue du Mont Thabor, est venue.

Les voyageurs s'esclaffèrent à cette évocation d'Elmira Azoulay la mère maquerelle d'une maison close bien connue.

- C'est une bonne cliente, comment elle te paye ?

Une petite femme brune prend ses consœurs à témoin :

- Les hommes, les hommes, ils pensent avec ce qui leur pend entre les jambes ! Elles rient.
- Ils sont réservés, je lui ai dit. Mais si personne ne vient les chercher d'ici un quart d'heure, je vous les laisse !
- A quinze francs le kilo ?
- Ah non, on m'en a promis dix-huit !
- À seize je te les prends ?
- Parce que c'est vous !
- À seize ? C'est une affaire pour toi !
- La prochaine fois, lève-toi plus tôt !
- Voleur !

Et la rigolade reprenait, provoquée par les allusions aux charmes fanés mais encore opulents d'Elmira :
- Tu crois que c'est une vraie blonde ?
- Je ne suis pas allé voir, moi !

José-Antonia et Lucia ne comprennent rien à cette langue qu'ils entendent pour la première fois. Le spectacle offert par les voyageurs les laissait songeurs.

Ils trouvèrent des places dans la même voiture. Rosa et Damiana s'assirent côte à côte face à Denise et Lucia qui entouraient la petite Antonia. Les hommes s'installèrent de l'autre côté du couloir.

L'interminable voyage de retour combla les années de séparation. Quatre heures lentes et harassantes pour le voyageur solitaire. Mais pour les deux femmes, des heures enchantées. Les deux hommes restèrent silencieux sauf lorsque Juan Manuel signalait une particularité du parcours.

Le dialogue des deux sœurs, le plus souvent chuchoté et ponctué de rires retenus, égayait le voyage. Elles ne voulaient pas se faire remarquer. Le temps ne leur était plus compté. Elles voulaient juste se mettre au courant des événements importants. Pour tout le reste, elles avaient la vie devant elles.

Arrivés à Aïn-El-Arba, ils regagnèrent la maison Font, laissée sous la surveillance de Melchior. Son dimanche avait été arrosé, mais, comme à son habitude, il savait se tenir.

Rosa se montra affectueuse avec ce frère cadet, bâti comme un lutteur. Lui retenait son émotion.

Damiana rappela que le temps courait, la nuit était déjà tombée :

- Il est bientôt huit heures du soir. Voilà ce que nous allons faire, les hommes vont porter les bagages rue des Juifs tandis que les femmes vont préparer le souper.

Damiana et Denise entreprirent d'apprivoiser Lucia. Les relations avec sa belle-mère et tante n'étaient pas au beau fixe. Rosa n'essaya pas de se justifier.

- Tu verras Rosa, nous allons nous entendre ! Lucia, tu sais coudre ?

Elle ouvrit des yeux étonnés, on s'adressait rarement à elle avec tant de sollicitude :

- Elle coud très bien, quand elle est à son travail et pas la tête pleine de papillons, répondit Rosa.

Damiana ne connaissait pas sa sœur sous ce jour, elle pensa : « Je dois l'aider à oublier la charge des trois gosses de Béatriz. »

- Nous aussi, Rosa, avons eu des papillons dans nos têtes ! Lucia, va aider Denise à mettre la table. Regarde, elles s'entendent déjà comme des sœurs !

Rosa ne partageait pas cet optimisme.

La petite Antonia riait de toutes ses boucles noires en répétant :

-Des papillons ! Des papillons !

Les deux femmes se prirent au jeu de la petite. Damiana prenant Lucia par la main la rapprocha de ses deux filles. Il y avait toute une histoire dans ce geste simple. Lucia Denise et Antonia n'étaient-elles pas le symbole de la chance qui avait fait défaut à leurs mères ? Ces trois-là vivraient un destin différent. Le silence pensif de Damiana s'imposa aux enfants qui cessèrent de rire. Damiana les entoura de ses bras.

Ce fut le premier repas de famille à la maison Font. Damiana avait cuisiné de la soupe aux amandes, l'une des recettes favorites de Rosa, et grillé des côtelettes d'agneau pour faire

plaisir à Denise. Melchior s'était fendu d'une bonbonne de vin rosé, cépage Cinsault, dont il assurait la taille de la vigne et le dépiquage au domaine Sénéclauze.
Bartolomé et Juan Manuel s'étaient apprivoisés, ils évoquaient leurs projets :
- Le TOH est une bonne maison, nous avons fait notre place avec mon frère Francisco. Peut-être pourrait-il t'employer ?
- Non, avec José-Antonio, mon fils, nous sommes deux maçons qualifiés. Le travail ne nous effraie pas ! Il lui reste beaucoup à apprendre, mais un jour, je suis certain qu'il me rattrapera !
Le repas s'éternisa. Ils auraient souhaité ne jamais l'interrompre, oublier le lendemain et la réalité.
Bartolomé et Rosa, comme de jeunes mariés, passèrent leur première nuit rue des Juifs. Le silence était autre, la nuit douce, la chaleur plus intense et l'air transportait des odeurs nouvelles, amicales. Les criquets n'interrompaient jamais leur chant et, au loin, des chacals glapissaient.
José-Antonio et Lucia ne redoutaient plus l'angoisse de la nuit, rassurés par la présence de leur père. Il ne les abandonnerait plus. Le ventre de Rosa commença à s'arrondir au début de l'hiver. A partir de ce moment, elle relâcha la pression sur les enfants de Béatriz et l'irrévérencieuse Lucia s'adoucit.
Bartolomé devint le maçon de Sébastian Lopez. Ils travaillaient ensemble et José-Antonio était lui aussi de tous les chantiers. Le premier enfant de Rosa et Bartolomé, Antoine, conçu rue des Juifs naquit en juin, il fut le quatrième enfant de la famille à naître à Aïn-El-Arba après Antonia Joseph et Manuel les derniers nés de Juan Manuel et Damiana.
Les dimanche de repos, ils se retrouvaient chez les uns ou chez les autres comme au temps d'avant. Ils vivaient enfin avec l'espoir d'un avenir bienveillant.

Ce fut à nouveau le printemps. Antonia Fouillana tint sa promesse : au départ de la tia Lista, Rosa et Bartolomé emménagèrent à sa place. La totalité des quatre pièces de la maison Font était désormais occupée par les deux sœurs.

DOUZE
Epilogue

Léon Juste, brigadier de voie à la compagnie du TOH, presse le pas en direction de la Mairie. Il est sept heures trente, le jour est levé depuis longtemps. Les batteuses s'activent dans les champs. En tombant au sol, les épis, chargés de grains, dégagent une poussière jaune qui s'élève dans la chaleur et nimbe l'horizon d'un nuage couleur de sable. L'odeur caractéristique du froment imprègne l'atmosphère.

- Ça sent la moisson ! aime à dire ce Belge, installé en Algérie depuis bientôt dix années.

Il se serait volontiers arrêté pour prendre le temps de contempler ce spectacle singulier et s'émerveiller du ballet des moissonneurs alignés derrière les machines. Hélas il doit porter une triste nouvelle à la Mairie du village.

Durant l'été, le Maire, Auguste Victorri, est présent dès l'aube, en compagnie de son secrétaire. Le travail ne manque pas : les services municipaux sont sollicités par les saisonniers venus d'Espagne et leurs employeurs potentiels. Documents administratifs, demandes de logement, assistance, les édiles sont mobilisés pour tenter de faciliter l'existence de leurs administrés temporaires.

Léon Juste sait qu'il trouvera la mairie ouverte. A son arrivée, l'officier municipal s'exclame :

- Bonjour brigadier Juste ! Toujours à la recherche de poseurs de rails ?

Habitué à cette saillie familière du premier magistrat, Léon Juste ne répond pas. Il s'approche, la mine contrite, sa voix tremble :

- Hélas non ! Je viens déclarer le décès de Juan Manuel De Haro Cervantès.

Le maire accuse le coup, regrettant sa plaisanterie. Il presse Léon Juste de questions sur les circonstances de cette disparition. L'employé du TOH lui rapporte les informations qu'il a obtenues le matin même de la bouche de Damiana, la veuve :

- Cela s'est produit à quatre heures du matin. Juan Manuel s'est effondré, pris d'un malaise alors qu'il tentait de se lever. Le docteur Maffre, alerté par les voisins, a tenté en vain de le ranimer, après avoir tenté une saignée, il a renoncé. Il n'a pu que constater le décès.

Léon Juste termine sa phrase d'une voix terne. Il remet le certificat du médecin et attend qu'en retour on lui fournisse la déclaration officielle de décès. Il répond seulement aux questions :

- Oui, il était bien quatre heures du matin, le 25 juillet 1926.

Une fois les formalités remplies, il reprend le chemin de la maison Font où l'attend la famille réunie.

Damiana ne pleure pas, consolant ses enfants réunis autour d'elle, Pedro-Higinio, Denise, Antonia, Joseph et le petit dernier, Manuel, âgé de deux ans. Rosa, sa sœur, se lamente, maudissant le sort qui imposait cette épreuve à Damiana.

- Elle ne le mérite pas, après tout ce qu'elle a fait pour nous !

Au contraire de Damiana, elle exprime souvent du ressentiment à l'égard d'un Dieu qu'elle trouve cruel. Sa certitude se fonde sur les épreuves qu'il lui a imposées.

Denise, interdite, regarde les deux femmes, anéantie par la mort de son père. Son chagrin est au-delà des pleurs, elle ne peut se réfugier dans les larmes. Elle veut comprendre.

Depuis le regroupement de la famille, il y a trois ans, le bonheur semblait être à nouveau à portée de main.

Rosa, avec l'aide de Damiana et de sa nièce Lucia, était parvenue à transformer l'une des pièces de la maison Font en un atelier de couture dont la renommée s'imposait. La machine à coudre, ramenée de Vera, avait fonctionné à plein, ne rechignant jamais à la tâche, intraitable avec les articulations des couturières actionnant sans arrêt la pédale.

Damiana organisait le travail et répartissait les tâches. Les hommes partis, elle assurait le ménage, la lessive et la préparation des repas pour laisser Rosa et Lucia se consacrer exclusivement à la couture.

Denise, quant à elle, contribuait parfois aux tâches des femmes, mais sa mère lui demandait plus.

Elle allait à l'école. Ses parents voulaient la voir acquérir l'instruction, à laquelle ils n'avaient pu accéder. Elle ne vivrait pas ce qu'ils avaient vécu.

Denise, par la volonté de sa mère, devint la première fille de la génération à franchir les étapes d'un parcours scolaire complet.

À douze ans, elle fut brillamment reçue au certificat d'études primaires. Son résultat remarquable fut annoncé peu de jours avant la mort de Juan Manuel. Il en avait été tellement fier !

Elle ne connaîtra jamais le bonheur de recevoir de ses mains le vélo rouge qu'il lui avait promis en cas de succès.

Cherchant à mettre son diplôme à profit, notamment au cabinet de Maître Ravel, notaire d'Aïn-El-Arba, Denise n'est pas rebutée par les échecs. Comme Damiana, elle ne renonce jamais. Après quelques mois de secrétariat chez le notaire, elle comprend qu'elle n'est pas faite pour ce travail et rejoint l'atelier de couture familial. Elle se hisse très vite au niveau de sa tante Rosa, après avoir été son apprentie-couturière.

Elle passe des journées entières rivée à la machine, se nourrissant d'un verre de fortifiant que lui tend sa mère, du vin rouge dans lequel sont écrasés des biscuits secs.

Quelques années plus tard, son oncle Melchior, réalisant une saison de dépiquage particulièrement rémunératrice, lui octroie un prêt de cent francs pour payer des arrhes sur l'achat d'une nouvelle machine à coudre augmentant ainsi la capacité de production de l'atelier. Elle le remboursera à raison de deux francs par mois.

Partie de travaux simples de couture, Denise se lance progressivement dans la création de modèles inspirés par les couturiers d'Oran. Elle détourne la clientèle des élégantes du village qui n'ont plus à se déplacer au chef-lieu de la région. La famille installée à la maison Font, imagine une stabilité définitive, et la fin des migrations. Elle ignore que trente-six ans plus tard, l'histoire la rattrapera et qu'avec la décolonisation, il lui faudrait quitter l'Algérie pour la France.

Romans et nouvelles d'Europe aux éditions L'Harmattan

Dernières parutions

CŒUR DE CHOUAN – Fructidor
Jean-Noël Azé
1796 : Après trois années de guerre civile, l'Ouest goûte à sa première véritable pacification. Tandis que Julien cède aux charmes de Lison et semble voué à fonder une famille, Louis fuit Saint-Ouen-des-Toits après la mort de son père. Les atermoiements du Directoire et les ambitions royalistes vont réveiller les haines à peine enterrées et bousculer le destin des deux hommes.
*(Coll. Roman historique, 36 euros, 456 p., janvier 2013) EAN : 9782336006024
EAN PDF : 9782296514805 EAN ePUB : 9782336287010*

NAPOLÉON EN AMÉRIQUE
Le vrai faux journal d'Emmanuel de Las Cases, secrétaire et confident de l'Empereur
Jean-François Rouge
Au soir de sa vie, le comte de Las Cases, auteur du Mémorial de Sainte-Hélène, confesse un mensonge : son journal n'était qu'un roman ! Napoléon ne s'est jamais rendu aux Anglais après le désastre de Waterloo. Et il n'a jamais été déporté à Sainte-Hélène. Il a tout simplement suivi son plan initial, et refait sa vie dans le Nouveau Monde. Son fidèle secrétaire et chroniqueur l'y a suivi et tient ici le journal véridique de son «road movie» dans la jeune république américaine.
*(Coll. Roman historique, 29 euros, 344 p., janvier 2013) EAN : 9782336290089
EAN PDF : 9782296513037 EAN ePUB : 9782336285269*

VIE (LA) AVENTUREUSE DE SCIPION DU ROURE
Officier de marine et chevalier de Malte 1759-1822
Bernadette Ramillier
Biographie romancée de Denis-Scipion de Grimoard de Beauvoir du Roure de Beaumont-Brison, ce livre nous présente sa vie aventureuse : il participa à la guerre d'Indépendance américaine, servit à Malte sur les galères de la religion, retourna en Amérique où il rencontra Washington et la future Impératrice Joséphine qu'il ramena en France, servit dans l'Armée des Princes, fut receveur des impositions dans le Piémont annexé puis revint en France à la Restauration...
*(Coll. Roman historique, 28 euros, 274 p., janvier 2013) EAN : 9782336004068
EAN PDF : 9782296512351 EAN ePUB : 9782336284583*

POSITION (LA) DU PAPILLON ÉPINGLÉ – Roman
Guido De Ridder
Après avoir fui une relation décalée avec Luca, Jeanne part à Barcelone, en pleine «movida». La jeune femme trouve un job, puis un amant dont la vie

part en éclats quand le terrorisme frappe la ville. De son côté, Luca goûte à l'amertume de la rupture avec Jeanne mais aussi aux fiels d'un divorce. Dans un adroit jeu d'emboîtements des récits de Jeanne et des textes de Luca, ce roman nous révèle les pans d'une bien singulière aventure.
(Coll. Amarante, 15 euros, 146 p., janvier 2013) EAN : 9782336290010 EAN PDF : 9782296512412 EAN ePUB : 9782336284644

ALLEGRO NEUTRINO OU L'ATTRAPE-TEMPS – Roman
François Vannucci
C'est l'histoire d'un enfant qui découvre la vie. Autour de lui, il y a la famille et puis il y a les neutrinos, ces mystérieuses particules qui sont immortelles et qui le relient au monde magique de l'invisible. S'agit-il d'un rêve ou d'une réalité ? L'auteur, universitaire, responsable de plusieurs expériences en physique des neutrinos, signe ici son deuxième roman et nous propose de nous interroger sur notre mystérieux périple d'homme vers un but incompréhensible au milieu d'un univers infini.
(Coll. Deux Infinis, 27 euros, 264 p., janvier 2013) EAN : 9782336005270 EAN PDF : 9782296513662 EAN ePUB : 9782336285894

PASSION 68 – Roman-poème
Chiara Milo
La passion est le rêve secret des adolescents et des jeunes filles. Derrière ce mot terrible, ils voient l'engagement total de l'être, condition d'une vie qui ignorera les limites. L'héroïne de ce récit naît au moment dramatique où l'alternative des adultes qui l'entouraient était de résister ou de mourir. Quoi d'étonnant alors, si les premières explosions des «lacrymos» sur Paris, au mois de mai 68, aient réveillé les démons du passé ? Mais la passion est aussi destruction ; elle balaie par sa force conventions et liens.
(Coll. Ecritures, 14,5 euros, 138 p., janvier 2013) EAN : 9782336004693 EAN PDF : 9782296513884 EAN ePUB : 9782336286112

J'AI SERRÉ LES POINGS ET LES DENTS – Roman
Marie Catherine Ribeaud
Lucas, 7 ans et demi au début du roman, vit seul avec sa mère. Depuis qu'il est tout petit, celle-ci lui fait croire que son père, à qui ils rendent visite chaque mois, est «au travail». Mais un camarade de classe révèle à Lucas que son père est en réalité en prison. A partir de là, vont s'enchaîner des événements qui bouleverseront sa vie d'enfant et auxquels, tant bien que mal, il tentera de faire face.
(Coll. Amarante, 27 euros, 268 p., janvier 2013) EAN : 9782336290232 EAN PDF : 9782296514447 EAN ePUB : 9782336286679

IMBÉCILE HEUREUX (L')
François Labbé
Un imbécile heureux, comme tant d'autres : une existence sans problèmes et puis l'impression que le temps est passé trop vite, qu'il y aurait tant à faire encore, tant de femmes à aimer, tant de gloire à glaner... Alors on se dit qu'il

ne faut plus perdre une minute, qu'il faut tout essayer, tout tenter pour tout obtenir... Peu importent les conséquences, la souffrance des autres réduits à n'être que les moyens d'un égoïsme forcené...
(Coll. Ecritures, 25 euros, 248 p., janvier 2013) EAN : 9782336290881 EAN PDF : 9782296514461 EAN ePUB : 9782336286693

SABLES DE L'ESTUAIRE (LES)
Récits et réflexions de ma septantaine
Gilbert Boillot
Collection artistique ? Écriture ? Dessin et peinture ? Randonnées et voyages ? Comment satisfaire le besoin d'entreprendre de l'auteur, exacerbé par la proximité des échéances dernières ? Peut-il encore échapper, cet homme encore vert, à l'enlisement dans la vie ordinaire d'un septuagénaire ? Au-delà du récit d'une expérience personnelle, cet ouvrage propose une réflexion sur la société d'aujourd'hui et sur la vision du monde imposée par la science.
(Coll. Deux Infinis, 14 euros, 134 p., janvier 2013) EAN : 9782336005997 EAN PDF : 9782296514492 EAN ePUB : 9782336286723

JEUNE HOMME QUI DANSE SUR LA MER (LE) – Roman
Paul Sath
C'est un jeune marin français de retour sur la terre. Il marche sur les promenades d'une ville portuaire du sud de l'Angleterre. Lui qui ne sait plus poser le pied que sur le plancher fuyant de son bateau, il avance à pas prudent sur un sol à l'étrange immobilité. Il accepte l'hospitalité que lui offrent deux personnages hors du commun. C'est dans cette ambiance que le souvenir de son long séjour sur l'eau lui inspire une philosophie personnelle dont il commence à rédiger les principes.
(15,5 euros, 152 p., janvier 2013) EAN : 9782336290263 EAN PDF : 9782296514638 EAN ePUB : 9782336286860

PAS DE L'ÉTOILE (LE) – Roman
Antoine De Tounens
En Haute-Savoie, une montagne menace de glisser et d'engloutir le village de Saint-Arneix. Au nom du principe de précaution, la préfecture décide d'envoyer un médiateur, Rémi Villard. Le vieil homme connaît bien ce village pour y avoir grandi, mais aussi pour l'avoir quitté à la suite d'un accident de montagne survenu au Pas de l'Étoile. C'est pour lui un retour vers un passé douloureux et il va rapidement réaliser que les hommes et les femmes, comme la nature, n'entendent pas se laisser dicter leur destin.
(Coll. Littérature et régions, 24,5 euros, 270 p., janvier 2013) EAN : 9782336000411 EAN PDF : 9782296514393 EAN ePUB : 9782336286624

EXFILTRATIONS – Roman policier
Max Moreau
Ce thriller raconte les tribulations de deux jeunes Béarnais sur les *go fast* des narcotrafiquants et les traquenards de la guerre du Web. Car la cyberguerre a déjà commencé. Des dessous du contre-espionnage à ceux des jeux financiers, de l'armement, des tractations occultes, des manœuvres corruptrices et

mafieuses et de leurs conséquences désastreuses, Max Moreau nous offre ici une incursion dans le monde des hommes de l'ombre.
(15,5 euros, 152 p., janvier 2013) EAN : 9782336002538 EAN PDF : 9782296514119 EAN ePUB : 9782336286341

AU HASARD DES JOURS – Vagabondages
Hanania Alain Amar
La première partie de cet ouvrage est consacrée à des voyages entrepris par l'auteur. Il évoque pour nous, avec tendresse, humour et parfois nostalgie Grenade, le golf royal de Dar es Salam aux environs de Rabat, Amsterdam et ses «sortilèges» ou encore New Orleans avant le désastre provoqué par l'ouragan Katrina. La seconde partie présente une série d'histoires mêlant fiction et réalité, à partir de rencontres réelles.
(22 euros, 218 p., janvier 2013) EAN : 9782336290928 EAN PDF : 9782296515222 EAN ePUB : 9782336287423

SUR LA TERRE DES ORCHIDÉES
Haytam Andaloussy
Ce roman est un chant qui raconte comment des hordes de chasseurs-cueilleurs de la préhistoire se mettent un jour à pratiquer l'élevage, puis se sédentarisent pour devenir agriculteurs, et comment ils finissent par se réunir pour bâtir des cités. Un voyage épique à travers le temps où l'homme élève, durant les dernières phases de son «hominisation», son statut dans la nature.
(Coll. Roman historique, 29 euros, 300 p., janvier 2013) EAN : 9782336008479 EAN PDF : 9782296515239 EAN ePUB : 9782336287430

UNE VIE POUR LES PARQUES
Hennebelle David
Auschwitz - Birkenau, été 1942. Dans l'antre monstrueux de la mort industrielle, des musiciens sont recrutés pour former un orchestre. La musique devient alors l'ornement du génocide : elle rythme la marche des déportés, s'invite pour les concerts du dimanche et s'offre aux dignitaires du camp lors de séances privées. À ces hommes qui la servent, elle accorde un sursis. Et quand l'orchestre des hommes de Birkenau se tait enfin, c'est dans la conscience meurtrie des survivants qu'elle prolonge sa résonance.
(Coll. Amarante, 11.50 euros, 81 p.) ISBN : 978-2-336-29075-1, ISBN EBOOK : 978-2-296-51413-3

ETHNOGRAPHIE D'UN VILLAGE SI ORDINAIRE
Bertrand Arbogast
Saint-Denis-les-Eaux, village tranquille d'Eure-et-Loir tout proche de Châteaudun, abrite toute une galerie de personnages divers : une professeur qui attend le grand amour, un jeune Arabe perdu depuis le décès de sa mère, un Américain loufoque et jardinier, des piliers de comptoir racistes, un maire plein de bon sens... Deux faits divers vont perturber le calme de la commune et une succession d'événements vont faire que plus rien ne sera jamais comme avant.
(Coll. Ethnographiques, 21 euros, 216 p., décembre 2012) ISBN : 978-2-336-00463-1 EAN PDF : 9782296510548 EAN ePUB : 9782296988828

L'HARMATTAN, ITALIA
Via Degli Artisti 15; 10124 Torino

L'HARMATTAN HONGRIE
Könyvesbolt ; Kossuth L. u. 14-16
1053 Budapest

ESPACE L'HARMATTAN KINSHASA
Faculté des Sciences sociales,
politiques et administratives
BP243, KIN XI
Université de Kinshasa

L'HARMATTAN CONGO
67, av. E. P. Lumumba
Bât. – Congo Pharmacie (Bib. Nat.)
BP2874 Brazzaville
harmattan.congo@yahoo.fr

L'HARMATTAN GUINÉE
Almamya Rue KA 028, en face du restaurant Le Cèdre
OKB agency BP 3470 Conakry
(00224) 60 20 85 08
harmattanguinee@yahoo.fr

L'HARMATTAN CAMEROUN
BP 11486
Face à la SNI, immeuble Don Bosco
Yaoundé
(00237) 99 76 61 66
harmattancam@yahoo.fr

L'HARMATTAN CÔTE D'IVOIRE
Résidence Karl / cité des arts
Abidjan-Cocody 03 BP 1588 Abidjan 03
(00225) 05 77 87 31
etien_nda@yahoo.fr

L'HARMATTAN MAURITANIE
Espace El Kettab du livre francophone
N° 472 avenue du Palais des Congrès
BP 316 Nouakchott
(00222) 63 25 980

L'HARMATTAN SÉNÉGAL
« Villa Rose », rue de Diourbel X G, Point E
BP 45034 Dakar FANN
(00221) 33 825 98 58 / 77 242 25 08
senharmattan@gmail.com

L'HARMATTAN TOGO
1771, Bd du 13 janvier
BP 414 Lomé
Tél : 00 228 2201792
gerry@taama.net

Achevé d'imprimer par Corlet Numérique - 14110 Condé-sur-Noireau
N° d'Imprimeur : 99746 - Dépôt légal : juillet 2013 - *Imprimé en France*